真凶并未走远

山西翼城“10·2”紫藤巷凶案调查

万 茵◇著

法律出版社
LAW PRESS·CHINA

主要人物

（人物信息以案发时为准）

马朝晖　翼城县紫藤巷2号凶杀案被害人，生前系翼城县计生局工作人员

李　慧　翼城县唐兴镇财政所会计，马朝晖的妻子

李文浩　翼城报社记者，马朝晖、李慧婚变中的第三者

董　昀　翼城县公安局技术科技术员，李慧的初中同学

李　毅　翼城县人大副主任，马朝晖之母

马振海　翼城县审计局副局长，马朝晖之父

李纯泰　翼城县北关村党总支书记兼村委会主任、全国劳模、临汾市人大代表，李慧之父

李翠仙　翼城县北关村党总支副书记、北关宾馆经理、县政协委员，李慧的大姐

常小林　翼城县公安局技术科科长，李翠仙的初中同学

李文涛　翼城县房管所副所长，李文浩的哥哥

张永红　翼城县北关幼儿园园长，李文涛的妻子

宋元红　翼城县电视台播音员，李文浩的妻子

前　言

某天，和一位编剧朋友聊天。

我说，我在写一部非虚构作品，内容是山西省的一起杀人案，公安局侦查了两年多，结果抓错了人；法院审理了八年多，结果一直都无法结案。

编剧朋友听完案情介绍，他惊呼我这回终于逮住了一个“好”题材：绯闻、奸情、凶杀、悬疑、推理、仇富、暗战、枉法、纵恶、申冤……在他看来，在现代商业电影中夺人眼球的戏剧元素在这部作品中几乎被一网打尽了。

坦率地说，2014 年春节，当我放弃七天长假，把自己一个人关在北京的陋室里开始动笔记录这起案件时，吸引我的并不是什么绯闻、奸情等噱头。那时，我的心中只有一个古老而沉重的主题：让沉冤者昭雪。

噱头对我而言并不重要，我和我的编剧朋友有着完全不同的观察视角和价值判断。这部作品的非同寻常之处并不在于它的噱头，而是它的时效：针对法院还未审结的一起杀人案，我想提前告诉读者和法官，被告席上的受审者并非真凶，而行凶者另有他人，且案发十多年以来他们并未远走高飞。

我的主题似乎有些耸人听闻，编剧朋友沉吟片刻说：若是拍电影，我会把这个故事放到民国或宋朝的背景当中去。

我说：这就是你们编剧的智慧啊？可是，这件事情真的就是发生在今天。

他笑笑，无语。

这本图书面世之后，一定有人会说，这是舆论在干预司法，甚至是破坏司法独立。但是，在司法独立还是一个奋斗目标的前提之下，从法治的建设到个案的公正，我们的社会还处在一个磨合期。这时，公民和舆论的参与其实是不可或缺的。

具体到山西翼城的“2003 · 10 · 2”杀人案，我更愿把这部作品看做是一部超越常规的辩护词。司法者在明知证据并不确凿的情况下，却要把两个无辜的生命送上通往黄泉的道路，作为旁观者，除了惊叫和呐喊，在我可能做出的本能反应中，剩下的就是战栗了。惊叫是无用的，战栗是懦弱的，唯有呐喊能够表达我的心声，也正因为如此，在网络时代无聊的喧嚣中，我愿意一笔一画、一字一句地为了真相而劳碌奔波，独守着我的孤独与寂寞，最终去完成这次独立调查。

我希望通过我的努力，为正在办案的司法人员提供一些有价值的线索。我把这些线索正式出版，也只是为了表现我对待此事的严谨与郑重其事。这部作品之所以能赶在终审判决生效之前出版，还有一个重要原因，那就是法院方面将审理期限实在是拖得太长了，以至于我有充足的时间七下山西，在众多当事人那里从容地寻觅真相。

这部作品的主人公一女两男都是年轻人，女的是会计，男的分别是记者和警察。十多年前，会计准备离婚和记者重组家庭，可是，在离婚之前没几天，会计的丈夫却身中49刀被人杀死在家中。于是，会计和记者被警方确定为犯罪嫌疑人，并在法院的一审中双双被判处了死刑。而那位警察是会计的邻居、同学和好友，案发后，他因为接到会计的电话到过现场并且打电话报了警。很不幸，后来，他也被卷进了这场久拖不决的案件中，并且陪着会计和记者，在看守所被关押了八年多，一直在等待终审判决。

三个大人的案子终会有个结果的，暂且不说了。我想说说孩子，他们三人各有一个年龄相仿的孩子。如今，三个孩子都已经上了中学。

在记录这起案件的过程中，我一直未曾和三个孩子谋面。但是，一想到他们，我在心中立刻就升起了一份沉重的责任感，我想给他们还原一个真实的父亲和母亲。对于落难之人，我不夸大他们的冤屈，也不回避他们的过错，我不想胡编任何一个细节，甚至一个字。我尽量把自己的观察视点往后退，一直退到一个不可能感情用事的距离，努力用一个历史旁观者的眼光分析并洞察这个时代悲剧发生的背景与根源。

我记下这些文字，就是希望这三个孩子长大以后，他们有机会能够通过客观的事实正确地认识和评价他们的父母。

在我的这部调查报告里，每个细节都有出处，每个出处都经过印证。即使有些事实存在多个版本，且一时无法印证而看起来又都符合逻辑，我的办法就是将他们单摆浮搁，一一罗列。同时，这也是我对非虚构写作的基本认识和具体的操作方式。

对于这部作品中的三位主人公，我希望用这些文字让他们知道，他们并不是被整个社会放逐的人，除我之外，还有许多人在为他们奔走和呐喊。同时，我也不希望他们将来对社会产生强烈的挑战与抗拒的心理，更不要走上愤世嫉俗的道路。我只希望他们将来能平静地回归各自的家庭，走完他们原本并不曲折的爱情之路。

一切都会过去，生活还要继续。

2014年7月4日于北京

目 录

培根说过一句话，一次不公正的审判，其恶果甚至超过十次犯罪。因为犯罪仅仅是污染了河流，而错误的审判却污染了整个水源。

纵观马朝晖被杀案的全过程，我们可以看到：非法羁押、刑讯逼供、暴力取证、有罪推定等等怪象在此案中先后上演，涉案人及其庞大的家族人群大都是第一次如此真切地面对司法，如此大失水准的司法水平完全颠覆了他们对社会公平与正义的心理预期，甚至有人对司法公正从此丧失了信心。

在临汾中院第三次开庭审理马朝晖被杀案时，李慧在法庭的最后陈述令我难忘：

"我是受害人，但却站在被告席上。本案已经十年之久，我相信真的假不了，假的也真不了，我相信法律。"

她的话也代表了我的期盼。

这本书面市之后有一个插曲值得一提，2014 年 9 月 11 日，在山西省高级人民法院对紫藤巷凶案二审开庭时，胡晓勇律师当庭把这本书作为一个证据线索递交给了法庭。当时，我就坐在旁听席上，随后我注意到，当胡律师宣读他的辩护词时，主审法官王桂萍很长时间都在低头阅读着这本《真凶并未走远》。

第一章 血　案

2003 年 10 月 2 日晚。山西省临汾市翼城县。

一场秋雨过后，天气明显开始转凉。即便是最爱美的姑娘也得彻底告别裙裾飞扬的日子了。

夜晚将近 12 点，县城的街道上已经几乎没有行人。突然间，一辆辆警车从不同方向匆匆赶往北关村的紫藤巷。此时，紫藤巷 2 号的小院儿里还传出一男一女的哭闹声。

一个惊人的消息开始在邻居们之间迅速传播：马狗狗在屋里头让人给杀了！

马狗狗大名唤做马朝晖，32 岁，在翼城县计生局工作。此时，邻居们还不知道他身中 49 刀，几乎身首异处的场面有多么的惨烈，但大家凭着他显赫的家庭背景已经断定：不得了啦，这下可出大事了！

马朝晖的父亲马振海是县审计局副局长，母亲李毅是县人大副主任，他的岳父李纯泰虽然官儿不大，只是北关村的党总支书记，还挂名担任过县城建局的副局长，但在翼城县，他却是一位家喻户晓的新闻人物。

在县城的图书馆，我就曾见到过两部以李纯泰为主人公的报告文学单行本：《百万富翁的摇篮——北关村调查》（中国社会科学出版社 2000 年版）、《大地之子——劳模李纯泰》（山西人民出版社 2004 年版）。

根据公开资料显示，1936 年出生的李纯泰是一位只上过 3 天学的老农民。1987 年，在他 50 多岁时才担任北关村的党支部书记，他上任后带领全村开办了 80 多家企业，涉及选矿、冶炼、造纸、针织、印刷、建筑、建材、商贸、酒店等十几个行业，到 2002 年，全村工农业总产值突破了 3.8 亿元，人均收入 6400 元，上缴国家税费 930 万元。

一时间，北关村被媒体称为“三晋明珠”，李纯泰也成了闻名三晋大地的“明星书记”,1999年他还应邀登上了国庆50周年大庆的观礼台。

2000年,李纯泰被国务院授予全国劳动模范称号。作为他个人声望的鼎盛时期,2003年6月,山西省邮政部门为他发行了全省第一套展现劳模风采的个性化邮票——《“三个代表”的忠实实践者——李纯泰》;2003年9月,李纯泰的名字还和两位在新中国历史上曾经赫赫有名的申纪兰和郭凤莲联系在一起,他和两位“女强人”一道被推选为山西省申办2008年第六届全国农运会的形象大使。

申纪兰,山西长治人,被称为中国现行人大制度的“活化石”。她是唯一一位连任十二届的全国人大代表,曾担任长治市人大常委会副主任、山西省妇联主任等职。

郭凤莲,山西昔阳县人,她是20世纪60年代“农业学大寨”运动中的标志性人物,曾担任大寨村党支部书记、山西省妇联副主任等职。

从翼城人的民间视角观察李纯泰,他头顶的光环倒不重要,重要的是他手中实惠的权力。北关村位于县城中心地带,城在村中,村中有城,李纯泰手握土地和财政大权,政商两界,如鱼得水;市县两级,手眼通天;翼城境内,呼风唤雨,平日里他还开着奔驰、住着别墅、雇着保姆,号称“翼城首富”。若是老爷子活到现在,“翼城首富”的名头一定又会改头换面地被称为:“土豪”。“土豪”家共有七个子女,六女一男,排行老七的李慧被外人唤为“六小姐”。“六小姐”生得一副南方人的骨骼,小巧玲珑、眉清目秀,21岁那年她和长她两岁的马朝晖喜结连理。案发时,他们结婚9年,孩子刚5岁。

据翼城县公安局出具的尸体检验报告及侦查报告,警方对案发现场做了如下描述:

马朝晖被杀的中心现场位于翼城县北关村小康居民区的紫藤巷2号家中,他家的院落为独门独院。南面的邻居叫李雷(县城建局工作人员),西面的邻居叫王建设(时任翼城县人民医院院长)。马宅的大门为双扇开的铁门,门上无撬痕,门锁完好。

进入大门,门庭下有一大滩血迹,门庭一角可见一带血的拖把,凶手曾经用拖把在这里擦拭过血迹。从这滩血迹出发,一道带血的拖痕从门庭一直延续到客厅,并从客厅又延续到了楼梯口。马朝晖的尸体就仰卧在楼梯下方通向卫生间的过道里,头朝西脚朝东,双手置于腹部两侧,双腿呈分开状,靠近头部附近的地面有少量擦拭血迹,臀部、左腿下有大滩血迹。客厅茶几西侧地面上放有一个带血的沙发靠垫。

死者上身着黑色秋衣,下摆向上翻卷至胸部,前胸可见10处破裂口;背部可见6处破裂口,胸部和背部的刀伤大都深达胸腹腔;秋衣大部分被血迹浸染,胸部可见

紫藤巷 2 号大门及门庭下的血迹、被害人的拖鞋

3 根毛发;下身穿灰色秋裤,会阴部及阴囊处可见 9 处皮肤裂伤,裆前部、臀部被血迹浸染。脚穿白色棉袜,左脚踝部可见血手套印迹。现场的柜子、床单、电灯开关等处还有多枚血手套印。

死者双眼及其附近有 9 处皮肤裂伤;颈部约 4/5 离断,创缘整齐,可见多次反复切割痕迹。被害人颈前软组织大部分被砍切分离,动静脉离断。

死者的左上臂、右手背、左大腿均有多处贯通性创伤;双眼被划,左眼皮有两道交叉的划痕,像是打了一个"×"。

死者左腿下压着一个折断后并非圆形的呼啦圈,并搭于腹部和右腿之上。

胃内未消化的食物呈糊状,可见白色基本成形的面条。

根据创伤反映出的刺、切、砍的特点,鉴定人分析凶器是一把宽 4cm、长 25cm 左右,背厚 0.4cm 的具备一定质量的单刃锐器。

结论:死者系被单刃锐器刺伤胸腹部、砍切颈部,致脏器和大血管损伤,失血性休克而死亡。

看过伤情后,凶手的彪悍让办案人员感到不可思议,49 处刀伤,若是连续动作,就算一秒钟杀两刀,也得连续挥舞 20 多秒。还有死者左大腿上的贯通伤,那得多大的力气、多么锐利的刀锋才能刺穿啊。

案发当晚,说起来,翼城县公安局前前后后来了六拨警察出现场。当然,并不是每个警察到场都是因为有公务在身:

第一拨是单枪匹马一个人——技术科勘查现场的技术人员董昀,他看到马朝晖脖颈被砍,面色铁青,已经没有了血色,断定马朝晖已经死亡并且报了警;

第二拨闻讯赶来的也只有一位,刑警一队的刑警马朝新,他是死者马朝晖的亲弟弟，他一来就哭兄骂嫂，并且还和嫂子李慧发生了肢体冲突；

第三拨是110的民警，当班的徐东红带着几位协警到达现场后的第一件事情就是劝慰哭闹中的马朝新；

第四拨是北关派出所的司刚等四位值班民警，他们在现场接受的任务是寻找李慧、控制董昀、封锁现场，还有就是在案发地周围寻找凶器；

案发现场的血拖痕从门庭一直延续到客厅

第五拨是刑警队和技术科的民警徐运生、邓里、宋镪、卫长征、贾红生、吕龙等七位民警以及北关派出所所长宋星林、翼城县公安局副局长李德宝，他们的主要任务是通过勘查现场确定死因、凶器、作案人数、推测死亡时间等，以便确定案件的侦查方向并同时展开摸底排查；

第六拨是刑警队技术科的民警李志华和他的两位同事，李志华的身份很特殊，他是李慧的亲哥哥。半夜里，北关派出所的同事跑到李志华家来敲门时，他已经睡下了，当他听说“妹妹家里出事了”，就立刻起床跟着同事往案发地点赶去。当他们赶到北关农贸市场时，已经看见警灯闪烁，大批警察封锁了道路，而这个农贸市场离通往妹妹家的路口还有150米的距离。李志华的心一沉：出大事了！他拨开人群，来到妹妹家的大门口。然而此时，李志华已经无权再踏进这个熟悉的小院儿了。副局长李德宝见到他，轻轻地说了一句话：你是家属，就不要进现场了。

此时的李志华像以往所有凶杀案的家属一样，感到悲愤和茫然。他站在门庭处向院子里匆匆地张望了一眼就自觉地退了出来。今天的这个凶案现场，他这个刑警已经不被需要了。

由于案情重大，警方这次的行动显得异常谨慎。副局长李德宝带着刑警中队长徐运生等人在案发现场进进出出好几回，还不停地接打着电话，时任县委书记武保安专门打来电话,并明确指示:“破案不要搞逼、供、信。”

案件在如此之短的时间就惊动了县里的最高层,思来想去,李德宝最后拍板:“晚上没法看现场,把现场封了,明天等市局来勘查吧。”于是,北关派出所留下了两辆车,技术科法医吕龙和北关派出所民警一共七八个人守在大门口保护现场。

包括尸检在内的现场勘查工作是在案发次日上午10点钟才开始进行的,离凶案发生足足过去了10多个小时。坦率地说,这种做法违反了法医现场勘查工作要“快速反应、及时处置”的工作原则,因为法医现场勘查的一个重要目的就是通过尸体现象推测死亡时间。法医推测的依据就是死者肌肉的松弛度、关节的僵硬度、尸体的颜色和温度以及眼角膜的混浊度等,10多个小时之后,尸体的上述现象都发生了不同的变化,尸检的复杂因素也就随之增多,这给准确推测死亡时间加大了难度。

简单地说,假定死亡时间到尸体被发现的时间为A,发现尸体后立即就进行尸检,推测出死亡时间为A的可能性就比较大,但是,过了10小时要得出10+A的结论,难度就大大增加了,两者之间并不是简单的数量相加的关系。

这些道理,我相信当时在场的刑警比谁都清楚,那么,又有什么理由可以让他们放着尸体不检验,要等明天上级的人来了再说呢?按工作惯例,即便是必须要有上级单位到场的勘查和检验,一般都是获悉案发消息后立即行动,不分昼夜,可是这次为什么要成为例外呢?

说是“案情重大”,但为什么马朝晖被杀案“重大”到连推测案发时间都变得不那么重要了呢?背后的原因可能只有一个,那就是警方已经将案件的凶手直接指向了死者的妻子李慧,其他的证据似乎都不重要了。

有个细节可以证明:在提起公诉的卷宗里出现的《尸体检验报告》形成于2004年3月,离案发时间已经过去了5个月。翼城县公安局技术科的科长常小林解释说,现场勘查和尸检后,基本情况办案人员都已经知道了,没有尸检报告也不影响破案,因此,就没有人问起这个报告的事情,后来也就忘出了。

事实上,夜间不是不能看现场,客观条件限制只是一个方面,另一方面,是因为案件当事人的社会背景实在太复杂,用当地的话说,就是“摆置不平”。

首先,被害人马朝晖是“官二代”,其妻李慧被称为“富二代”,他们两人所在的家族在公安系统也各有牵连:马朝晖的弟弟马朝新在县公安局当刑警,案发地正好就是他所在的刑警一队的任务区;马朝晖还有一个姑父在县公安局的法制科工作;他的一位姨父在治安科工作。李慧这边,除了哥哥李志华在公安局的技术科工作之外，她的大姐夫在公安局的户政科上班；更要命的是，翼城县的许多人都知道，公安局技术科科长常小林和李慧的大姐李翠仙曾经打得火热，他们不仅是生意上的伙伴，而且坊间传说两人在生活上的关系也非同寻常。

多年以后，已经退休的李德宝副局长告诉我，当晚，他没有安排县局的公安人员立即进行现场勘查，正是因为这个案件牵扯的人太复杂、太敏感，实在是有些棘手。

小城的特色就是这样，人们在同一片不算广阔的天地里长久地繁衍生息，在亲缘关系上变得枝枝蔓蔓、盘根错节，一个看似偶然发生的意外事件，往往会触动不同枝蔓上的人际利益关系甚至是地方利益集团，尤其是在司法领域，这种利益关系的牢靠程度经常会胜过人们对于法律的信仰。

次日参与尸检的除了常小林等翼城县公安局的民警之外，还有上级单位临汾市公安局的技术人员。用官话说，这么做是为了保证现场勘查的客观性；用俗话说，办案人员觉得这两大家族在翼城都很惹眼，惹不起，躲得起，让上面的人来勘查现场，明断是非，就是因为谁也不愿意去触碰这两家人的关系网和利益链。

破案有时很像猜谜，案发现场就是谜面，当晚匆匆看过谜面的警察，心中很快就有了各自对谜底的描述：

凶手是敲门进入现场的，熟人作案的可能性极大；死者身上的刀伤，尤其是阴部密集着九处刀口、颈部几乎被砍断，这说明凶手对被害人怀有深仇大恨，不是情杀就是仇杀；凶手从进入马家作案时就戴了手套，并且在杀人后擦拭了地面的血迹，说明凶手沉着老练，有一定的反侦查能力；现场还发现了李慧沾满鲜血的外套和长裤，她和这个案子应该脱不了干系。

由于大家心照不宣地认为这就是一个地地道道的情杀或仇杀案，所以案发当晚，对于凶手从现场劫走了什么财物，根本就没有人仔细清点和追查。

第二章 排 查

排查犯罪嫌疑人是凶案发生后刑警们的另一个规定的工作流程。

当晚,调查访问启动时,第一个纳入警方侦查视线的就是案发后第一个踏入现场的李慧。

本来,李慧是死者的妻子——被害人家属,按常理该是唏嘘同情的对象。可是,死者的弟弟马朝新在赶到现场后为什么会上演了一出哭兄骂嫂的闹剧呢?

原来,马朝新知道,最近哥嫂的关系很僵,正在闹离婚。只是,等不及好聚好散,哥嫂的这段姻缘就以哥哥的提前退场而了断,而且这是一次惨烈而彻底的退场,一个人血光一闪,在人间就失去了踪迹,这结局怎不让弟弟痛心疾首?

马朝新的举动不仅强化了办案人员心中那个关于情杀的猜想,而且拉开了马、李两个家族反目成仇的序幕。

这时,就连在现场办案的民警也在私底下议论,李纯泰和李毅虽然是亲家,但是女婿一旦死了,将来就不是亲戚了。

对于马朝晖被害的疑云背后,李慧被视为解开谜团的关键人物,甚至不少办案民警心照不宣地认为,她就是凶手。

凌晨两点左右,刑警邓里和宋镪在大姐李翠仙家找到了李慧。在他们进门之前,已经有北关派出所的民警坐在客厅里将李慧先行控制。

这时,李翠仙并不在家,她正在别处和其他姐妹商量着怎样把这个坏消息告诉父亲。李翠仙说,父亲有晨练的习惯,他若是从外人嘴里得知这个消息,肯定会受不了。为了预防万一,那天凌晨,他们是带着医生一同去了父亲的卧室。

两位刑警来到李翠仙家的卧室时,看见李慧由四姐陪着,正披着一床被子斜靠在床头,脸上挂着泪痕,身体还不住地打着颤。

邓里出示警官证叫她到公安局配合调查。李慧顺从地穿上外套和鞋,跟着民警就出了门。从那时起，李慧心里明白，警方已经没把她当做受害人，而是当作嫌疑人了。

出门时，李慧穿的是一双白色的旅游鞋，鞋子特别干净，邓里当时就怀疑，那天天下着雨，她外出行走过，鞋子怎么会这么干净？案发后她换鞋了？换下的鞋又在哪里呢？

邓里他们在二楼的一间办公室讯问李慧时，董昀、李翠仙也先后被口头传唤，接受了刑警的询问。这一夜，刑警们一直忙到天亮都没有合眼。

根据他们三人向警方的陈述，并结合其他当事人的叙述和印证，下面将案发当晚各位关系人的行踪做个还原。这个还原的意义在于，每个关系人在案发前的运动轨迹就是案件侦破的起点，作案的时间、空间、地点、条件、背景、目的、动机、手段、可能性和现实性等因素都蕴含在其中，就看你是否有双慧眼了。

好，我们一起睁大眼睛，故事开始了：

晚上 11 点多，李慧从外面开车回家，到了大门口习惯性地按了两下喇叭，不见丈夫出来开门。她停好车，只好自己拿钥匙开了大门。开灯后，发现门庭下有一滩血迹，她当时就想，会不会是丈夫自杀了？

案发现场的客厅一角，马朝晖的遗体当时就在图左大门的背后

这段时间，李慧和丈夫正在闹离婚。她准备离了婚就和一个叫李文浩的情郎结合，而李文浩那边也有家室，他的妻子宋元红对于李文浩的“薄情”于心不

甘，就是不同意离婚，并且在家里寻死觅活的，一会儿说要跳楼，一会儿说要割腕，吓得胆小怕事的李文浩那几天总是待在家里，小心翼翼地看着宋元红。他很担心因为离婚闹出了人命，还曾一再提醒李慧也多注意一下马朝晖，怕他也想不开。

就因为“自杀”二字曾在李慧的脑海里盘桓过，遇见相对应的情境，或许它自然就会蹦出来吧。

从门庭到客厅都不见人，这时，李慧面对着的是三扇紧挨着的房门，其中有两扇分别通往卧室和洗漱间，另外一扇则通往上二楼的楼梯。通往楼梯的这扇门和前面说的两扇门呈直角90度的相邻关系，而且是个双扇对开式的大门。

这时，李慧先到卧室、洗漱间门口查看情况，没有发现有人，然后她准备上楼。通过打开的左半扇门进到楼梯间，她向右一低头，借着客厅的灯光，就看见马朝晖躺在楼梯下面通向卫生间的狭小过道里。他的脸上、身上有血，由于光线暗，看得不是太清楚。

案发现场的客厅一角，地上的血拖痕清晰可见

李慧站在门边喊了他两声“狗狗”，没有回答。她想着要赶紧叫人把马朝晖送到医院去。

李慧返身回到客厅，用手摸了一下口袋，手机不在，她就用电脑桌上的固定电话给李翠仙打电话：“大姐，马狗狗也不知是被别人砍了，还是自己砍的，浑身是血，你赶快过来看一下。”

“在什么地方?”李翠仙问。

“在家呢。”

电话的那一头,李翠仙挂了电话就给同住一幢楼里的四妹家打电话说:“小娟(李慧的小名)家里有事了,两口子也不知道咋了,你和我过去看一下。”说完,李翠仙就下楼了。

电话的这边,李慧紧接着又往婆婆家打电话,接电话的是丈夫的弟弟马朝新,她说:“胖能(注:翼城方言,“胖能”是马朝新的小名,相当于普通话里的“胖子”。“能”在翼城方言里是个跟在词尾的语气词,读轻声),你哥在屋里出事了,你赶快过来。”

马朝新听见李慧的声音有些发颤,便预感到大事不好,他放下电话就跑出屋子,冲着爸妈的房间喊道:“爸,妈,我哥出事了,我过去看看。”说着,马朝新就骑上一辆奔达牌女式弯梁摩托车往哥哥家赶。

李慧打完两个电话,心想,姐姐家和婆婆家离紫藤巷的距离都差不多,要十来分钟才能到,不如就近再叫个人,她立刻想到了董昀。

当时,桌上的电脑处于开机状态,但是是黑屏,当她无意中用电话线拉动鼠标时,屏幕亮了,上面出现了游戏画面。

将近11点50分,李慧用家里的固定电话打通董昀的手机,她在电话里哭着说:“快到我家来,你哥出事了。”

即将第一个赶到现场的董昀与马朝晖夫妻俩都是朋友,他是翼城县公安局技术科专门勘查现场的技术人员。十年来,他出警勘查过的刑事案件现场,少说也有五六百个。不过,这次出场却成了他职业生涯的“滑铁卢”。

1989年,董昀在北关初中上学时就和李慧相识了。他们俩同岁,相识的那年都上初三,但同级不同班。董昀和马朝晖到案发时相识也足足有十年。那时,董昀刚到翼城县公安局技术科上班,马朝晖在李翠仙承包的北关宾馆餐厅兼职当经理,而董昀是北关宾馆的常客。

还有一件事情众所周知,董昀开的黑色捷达车的车主正是李慧的哥哥李志华。李志华也在县公安局技术科上班,平时,他上班和外出办事,总是董昀车接车送的,在外人看来,董昀似乎就成了李志华的司机。

董昀的妻子杜燕霞原来在北关宾馆当服务员,在李翠仙的撮合下,他们走到了一起。婚后,杜燕霞在翼城的步行街开起了服装店,店面还是李慧的四姐以优惠的价格租给他们小两口的。

总之,董昀和李慧一家有着密不可分的关系,李家人一直视董昀为“自己人”。

接到李慧电话时，董昀刚刚从一个休闲吧喝茶归来。当时，妻子杜燕霞已经睡下，正躺在床上看电视。

杜燕霞听见丈夫接了一个电话只说了一句：“我马上就到。”

她转头问他有啥事？董昀说李慧给他打电话说“狗狗”出事了，过去看一下。

董昀下楼发动了捷达车就往李慧家赶。他们两家相隔不远，开车三五分钟就到了。董昀日后解释说，他平时在生活中就有离不开汽车的习性，同事曾笑话他，就连上个厕所也要开车去。后来我知道，董昀的父亲一直都是县领导的司机，董昀的这个习性或许与此有关。

在李慧家门口，董昀看见李慧的红色POLO车停在那儿，大灯还开着，李慧坐在车里正打着电话。这是她在案发现场打出的第四个电话，是打给李文浩的。她告诉李文浩，家里出事了，但她并没有半点儿想叫李文浩过来的意思，毕竟，在这个敏感时刻，他是最不应该出现的人。

远远地看见董昀，李慧挂了电话哭着说：“快进去看看，你哥咋着咧。”

这时，李慧身后的大门开着半扇，开着的半扇门在董昀右手边，大门门庭下的灯也亮着。为了保护现场，他像老鼠一样沿着墙根儿进了院子，看见门庭下一大片像是用东西擦拭过的血迹。这时，李慧在他的身后也跟了进来。

客厅里有一条一人多宽的长长血拖痕从客厅中央一直延伸到通往楼梯方向的大门边。

在客厅通往楼梯的大门后边，董昀看见马朝晖仰面躺在过道里。董昀凑到离马朝晖只有一米多远的距离，才借着客厅的灯光看见他脸色发白、发青，而且是铁青的那种，身上有伤，脖子特别红，像缠着一条红绸子布似的。他还不知道那是如注的血流凝结之后形成的景象。凭着在技术科勘查现场的经验，董昀判断：人已经死了。

他从楼梯间退出来，朝着李慧摇摇头，这个镜头在电影里很常见：一位医生从手术室推门出来，头微微一侧，伸手摘下口罩，然后向病人家属摇摇头。下一个镜头一定病人家属错愕、悲痛的表情，然后拉住医生的胳膊央求道：“医生，还能不能再想想办法？”

而现实的情况是，下一个镜头还没有切到李慧这儿，大门口响起了摩托车的声音，新的角色就要登场了。

关于紫藤巷凶案，现实发生的故事从一开始到最后结束，它总是在最关键的时刻出乎我的预料，把我的想象力和生活经验远远地甩在了后面。

很快,马朝新从外面跑进客厅,他看见李慧和董昀站在客厅通往楼梯的大门边,就一把拉住李慧的衣服,他的第一句“台词”是:“妈的,你把我哥咋啦?”

董昀赶紧劝他:“胖能,保护现场”,他迎上去想拦住马朝新,但没有拦住。

这时,马朝新直奔楼梯而去。但不知怎么,他竟然没有第一时间在楼梯间看见哥哥的遗体,而是穿过半开的双扇门快步径直上二楼转了一圈儿。从二楼下来快到楼梯口时,他低头往下看才发现马朝晖躺在狭长的过道里。他俯下身子近距离观察哥哥的伤情,发现马朝晖脖颈侧面有一道纵深开阔的口子,感觉人已经断了气。事后他回忆说,当时他还看见哥哥身上压着侄儿的一些玩具,左腿上还套着一个呼啦圈。

马朝新放下马朝晖,一把拽住李慧衣服的前领,嘴里骂着:“李慧,我×你妈,你把我哥咋啦?”他一边骂,一边又转身扑到哥哥身上大哭,一边哭还一边斥责着李慧。

李慧委屈地站在他身后还回嘴说:“你好好地骂我咋啦?”

这时,两人怒目相向,气氛变得有些紧张。

董昀闻见马朝新一身酒气,就一把抱住他说:“胖能,咱们都是干这的,千万别把现场破坏了。”

董昀晚上刚和马朝新他们一起在县城里一家名叫太阳磁场的休闲吧小聚,马朝新刚喝了酒,而董昀在那儿刚喝完茶。

没想到,聚会刚刚散场没多久,两个人又先后被李慧召唤到一起了。

这时,马朝新一直不停地骂着李慧,李慧的情绪也很激动,一边哭一边不住地对马朝新说:“你骂我咋咧?你骂我咋咧?”

两人在客厅发生了拉扯。董昀一个人无力把他们两人分开,就一边拉住李慧,一边用手机拨通了110向警方报案:“快来小康村,小康村杀人了。马朝晖让人杀了,我是技术科董昀。”他还听出110指挥中心接电话的值班民警名叫徐东红。

打完电话,董昀腾出两只手,他抱住马朝新想让他离开现场。马朝新一把甩开董昀就又往楼梯口那边走,李慧跟着也要过去,似乎这时她猛然来了胆量,想看清楚丈夫究竟是怎么了。

董昀一看局面就要失控,他只好先把李慧推出客厅,拉到了大门边。在拉拽的过程中,李慧倔强地哭喊着:“你别拦我,我是他嫂嫂,我去问他要把我咋咧!?”

回头再看马朝新,他在屋里哭骂不止,董昀觉得自己对他已经无计可施,他得想办法让李慧先安静下来。他觉得应该把李慧送到她大姐李翠仙家去,因为通过多年和李家的交往,他知道李纯泰年事已高,现在李家一般都是由豪爽干练的大姐主事。

董昀把她推到捷达车的后座上，径直朝李翠仙家开去。

李慧坐在后排一直哭着，喃喃地说："这以后可咋见人，咋活呀。"

汽车开到半路，在冷清的街道上，对面有车停下来，车里的人向董昀这边探头张望。董昀也停下车，发现是李慧的四姐夫牛海燕开着一辆三菱吉普车正往李慧家赶。李翠仙坐在汽车的后座上，是她眼尖，一眼从车牌上认出迎面开来的"捷达"是弟弟李志华的车。

她放下车窗玻璃问董昀："冬冬，咋回事咧？"

"马狗狗被人杀了，我去接110的人。"

这时，牛海燕下车把李慧从董昀的车上抱下来，送到了三菱车的后座上。

李翠仙问："报案了没？"

"报了。"

"人是咋死的？"

"头都割得快掉下来了，身上被捅了很多刀。"

"你咋知道的？"李翠仙吃惊地问。

"我到了现场，还到跟前看了狗狗。"

说完，董昀开上车就往公安局的方向走，开出不到50米就遇见了110的警车，他招手示意，然后调头给他们带路就又回到了李慧家。

董昀他们离开现场的这段时间，马朝新事后说他抱着哥哥的遗体一直在楼梯间痛哭，直到发病哭昏了过去。当他醒来追出屋子，发现李慧和董昀已经不见了踪影。

当董昀带着110的警车重新回到现场时，看见马朝新正在哥哥家门口的地上打着滚，嘴里一直在指名道姓地暴着粗口："李慧，我×你妈；冬冬，我×你妈。"

110的民警徐东红下车想把马朝新扶起来，但他根本就没有站起来的意思。

这时，董昀清楚，这是酒精的作用加上意外的打击，马朝新已经完全无法自控，所以，他没有与马朝新理论，而是站在不远处给刑警队的技术员卫长征打电话："师父，马狗狗被杀了。"

很快，北关派出所、刑警一队的同事一一赶到，副局长李德宝也来到了现场。

这时，警戒线外聚集了不少围观的群众，大家都窃窃私语，远远地就听见马朝新一个人在紫藤巷高声嚷嚷着大骂李慧和董昀。现场的四五个民警为把董昀和马朝新分开，就把董昀拉到马朝晖家院墙外的墙根下，让他先等着。

大约在10月3日0点30分，北关派出所的民警司刚找到董昀时，看见他一个人就这么一直静静地在墙根儿那儿蹲着。

司刚事后回忆说，当时他并不知道前面的情况，他看见董昀像个罪人似的情绪低落，就奇怪地上前问道："你一个人蹲在这干啥咧？领导找你，走吧。"

在案发现场的大门口，董昀向李德宝描述了他在现场看到的情况，以及报案的过程和时间，董昀查了一下报警的时间，手机显示的是：23 点 59 分。

随后，李德宝命令董昀跟随刑警一队的民警回去做笔录。董昀没有吭声，依着同事的安排上了警车。

晚上，办案民警还拿着现场的脚印和董昀的鞋印进行了比对。第二天，李德宝副局长把董昀叫到他的办公室，当面亲自核对了董昀手机从案发当天下午到晚上的通话记录。这样，董昀的犯罪嫌疑被排除。

以上就是警方通过大量排查访问第一时间得到的案件回放。在整个回放中，李慧的"冷酷"表现一直都遭人诟病，并且这一点还影响了案件侦破的方向。

当晚，马朝晖的父母赶到案发现场，看见小儿子正在地上嚎啕大哭，他们向民警打听："人还有没有救？"民警摇了摇头。

马朝晖的母亲李毅又接着问娟娟（李慧的小名）和瑞瑞的情况。知道儿媳和孙子当时不在家躲过了这一劫，她就拉上马朝新，敲开了和马朝晖同住一排的县计生局局长韩家芳的家门，三个人就在那儿等消息。

接下来，最刺痛他们神经的消息就是：案发后，李慧竟然一个人淡定地在丈夫的尸体旁边往外打了三个"无关紧要"的电话。

多年以后，我到紫藤巷 2 号实地观察了案发现场并看过警方当年绘制的案发现场图，才知道李慧打电话的地方和丈夫的遗体并不在同一个空间里，那个楼梯间因为隔着一面墙和一扇对开的门，在结构上并不是客厅的一部分。李慧在电脑桌前打电话时，也不可能直接看到隔墙后面的遗体，所以，说李慧在"尸体旁边"打电话的说法并不准确。

但不管怎么说，李慧只身一人处于血腥的杀人现场，的确显现出了超乎寻常的镇定与冷静。除了用客厅里的座机连续给亲朋好友打了三个电话之外，她既没有报警，也没有及时抢救满身是伤的丈夫。要知道，她家的邻居王建设就是翼城县人民医院的院长，她甚至直接就可以拍门向这位邻居求救。

或许是因为在家排行老七，她从小就习惯于依赖家人为她解决困难，我们甚至可以大度地理解她打那三个电话也就是为了报警和求救，但是，对于警方而言，她的举动多少有些反常，这使得她成为犯罪嫌疑人的可能性进一步增加。

十多年后，在法庭上，法官陈剑也向李慧问起了这个问题，她很干脆地回答说："我们家有啥事，首先想着的就是给大姐打电话。"

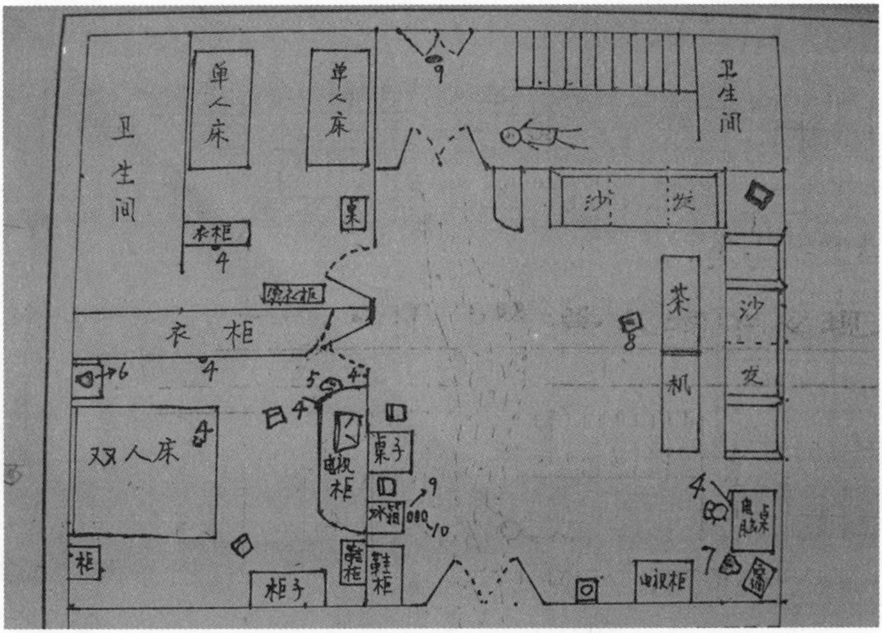

警方绘制的马朝晖被杀案中心现场图

图例如下:①男拖鞋;②拖把;③凉被、黑女裤;④血蹭痕;⑤女式秋衣;⑥女式黄夹克;⑦男西服;⑧擦血的沙发垫;⑨女式白拖鞋;⑩男式黑皮鞋

严谨的法官追问道:“大姐叫什么名字?”

“李翠仙。”

李翠仙后来告诉我,作为家里的老大和老七,她们是一头一尾,李慧对她有着一种几乎是与生俱来的特殊依赖。比如,平日里,李慧的孩子有病她不是先上医院找医生,而是先给姐姐打电话,劈头盖脸地就来这么一句:“姐,孩子病了。”

至于面对血淋淋的场面,李慧为什么不惊不慌也不跑,李翠仙向我转述了李慧曾经给家人做出的解释,她眼睛近视,当时没戴眼镜,加上楼梯间的光线不好,她也不敢上前去查看,所以,她根本就没有看清马朝晖身上、脖子上具体的伤情。

我一脸疑惑,还想继续追问,李翠仙笑笑,脸上显出几分无奈的样子。这神态,让我想起了原来铁道部的那个发言人王勇平。我仿佛感觉到,李翠仙说出了她所掌握的事实,但无法从根本上说服我,就只能像王勇平当初面对记者那样,无奈地自我安慰一句:

“至于你信不信,我,反正信了。”

第三章　情　　变

接下来的故事和一个叫李文浩的男人密不可分。他的出现，就是导致李慧婚姻破裂的一个“催化剂”。现在翼城的许多人都知道他们两个人是情人关系，但并不清楚他们情感发展的历程。在庄严的法庭上，法官分别问及两人：“你们什么时候发展成为情人关系的？”

李文浩答：1999 年。

李慧则答：2003 年。

这两个回答或许都是当事人真实意思的表达，但是，我们需要了解的，就是每个表达背后的动因。

紫藤巷凶杀案发生时，李文浩 31 岁，一米八的瘦高个儿，在《翼城报》社当记者。1990 年，他高中毕业后前往云南楚雄的二炮某部服役 3 年，当过炊事员和汽车兵，退伍后先是在翼城县广播电视局给局长当司机，后由单位送往中国新闻学院进修，获得了大专学历，1999 年学成归来调入翼城报社工作，写写新闻稿、拉拉广告，他都能应付自如。他的妻子宋元红是翼城县电视台的播音员，两人育有一子，小日子过得平平淡淡，就算有些曲折，也是波澜不惊。

李文浩和李慧都公开承认过他们二人在结婚前曾经谈过恋爱。

据李文浩和他的嫂子张永红回忆，1992 年，他当兵两年后回家探亲，曾和一位战友一同来到张永红担任园长的北关幼儿园玩。就是在那里，李文浩结识了在幼儿园兼任会计的李慧，用李文浩的话说，他当时“一眼就喜欢上了她”。其后，两人保持通信联系，但后来他发现李慧和他的那位战友也保持着通信联系时，就主动退出，和她“分手”了。待李文浩退伍之后，李慧已经和马朝晖订婚，两人就再没有联系了。

1999 年李慧到北京办事，她通过张永红知道李文浩在北京学习，就打电话说要去看他，那时李文浩已经毕业返回翼城，两人在北京并没有相见。回到翼城后，李文浩联系李慧一起吃了顿饭，两人从此联系频繁，终于在这一年的某一天，他们突破了普通朋友的界限有了云雨之欢。

李文浩承认，从 1999 年直到 2002 年底，两人一直保持着秘密的情人关系——“联系并不多，不紧密”。不过，随着李慧的婚姻出现裂痕，李文浩和李慧的情人关系才渐渐走向公开化。

据李慧的自述，她和马朝晖是在 1994 年农历九月十二日结的婚，婚后两人感情很好，多年来没有打过架，拌嘴都很少。

新婚不久的马朝晖和李慧

但是，大约在 2002 年 8 月，她听到社会上有人传言，马朝晖和她的两个女同学来往频繁，尽管她不相信他们之间有不正当的男女关系，但还是劝他不要过多地和她们来往。马朝晖虽然答应了，但他们还是经常见面，主要是在一起打牌。为了侧面提醒她的两个女同学，李慧就有意请她们吃饭，当时她就感觉她们两人在她面前挺不自在。

一次，李慧和其中一位姓张的女同学一起吃饭时，她拿起对方的手机看短信，发现其中有好几条都是马朝晖发的。她回家问马朝晖，马朝晖承认说，“我俩就一直来往着”。不过，这一回他转守为攻，还倒过来说李慧。他说，那位姓张的同学告诉他，李慧在外面和其他的男人也有关系。

后来，马朝晖发现李慧和翼城县地税局的一位公务员有染，就和那位“第三者”大打出手，一时间闹得满城风雨，两个人的婚姻因此就陷入了危机。

2003 年农历正月初四的晚上，马朝晖到李慧的那位张姓同学家里玩了一宿麻将彻夜未归。在这之前，马朝晖因为打麻将和玩电脑游戏已经落下了腰椎间盘突出的毛病，李慧一直劝他就劝不住，而这一回，他不仅去打麻将了，而且是在“敏感”的地点彻夜不归，一气之下，李慧在正月初六，也就是 2 月 3 日就搬到大姐李翠仙承包的北关宾馆去住了。

这期间，两家老人和姐妹们都来劝和，但僵持到 6 月初，李慧才回到紫藤巷的家中居住。回家后，他们两个人依然处于分居状态，李慧住卧室，马朝晖睡客厅的沙发。

李慧在北关宾馆居住期间，翼城报社举办本县首届十大新闻人物评选颁奖晚会，报社的一班人马驻扎在北关宾馆具体操办这次活动，李文浩也在其中。

那次，李纯泰并没有入选十大新闻人物，而是被评为了活动组委会特设的两个“特别新闻人物”之一。另外一位特别新闻人物也是一位长期担任村支书兼村委会主任的“乡村强人”，他叫李鸿海。据说，李书记被查出癌症之后，曾一度向村民隐瞒病情。他从医院回来后跑到照相馆照了一张“遗像”挂在家中督促自己要加快履行他当选村委会主任时许下的诺言，诸如修桥、铺路、盖教学楼、建枣林等。

2006年初，各大媒体轮番采访李鸿海，作者在李鸿海家一边旁听其他记者的采访，一边在调整采访角度和提问方向

2006年初，我第一次来到翼城就是专为采访李鸿海而来。那时，我是《东方之子》栏目的节目策划，李鸿海已被中宣部确立为重大先进典型，那次同行的还有16家中央媒体的将近30位记者。那次采访对我而言应该算是一次有些酸楚的心灵之旅。我在面对面地听到李鸿海讲述他在太平间里和儿子“对话”的情形时，流下了眼泪。据说，他的小儿子是在他带领村民外出考察红枣嫁接技术时遭遇车祸身亡的，而那时，他们的考察才刚刚开始，想到出来一趟不容易，李鸿海于是强忍着老年丧子的悲痛，硬挺着完成了那次考察。

那次采访之后，李鸿海名扬全国，而在此之前，他的声名远不及李纯泰那样显赫。单就我而言，直到认识了李鸿海，我还不知道李纯泰是何许人也。

2003年2月15日的《翼城报》为庆祝这次活动还在特刊中加印了8个版面铜版纸的彩色特刊，其中有5个版面是李纯泰的专版，这之中，有四个专版的责编是李文浩。

A4版是个祝贺专版，说白了，就是李文浩的嫂子向李慧的父亲道喜。报纸套红通栏分成5行的大标题是“北关幼儿园园长张永红携全体教职员工热烈祝贺李纯泰当选翼城县特别新闻人物、郭生财当选翼城县首届十大新闻人物”。

据版面下方的文字介绍,张永红领导的北关幼儿园是全县规模最大、设施一流的幼儿园,且直属于县教育局,而此次当选十大新闻人物的郭生财是翼城县教育局局长。

A5 版是特别新闻人物李纯泰的荣誉录,版面中央印着李纯泰的大幅肖像,他的胸前缀满了各种奖章。事迹介绍里的一个数字引人注目:“在他的带领下,北关村年年有工程,农民人均收入达 6400 余元,成了三晋闻名的小康村。”

A6 版是“新闻人物李纯泰风采录”,通栏大标题是李纯泰的名言:“没有超前的思想,就没有超前的工作。”整版的图片新闻集中展现了当年山西省委、省政府及临汾市委、市政府领导参观北关村时的各种喜悦表情。

全国劳模李纯泰

A7 版是题为《喜看今日新北关》的小康村建设风貌,图文并茂地介绍了北关宾馆、世纪文化广场、西罗苑商贸街、农民住宅小区、翼鹏商城、农贸市场六大乡村景观。

A8 版又是一个祝贺专版,一共有 13 家单位一同祝贺李纯泰当选翼城县特别新闻人物,打头的三家是:翼城县人民检察院、翼城县人事局和翼城县财政局。

翼城县一场盛大的社会政治活动轻而易举地就让李纯泰雄霸一方、独领风骚,他在翼城的威望、影响力、人脉以及经济实力可见一斑。

2 月 16 日的颁奖晚会举办得也相当成功,晚会的举办地就在北关村世纪文化广场南面的大礼堂里。

这天晚上,央视《焦点访谈》的节目主持人翟树杰和临汾市电视台的一位主持人应邀主持了晚会。

写到此处,我打电话给翟树杰,期待和他一起聊聊这个叫李文浩的年轻人,但很可惜,翟树杰对李文浩根本就没有印象了。只是,对于当年那个团队里会出现一个"杀人犯",他感到惊讶和不可思议:"不会吧,看不出谁特强悍啊!"

那个晚会的准备工作持续了一段时间,李文浩在工作之余就经常到李慧的房间里来闲聊。知道李慧的婚姻出现了危机,李文浩起初是来劝和的,但他发现李慧离婚的态度十分坚决,似乎她的婚姻已经无法挽回。由此开始,李文浩的角色由"和事佬"变成了"第三者"。

通过这段时间的密切交往,李文浩、李慧之间的感情渐渐升温,两人擦出的火花燃起了熊熊的欲望之火,面对火焰,他们俩都像飞蛾那样,选择了扑火。这之后,同眠共宿便成了他们的家常便饭。

尤其是在2003年的"非典"期间,翼城县人民医院在4月29日确诊了一例输入型"非典"病例,消息传来,到处人心惶惶,家家闭门不出,整个宾馆经常是无人光顾,偌大的一幢楼好像就成了他们的二人世界。

两个人这么缠绵悱恻,或许起初只是因为欲望,但是,欲望一直就这么持续下去,爱情就开始登场了。

这时,李文浩做出决定,他要和妻子离婚与李慧生活在一起。他觉得,一来他和李慧之间有一定的感情基础;二来他希望借助李慧家族的力量在事业上对他有所帮助。

后来,李慧从宾馆搬回了家,但用她自己的话说就是"他俩还经常往一起跑"——不仅出双入对地出现在亲戚朋友面前,甚至两人在李慧的同学马小玲家还留宿过不止一次。

后来,我才知道,马小玲的丈夫孟凡军也不是外人,他是李文浩在云南当兵时的战友,并且还是来往频繁的挚友。需要解释的是,孟凡军并不是李文浩初次见到李慧时一同去北关幼儿园的那位战友。

不管怎么说,从2003年春节开始,李慧和李文浩对于婚外情的隐私是掩饰得不够的,或许是因为从这个时候开始,他们真正有了结为夫妻的打算,爱情的力量似乎已经不再让他们惧怕闲言碎语。

人说小城故事多,还不如说是小城熟人多呢!小城的这片天地太过狭小,在聚光灯下受到人们关注的人物总是那么有限,而且,小城里的人们不像都市里的人总是那么关注八竿子打不着的名人隐私与八卦,他们张家长、李家短地,只关注身边凡人的一举一动。在这个熟人社会里,绯闻的传播只在朝夕之间。

有一天,在县计生局办公室工作的李书兰到县电视台联系制作一个计划生育宣传片,她见着宋元红大吃一惊:"呀,你咋一下子瘦了,得甲亢了?"

两个直言快语的女人碰到一起立刻就撞出了"火花",宋元红带着怨气回答:

"姨,你咋不知道,咱家男人跟着李纯泰的六女子跑了。"在翼城方言里,管女儿都叫女子。

宋元红的同事在一旁赶紧提醒她:"呀,人家就是马朝晖的姨咧。"李书兰和马朝晖的母亲李毅正是一对亲姐妹。

宋元红并不羞怯:"管他着咧。"

至今,我不知道宋元红的这些话是不是有意说给李书兰听的。在翼城县,对于宋元红,我听到的有关她最多的评价就是:性格孤僻且说话直来直去。我和她有过对话,对于这个评价我也感觉比较贴切。

听完宋元红的抱怨,李书兰就往姐姐李毅的办公室跑,李毅听完情况介绍立刻就把马朝晖叫到办公室里来询问:"李慧和李文浩到哪一步了?"

据李书兰回忆,这时马朝晖哭了起来,说:"他们在北关宾馆已经同居过了。"

事后,李书兰找到李慧当面呲儿了她一顿:"你们放着好好的生活咋不好好过,你叫我这媒人咋说呢?"

李书兰告诉我,是她当年到李纯泰家打麻将时和李家拉上这门亲事的,李纯泰当时推托了一句说:"哎呀,我女子还小着哩。"

可是,那之后,李慧和马朝晖便暗地里开始了交往。婚后,小两口的家离李书兰的家只隔着三条巷子,平时他们来往得挺频繁。两个人结婚九年都不会做饭,以前经常到姨家来蹭饭或临时寄养孩子。

而此时,我更想知道李慧面对李书兰的质问会做何解释,李书兰没好气地说:"她只是哭,一句话也不说,不吭气。"说完,李书兰嘴角往下一抿,对于李慧的守口如瓶,显出一种不屑的神情。

李慧和李文浩的婚外情经过这一轮在长辈间的翻腾、加温和持续发酵,李慧和马朝晖本已脆弱的婚姻就更加没有办法维持了,他们两人多次协议离婚,并且数次拟定了离婚协议,甚至最后双方把名字都签好了。但是,因为当时离婚需要单位出具介绍信,而两人的单位领导都碍于两家大人的情面,不敢轻易就拆散这段曾经被称为"强强联合"、"珠联璧合"的姻缘,介绍信一下子开不下来,不得已,离婚手续便一直搁置着。

2003 年 10 月 1 日,峰回路转,新的《婚姻登记条例》开始施行,办理离婚手续从此不再需要单位介绍信,于是两人商量好,等国庆长假一结束,10 月 8 日就去民政局办理离婚手续。

10 月 8 日,这个日子回头看起来真是有些匪夷所思。马、李二人结婚选的良辰吉日是 1994 年农历的九月十二日,而 2003 年 10 月 8 日正好是农历九月十三日，若是他们在10月8日能顺利地离婚，那么，他们两人的婚姻正好是9年，几乎是一天不多，一天也不少。

但话说回来，两个人毕竟在一起厮守了也快十年，离婚前的日子，双方都显得痛苦而纠结。

9月27日，马朝晖到太原他同学那儿散心去了。过了两天，他从太原连着发了几条短信给李慧说，天凉了，多加衣服，你肠胃不好，要少吃凉的，一个人不敢住，就让保姆回家陪着。

最后，据说马朝晖还在短信里明确地发出了和解信号：“看到别人恩恩爱爱，我的心很痛。过去的一切就算我的错，我们重新开始好吗？”

李慧看了很感动，一个人在家里大哭了一场，心想等马朝晖回来后要好好和他谈一谈，不离婚了，往后好好过日子。

第二天，李慧到北关宾馆把所有衣物收拾到家里，开始打扫房间，准备让马朝晖回来后感觉这里还像个家。

但是，命运就是这么捉弄人，当她对马朝晖刚刚产生一点儿回心转意的柔情时，李文浩的一个电话便又把她打回了原形。

下午两点多，李文浩打电话告诉了李慧一件“恶心”事儿：“马朝晖给宋元红发了条短信，内容是‘我想你的小身体了’。”

当时，李文浩和妻子在父母家吃饭。吃完饭，宋元红就睡午觉了。他听见妻子的手机短信提示音，就打开手机看了一下。

李慧问：“那宋元红咋解释呀？”

“她在隔壁房间里睡觉，我看了过后就删了，没有让她看。”

在电话里聊着聊着，两人觉得还是见面说吧，李文浩来到李慧家和李慧见了面。这是他第一次来到紫藤巷2号，李慧的家中。

一见面，李慧不解地问：“马狗狗一天到晚说咱俩关系好，这回他发给宋元红的短信你咋不让她看看就给删了呢？”

“我不想把事情弄大。”李文浩是搞新闻的，他在离婚这件事上总是想息事宁人，害怕自己就成了新闻。

说着话，李文浩的手机响了，是马朝晖从太原打电话过来骂他：“咋呢，小心我回去收拾你。”

李慧觉得奇怪了：“马狗狗发了这么无聊的短信给宋元红，他还翻回头来骂你？”

李文浩笑笑：“我在你家刚发了条短信骂了马朝晖，我跟他说，‘你发的短信真恶心’。”

两人越聊越生气，结果，李慧忍不住抄起电话和马朝晖又吵了一通：“你勾引人家老婆你还有理了！？”

这时，李文浩在旁边喃喃地劝道：“算了算了，反正我和宋元红也要离婚，不要把事情弄大了。将来他俩结了婚，咱俩结了婚就算了。”

李文浩说是这么说，但对于宋元红和马朝晖，他根本就不相信他们之间会有什么不正当关系。在他眼里，妻子就是一个不解风情的“烈”女子，不可能就这么在一片纷扰中和“仇家”的男人纠缠在一起，而且她是一个有底线的人，她痛恨李文浩的婚外情，因此她决不会做出连自己也痛恨的行为。这就是当时李文浩作为丈夫对妻子的基本了解和信任。

而他自己在李慧这边却陷得很深，已经不能自拔了，并且他知道李慧已经签好离婚协议，房子、孩子都“分”好了：李慧向马朝晖支付20万块钱，孩子、房子都归李慧。将来，眼前的这幢房子就是自己的家了。或许是对未来这个新家有些好奇和憧憬，李文浩说他想让李慧带他到二楼去看看。

两人刚上到二楼，李文浩的电话响了，这回是宋元红打来的，她勒令李文浩必须尽快回家把事情说清楚：“……有啥事你回来说，你不回来，我就跳楼，死给你看。”

宋元红以死相逼，为的就是要证明自己的清白。两人一合计，不用问，肯定是马朝晖给宋元红又打电话了。

李文浩有些紧张地说：“别弄下啥事情了，我还是先回去吧。”说完，他也顾不上李慧的感受，就匆匆地离开了紫藤巷。

李文浩走后，李慧给宋元红发了一条短信说：“你们大家都不要闹了，我会给大家做出一个交待的。”

那时，紫藤巷里不知道是否真的种着紫藤。

紫藤，一种落叶攀援缠绕性藤本植物，在诗人笔下总是代表着醉人的恋情和依依的思念。而对于这两对年轻的夫妻而言，紫藤代表不了这些，倒像是代表着他们这天下午互相纠缠在一起，理不清，扯不断，牵一藤而枝蔓俱动的尴尬。

李文浩走后，李慧在二楼撕碎了他和马朝晖的结婚照，并随手抄起桌上的一瓶汾酒，咕咚咚地一饮而尽。

她醉了。她踉踉跄跄地从二楼扶着楼梯下来，倒在一楼的卧室里就失去了知觉。

酒醒之时，已是次日，到了国庆节的中午。

她的同学马小玲照顾着李慧一直从晚上到了白天，她还把李慧吐得一地的污秽给打扫得干干净净。

天下着雨，两人没有出去吃午饭，马小玲去菜场买了菜，然后和面，两人吃的是西红柿鸡蛋面。

李慧的醉酒，让她错过了国庆节中午一大家子人在北关宾馆吃的团圆饭。

午饭过后，心疼她处境的大姐李翠仙领着二妹、三妹和五妹组团上门，也就是想来“团团”（翼城方言，“团团”有劝劝和哄哄的意思）她。

姐姐们关上卧室的门，把马小玲一个人留在客厅看电视，问她：“一家人的团圆饭咋不去吃？爸妈还问起你呢！”

李慧向姐姐们撒谎说：“我感冒了。”

李翠仙嗔怪她：“屁个感冒了。”

李翠仙在众姐姐中是最了解李慧的。李慧和李文浩在北关宾馆旧情复发，并且经常同床共枕，她虽然没有撞见过，但也有所耳闻。她曾劝导李慧，你们双方都是有家的，这么来往不合适，就算离婚，对双方的孩子都不利。

李翠仙向我解释说，我们做姐姐的，只能劝和，不能劝离，这都是人之常情。她觉得自己的婚姻对于妹妹而言已经表明了她的态度，她和丈夫因性格不和前些年曾分居多年，但碍于两个孩子以及世俗的压力，他们始终没有走到离婚这一步，在他们那一代人看来，完整的家庭对于孩子而言是弥足珍贵的，哪怕凑合，都要过下去。当然，若要维持一段这样的婚姻，身在其中的痛苦，外人是无从知晓的。不过，也不排除两个人凑合凑合着，感情上的伤痕也就愈合了。

后来，李慧两口子吵架，互相指责对方的生活作风有问题，李翠仙还被他们叫到家里去评理，结果自然是清官难断家务事，李翠仙只能是各打五十大板，把两个人都骂了一顿，末了叫他们“今后回去好好过”。

再往后，李翠仙发现李慧和李文浩与朋友们交往时已经开始出双入对，不大避讳，她已经觉察到两人生米已经煮成熟饭，分不开了。“我做姐姐的也就不能再说什么了。”李翠仙在接受警方讯问时，曾经说过这么一句话。

这一天，在众姐姐面前，李慧态度异常坚决，她把她昨天经历的闹剧和往日的痛苦向姐姐们和盘托出，她还拿出已经签好字的离婚协议书给她们看：“我是一天也不能跟他过了。”

李翠仙听了就骂她：“你过不成就离，生什么气呢？”她觉得妹妹酗酒伤心又伤身，让她心疼。

好像除了李翠仙，姐姐们并不是正经八百地来劝李慧的，她们打开妹妹的衣橱，叽叽喳喳地说要一人一件，“打土豪，分田地”，把李慧的好衣服都穿走……她们临走前最后聊到的话题是妹妹家里梳妆台上的金银首饰。不过，她们曾经把玩过的铂金镶钻的项链、手链，还有戒指、耳环等，在第二天案发后就都不见了。

李慧的众姐姐们走后，马朝晖下午从太原回了家，两个人继续冷战。

当晚，李慧和马朝晖按着冷战的规矩分头在沙发和卧室里睡的觉。

爱情真是人生中最美丽的一场梦啊，许多人都是在婚姻中醒来，发现自己身在一座坟墓。我不想说婚姻是爱情的坟墓，但那里的确埋葬着许多人的爱情。对于李慧和马朝晖而言，时间如流水一般冲刷了九年，带走了生活的诗意和新鲜感，当初的承诺和海誓山盟都已被撕碎，化成了风中四处飘散的纸屑。两个曾经互相依靠的灵魂各自发现了新的吸引与依恋时，爱便已荡然无存了，索然无味的相拥而眠也就变得实在多余。

这一觉睡下之后，马朝晖的生命就已经进入了最后 24 小时的倒计时。这对夫妻也即将阴阳两隔。

第四章　伪　证

10 月 2 日早上 7 点多，李慧起床从卧室出来，马朝晖坐在沙发上一边穿衣服，一边微笑着，这是他这一生和妻子最后一次面对面地交谈："你今天干啥呀？"

李慧没好气地说："我干啥碍你啥事了？"

马朝晖答："胡克文今天在后院安暖气，咱给人家招呼一天。"

胡克文是北关幼儿园的副园长，是和张永红搭班子的副手，也是李慧的同事。胡家因为拆迁，无处可住，就打算借住在李慧家的后院儿。李慧的住宅有两幢坐北朝南的二层小楼，分属南北两个前后院儿，分别是紫藤巷 1 号和紫藤巷 2 号。

案发的紫藤巷，图右侧大门为紫藤巷 1 号，汽车前方为紫藤巷 2 号

紫藤巷 1 号和 2 号都有单独朝东的双扇大门进出。靠北面，也就是巷口的小院儿被李慧他们称为后院儿，这是紫藤巷 1 号，院儿小，房屋面积也小。南面的院子是紫藤巷 2 号，是马朝晖夫妇的居住地，院子加上门庭的空地，里面停上三辆轿车肯定没有问题。紫藤巷 1 号和 2 号之间没有围墙，2 号院的一楼客厅有个后门和紫藤巷 1 号相通。

由于后院儿没有暖气，于是，入住之前，胡克文两口子就打算在后院儿安装采暖的管道，以便和前院儿的小锅炉相连通。

李慧和胡克文既是同事又是朋

友，马朝晖主动提出要“招呼一天”，这显然是一种示好的举动，但是，就这也被李慧冷若冰霜地顶了回去：

“你想招呼你招呼，我有事。”

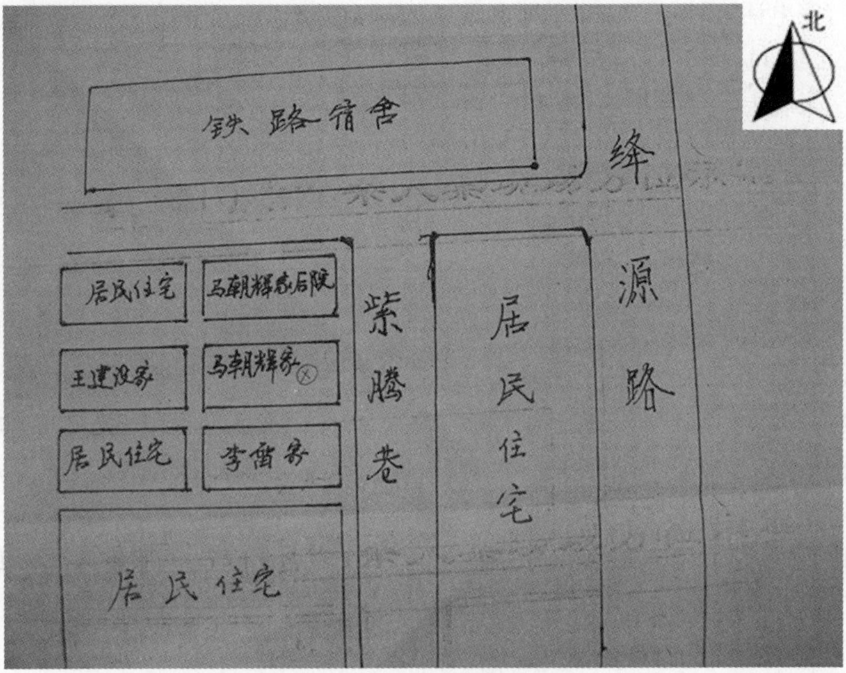

警方绘制的案发现场的方位图

李慧是唐兴镇财政所核算中心的会计，还兼着北关幼儿园的会计。国庆节前，县审计局通知财政所，节后要进行审计。财政所的领导要求李慧赶紧把账目整一整，所以，李慧就选择了在国庆假期里加班整理账目。

这天早上的八九点，在北关宾馆的312房间，李文浩刚从睡梦中醒来。

这些日子闹离婚，李文浩把自己闹成了“丧家之犬”——有家不能回，要么是回父母那里住，要么就只有来宾馆。312房是李慧在北关宾馆的私人住处，它和310房是一个相通的套间，李慧掌握着房间钥匙，这个套间平时从来不安排客人，服务员也不用上门打扫卫生。李慧年初和丈夫闹矛盾时，她曾在这个套间里长住了四个月。李慧从宾馆搬回家去住之后，她就把房间钥匙给了李文浩。

醒来之后，李文浩给李慧打了一个电话，知晓了李慧这一天的动向。

挂了电话，李文浩一时找不到事情做，就赖在床上看电视，那天演的是《李卫当官》。

没多久，宋元红连着给他打了几个电话，他心烦意乱不想接，但是电话铃声一直倔强地响着,没辙,他最终还是接了电话,宋元红叫他回家谈谈。李文浩直接回答,没有什么可谈的。两人扯了半天,李文浩经不住磨,最后他答应一会儿回去再谈。

打完电话,手机没电,自动关机了。这下好,可以安静一会儿了,看完《李卫当官》已经11点多了,李文浩这才起床。

头天晚上下了点儿雨,路面有些潮湿。

李文浩先回了趟自己家,他花了两个多小时和宋元红商谈离婚的事情,宋元红可不是那种软弱可欺的人,她并不跟李文浩多说什么,只是一口咬定:离婚,不行。

带着失望从家里出来,李文浩到府前广场的实惠面馆吃了一碗饺子。

李慧那边,她的午饭是和马小玲、孟凡军夫妇一起在百辰大酒店吃的。前面已经说过,马小玲是李慧的同学,孟凡军是李文浩在部队当兵时的战友。

吃完饭,李慧开车回家先换了身衣服。最主要的原因是,天凉了,她加了一条秋裤。然后,她回单位继续整理账目。孟凡军两口子吃完饭直接就回了家,他们到家没多久,李文浩吃完饺子路过他家时,不请自来地进屋闲聊了一会儿。

闲聊中,李文浩才知道,孟凡军两口子和李慧在百辰大酒店吃饭时,他的哥哥李文涛就在对面的包间里喝酒呢。

当时,李文涛是县城建局房产管理所的副所长,这天上午,他陪着一个叫吴超的人一起去办理一件不算简单的房产过户手续。中午,吴超就请了包括李文涛在内和房产过户有关的三个人一起吃中饭。真巧,吴超就是北关幼儿园副园长胡克文的丈夫。而此时的胡克文正陪着安装暖气管道的工人在李慧家的后院儿吃包子呢。

李慧准备进包间吃饭时,她通过对面包间门帘的缝隙看见了李文涛,于是就掀开门帘进来打了一声招呼。有意思的是,日后,李文涛和吴超接受警方的询问时,他们在笔录里对这声招呼进行了各自不同的描述:

李文涛说:"我们四个在包间吃饭,约12时,我从门缝看到李慧进入对门包间吃饭,李慧问了声:'大哥,你来吃饭了。'我只是答应了一声。"

吴超说:"我们正在吃饭时,见李慧和一个戴眼镜的女的也来'百辰'吃饭,李慧见了我说:'大哥,你也在这儿吃饭?'我说'嗯'。"

多年以后,我把两个男人"自作多情"的这个细节告诉了李文涛,他分析说,李慧进来应该是想和他打招呼的,因为他们在门帘的缝隙里发生了对视,等掀开门帘进来时,她才看见吴超也在,于是,她在打那声招呼时就用目光扫过了两位

“大哥”,于是就出现了他们在笔录里向警方描述的情形。

这就是小城里的奇特景观,孔子说:三人行,必有我师;小城里的人说:三人中,必有熟人。

有个翼城人跟我举例说,某年冬天,他去商场买东西,掀开大门口挡风的门帘,立刻就和门帘后面的人四目相对,两张脸立刻同时绽开笑容:哎呀,是你呀——两人并不说“怎么这么巧”;买完东西,要留个客户联系卡,这位先生想保留点儿隐私,就留了妻子的姓名和电话,售货员看了就说,您是某某某的爱人啊,常听您爱人说起您呢;出门时没见有别的人,就无遮无拦放肆地打了一个喷嚏,口鼻处雾状喷射完毕,结果一睁眼,旁边竟然有个熟人跑来关心你,哎呀,地动山摇啊,感冒了呀你?定睛一看,这位是小学同学……没有在小城待过的人根本就不知道真正的人缘儿好是个什么样子。至于相亲碰上对方是熟人,在翼城,那也不算是小概率事件。

2014 年春天,为了采访马朝晖被杀案,我第三次来到了翼城,并在县城小住了 8 天。到第五天时,我上街就开始遇到熟人了。

那天,我去县人民医院找当年李慧的邻居核实案发时间,在医院大门口就遇见了前两天在报社见过的《今日翼城》的主编李维杰。后来,我说起这件事,张永红不露声色地告诉我:“李维杰你也认识?他是我的外甥女婿。”这么说来,作为张永红小叔子的李文浩就是李维杰的长辈了,外甥女婿管小叔子叫什么呢,应该是表舅吧,没准儿是表叔?如此复杂的亲缘关系,在我的现实生活中从未出现,我确实有点儿找不着北了:晕。

还有一次,我被翼城本地的朋友拉去吃饭,席间说起马朝晖被杀案,一位姑娘说,李慧是我同学的朋友;另一位姑娘说我的一个朋友结婚时,李文浩是伴郎,她还说,董昀的小名叫“冬冬”,我和他从小都在县政府的家属院儿住着呢。说这话的是县法院民庭的一位书记员,她告诉我,董昀的父亲很长时间都是县上主要领导的司机。

才过了两天,傍晚我从超市买了些吃喝杂物回宾馆,提着塑料袋儿在红旗路就遇见了上面的两位“闺蜜”,她们手挽着手“咦”了一声,浅笑着和我擦肩而过。而我却经不起这等巧遇,本能地来了一句:怎么这么巧啊。

一个淡定,一个惊奇,同样面对一次相遇,我们之间有着完全不同的心理反应。

言归正传,回到案发那天。孟凡军告诉李文浩,他们两口子中午和李慧一起吃饭时,李慧好像不太高兴,情绪低落。

从战友家出来，缓步走上两三分钟，李文浩就到了父母家。他把手机充上电就给李慧发了条短信，劝她不要再生气了。

不一会儿，李慧便把电话打了进来。当时他母亲就站在跟前，而手机又被线牵着，李文浩看接电话不方便就把手机的按键一按，给挂了。

很快，李慧的短信就跟着进来了：“你要是不想接电话，就永远都不要接。”

等又充了一会儿电，李文浩拔下手机，从屋里出来给李慧回电话，他向李慧解释说：“刚才父母在，跟你打电话不方便。”

接着，两人在电话里争论着马朝晖和宋元红到底有没有关系，李慧坚持说“应该有”，她说她看见过马朝晖的手机通话单，他们俩之间的联系实在是太频繁了，肯定有问题，而李文浩说他“不相信”。不仅如此，他还开导她，不要去管人家怎么样，首先你自己要离婚，把自己的问题解决好就对了。李慧对李文浩的“软弱”态度很不满意。

李文浩把手机举在耳边，一边安慰她，一边沿着解放路往李慧单位的方向走。

李文浩还在半路上呢，马小玲吃完饭在家睡了一觉，起来坐着公交车来到唐兴镇财政所又找李慧来玩了。李慧忙着整账，也没和她多说话，后来还温柔地下了逐客令：“你回吧，你在这儿我干不成工作。”

马小玲走了没多久，上午陪李慧加班的张永红骑着摩托又来找她了。张永红是北关幼儿园的园长，李慧兼着北关幼儿园的会计，她们是工作关系；在生活中，张永红又是李文浩的嫂子。这天，她俩的话题除了工作就是在两个男人之间来回颠倒，这两个男人，一个是马朝晖，另一个就是李文浩。

李慧跟张永红说起了“我想你的小身体了”的短信，她说她真的很生李文浩的气，他看见别人跟自己的老婆发那样的短信，怎么把短信删了，没吭气就走了。他真的应该把宋元红的手机给摔了。

说曹操曹操到，李文浩进来和嫂子打过招呼，觉得和两个女人没有什么话题可聊的，就静静地坐在办公室里的一张桌子旁边看杂志。这天，小伙子穿得格外精神，上身是一件“爱登堡”的蓝黑色夹克，下身穿一条“袋鼠”牌黑色休闲裤，脚穿“梦特娇”牌黑色皮凉鞋。

凶案发生后，李文浩没有想到，他得无数次地向审讯人员重复他这一身行头，这是后话了。

本来，有男人在场，女人的话题都会有所顾忌，再加上李文浩还是她们话题的当事人，两个女人自然而然地又聊回了北关幼儿园的工作。

时间过得很快,差不多6点了,又是晚饭时间了。

这时,李文浩的哥哥李文涛出现了,他看老婆一出门就不回来了,心里很烦。他开车出来买了一瓶太原高粱酒准备晚上小酌一番,路过财政所他跑进来就是要喊老婆回家去做饭。走到办公室门口,他看见弟弟也在,就更烦了,他连屋也没进,站在门口对张永红说:“你们还在这儿干什么,回家去。”

说完,李文涛转身就走了。“他走时还瞪了我一眼,因为我哥不愿意我与李慧这样往来。”后来,李文浩接受警方讯问时,特意强调了这么一个细节。

事实上,李文浩和李慧的这段恋情在他父母和哥哥那里受到了强烈的谴责,原因很简单,他们各自都有家庭,婚外恋是不光彩的。

当初,宋元红告诉李文浩的母亲,李文浩和李慧存在不正当的男女关系时,这位没有多少文化的家庭妇女批评儿子说:“你是共产党员,工作上很出色,不能有生活作风问题,你要是不改,有我没你,有你没我。”

李文浩赶紧表态说:“我改。”

从县城建局退休的父亲则规劝儿子说:“咱有老婆孩子,过得好好的,咱不要和李慧再来往。历史上就有说法,古戏、电视剧里也演,‘杀父之仇,夺妻之恨’,会出问题的。”

李文浩的人生之路就这样在父母和大哥的规劝中无可阻拦地走进了一出悲剧里。

这天下午,李文涛走了,张永红也跟着回去了。她临走时还留下话,叫李慧到家里去吃晚饭。

过了几分钟,财政所的所长赵永明去了办公室,他知道李慧在那里加班,只是查看了一下工作就走了。

又过了不久,张永红来电话了,她说家里在做饭,叫李慧、李文浩到她家去吃晚饭。

李慧一边收拾东西一边说:“那咱们走吧,让别人看见我们在这儿难看着呢。”

晚上7点,李慧、李文浩来到哥哥李文涛的家。7点半,正式开饭。吃饭的除了四个大人,还有李文涛的儿子李哲。

吃饭时,李慧两次接到马朝晖的电话,头一回,她说:“我这会儿没时间。”

没多长时间,马朝晖又给李慧打来电话,这次在座的人听见李慧说:“我这会儿没时间,等有时间再说……有什么好说的,不是说好了么?到时候离就行了。”

吃完饭,李哲去看书学习去了,李文涛坐在客厅的沙发上看电视,剩下的三位则在闲聊。

9点半时，李文涛说让李慧、李文浩赶紧回家。张永红阻拦说，回去还不是两个人大眼瞪小眼，有啥说的，再坐一会儿呗。

到了10点半时，李文涛干脆不耐烦地站起来催他们：“时间不早了，都10点半了，你们走吧。”说到“走吧”时，他还加重了语气。

李文涛解释说，他之所以这么急着催他俩走，是因为他们两人闹离婚，“后院儿”都起着“火”呢，看见他们还有心思在这儿闲聊，心里很烦。况且，中午朋友请客时，他喝了点儿小酒，不胜酒力的他一直头重脚轻，直到晚上还有些难受。

李文涛说到10点半时，张永红下意识地看了一下客厅东面低柜上的北极星石英钟。就这么，张永红这才和李文涛一道起身送客。

李哲在里屋听见动静也出来送李文浩他们，他看见的时间也是10点半，他还注意到李慧穿的是一件豆绿色防雨的小风衣，挺时髦的。

两人离开后的行踪，李文浩日后向警方进行了描述。但是，对于这一段经历，无法取得两人之外的其他印证，照录如下：

我和李慧从我哥家出来后，我开着车，李慧坐在副驾驶的位置。我开车走到翼城县西关转盘那儿时，我问李慧：要不要转一圈？李慧说转一圈就转一圈。我就沿着绛源路一直往南走，一直走到翼城与绛县交界的西彭庄村。那一路都是柏油路，但我开得比较慢，到那儿用了大约30分钟，到了之后我就掉转车头往回返，返回到西郑村和冯史村一带时，我把车停在路边，休息了大约有20分钟。之后又开着车往回走。

那天，李慧心情不好，在路上我们说话不多，她一直闭着眼睛，靠在车座上。

我把车开到解放路与泰山路的交叉口，然后下了车，往家走，李慧自己开着车就回家了。

（见于2006年2月23日公安刑事侦查卷第二卷讯问笔录，侦查员：杨生庆、杜永明；单位：山西省公安厅、临汾市公安局；地点：“10·2”专案组指定办案场所）

对于上述笔录中有关停车休息的具体细节，李文浩2006年12月在写给其辩护律师胡晓勇的信中进行了具体描述：

我见李慧一路上都闭着眼打瞌睡，就对她说，停下来瞌睡一下吧，她说好。我把车停在路边，把她抱在怀里，她趴在我怀里睡了一会儿后，爬起来说，咱回吧，不早了。我开车顺原路返回县城，在快进入县城时，我跟她说，回去别吵架，更别打架。她说没事，我们结婚十年都没打过架，有矛盾就是吵架或冷战。

两人道别的时候轻轻地抱了一下,然后李慧独自开车回家。李文浩敲开父母的家门之后,父亲抱怨他回来得太晚,李文浩下意识地看了一下表:11点一刻。

父亲李深德问他到什么地方去了,他说刚从哥哥家回来。知道他胃不好,父亲随口说:"有熬浮(翼城方言,'熬浮'是开水的意思,'水'在翼城话中的发音接近于'浮'),你喝口浮。"

李文浩喝了一杯水之后就到西屋睡觉去了。睡前,他先给手机充上电,然后拿了本杂志准备在床上阅读。

事后,李深德向警方作证说,"当时,李文浩情绪正常,衣冠整洁,根本没有什么异常表现"。

李文浩躺下十几分钟,李慧哭着打来电话说:"马狗狗出事了。不知是自杀还是怎么了,他人在过道上躺着呢。"

"别哭,别哭,到底是咋回事,人没事吧?"

"不知道。不敢上跟前去,我害怕。"

"人到底咋啦?要不我上去一趟,看一下到底怎么了。"

"不用不用了,你不用上来,我已经给家里打电话了,也给马狗狗家和董昀打电话了,估计马上人就来了。"

说话间,董昀已经开车到了家门口,李慧匆匆挂断了电话。

李文浩紧接着给李慧的手机发了条短信:"马朝晖人没事吧?人没事吧?"

李慧没有回音。

感觉受到了李慧的冷落,李文浩就向大哥求助,他拨通了李文涛的电话对哥哥说:"李慧说马狗狗在家出事了,你给李慧打电话问一下出啥事了。"

张永红听完丈夫的转述,马上就拨通了李慧的手机,她还没来得及说什么,里面的人说完一句话就挂了:"出事了,打啥咧。"是李翠仙的声音。

李文涛又接着给妹妹李秋艳打电话,让她看一下李慧家到底出什么事情了。李秋艳住在李慧家后面不远的地方。

一会儿,李秋艳回话说:"下面好多警车,可能是马狗狗死了,李慧家有人哭,是马狗狗的弟弟哭他哥呢。"

又过了一会儿,李文涛的手机响了,这回是李慧打过来的:"大哥,马狗狗死了。"

随后,李文涛打电话向李文浩发布了确凿的消息:"马狗狗死了。"

"哎呀,这咋能死了。"李文浩害怕马朝晖是自杀,因为自己和李慧的关系,他在心里问自己:天呐,马家人会怎么对他,社会舆论又会怎么说他呢?巨大的恐慌让他一下子不知所措，吓得直发抖。

与此同时，李慧已经离开案发现场，到了大姐李翠仙的家里。趁着四姐在客厅，就她一个人在卧室的工夫，她先给张永红打电话说：“我和李文浩从你家出来后，开车到了武池、西郑遛了一圈，有人问你，你就说我是晚上 11 点 20 左右从你家走的。”

张永红说：“能行。”

放下电话，张永红又觉得不对，那李文浩怎么办呢？她又打电话问李慧：“我就说你一个人到我家的？”

这时，因为四姐又回到卧室，就坐她在身边呢，李慧“嗯”了一声就把电话给挂了。

听完李慧的安排，张永红想想有些后悔，就给李慧打电话想叫她慎重对待，看是不是能不要冒险去撒谎。可是，李慧的电话无人接听。

无奈之中，她只得打电话专门叮嘱李文浩，警察调查的时候别说晚上他和李慧在一起，免得他和李慧的事儿闹得沸沸扬扬的，最后连累了他。

李文浩听了非常紧张，因为他觉得向公安局撒谎，此事非同小可，而且撒的这个谎也没有办法圆下来，这可怎么办啊？他害怕地在电话里带着哭腔说：“马狗狗死了，这可咋办啊。”

“你先给咱爸咱妈说一下，就说你晚上一直在家的。”

“不敢说。”

“不敢说，也得说。不说咋办？”张永红生气地把电话挂了。

张永红是这样理解李慧的用意的，她害怕别人知道她和李文浩不清不楚的关系。但是，作为嫂子她还有另一层担心：李文浩和李慧相识，她算是半个介绍人，而且后来还默许了他俩的婚外情，这次若是把小叔子卷进了杀人案，她可担不起这个责任。

但是，事与愿违，案发当晚，没有人敢肯定马朝晖的被害与李慧真的就毫无关系，作为“第三者”的李文浩被裹挟进来，那也是迟早的事情。

从天而降的凶案实在让李文浩感到恐惧，他就给李文涛打电话说：“哥，我害怕，我现在去你家，你要不过来接我吧。”

李文涛似乎很蔑视弟弟的胆怯：“我也害怕，接啥呢。你要是实在害怕就到爸妈的屋里跟爸妈一起睡吧。”这是李文涛的一句气话，没想到李文浩最后真的给照办了。

无奈，他来到客厅，把习惯于开着电视卧在沙发上打瞌睡的父亲叫醒，并且说了刚才的情况。

电视里的光亮把老人家的脸庞映得忽明忽暗,他吃惊地问李文浩:“到底马朝晖是怎么回事呀?”

“不知道嘛,是不是自杀还不知道呢。”

后来,李文浩的母亲还惊恐地追问过一句:“不会是你们俩干的吧?”

“绝对不是,我们俩绝对没干过这种事情。”

把心放回肚里之后,李文浩的母亲就开始数落儿子:“看你们闹的,闹的这是个啥?还出了人命,这可咋办啊……我早就说过,李慧家这浑水咱可不敢去蹚。”

这时,从小就没经过什么大风大浪的李文浩心里很乱:父母的痛骂,嫂子的“逼供”,倒在血泊中的“情敌”,哭泣中的李慧,愤怒的大哥……明天这事儿在小县城里肯定会炸了锅,他又想想马朝晖父母在翼城县的权势,自己“抢”媳妇怎么就抢到大户人家去了,还闹出了人命,至少,报社的记者肯定是干不成了……李文浩陷入了无限的惊恐之中,便开始不停地打抖。

李文浩的母亲事后向警方详细描述了儿子知道马朝晖被杀后与他们同床共宿的过程:

“我和老头李深德在家里,我在卧室,老头在客厅住”。李文浩知道李慧那边出事之后,“他和他爸来到卧室和我睡到一个床上,他没有脱衣服,就和我老头睡在床边儿,在被子里他发抖。他爸问他害怕啥咧,李文浩说晚上我和李慧在一起,李慧把我送回来,她开车刚回去就出事儿了。我说你往后再不能和李慧往一起跑。我说马到(翼城方言,‘马到’是明天的意思)公安局肯定还要问你呢。”

在被子里发抖的李文浩倒是一夜无事。凌晨3点,警察打通了张永红的电话,两位刑警上门到她家给她做了笔录。

张永红按着李慧的吩咐,说10月2日晚上,“李慧一个人开车到我家”,“大约到了晚上11点30分左右”离开的。

李慧和张永红在案发第一时间的口供基本统一。但是,毕竟是跟刑警撒了谎,上过幼儿师范的张永红也算是文化人,这个后果让她感到很后怕。

10月3日一大早,她就骑着摩托跑到刑警队大门口转了转,看着进进出出的熟人前去接受调查,她没敢进去。她看见李翠仙从刑警队出来,就想上前和她说说话,但又碍于她身边有人,张永红尾随着李翠仙的车来到北关宾馆附近,想想还是给她打个电话说说吧:“李慧让我说她是11点20走的,我给公安局的说成那样了,咋办呀?”

李翠仙答：“你已经说成那样了，还咋办？”

挂了电话，张永红回到婆婆家，看见丈夫、丈夫的一个堂哥和李文浩都在。她一进门，就听见李文浩在抱怨李慧：“我就不知道她为啥要说假话，咱又没干啥。”

知道张永红做完了笔录，他又质问她：“为啥要撒谎?！这么大的事，怎么能撒谎?！”

原来，张永红不在的时候，一家人刚开了一个会。

这天一大早，大概七点多，警察还没来，倒是李文涛来到父母家，先把李文浩“审讯”了一番。李文浩的“如实供述”让李文涛很欣慰：弟弟跟这起凶杀案没有关系。

可是，转念一想，他又为难了，自己的老婆按着李慧的吩咐，在凌晨时分已经跟两个刑警撒了谎了，怎么办呢？

李文涛在父亲的支持下把在翼城县国税局担任党委书记的堂哥李强请来做决断，李强听了情况介绍毫不迟疑地说：“人命关天的事，有啥就说啥，不能隐瞒。”

可是，晚了，在张永红那里，说出去的话，就犹如泼出去的水，她无力地坐在那里，一时无语。

这时，张永红的手机响了，李翠仙在电话里问她：“你把昨晚李慧打电话的意思转告给了李文浩吗？”

“已经转告了。”

才说了两句，张永红干脆把电话交给了李文浩，李翠仙直接向他交待说：“李慧在刑警队已经说了前几天马朝晖给宋元红发‘我想你的小身体’的事了。”

李文浩问：“那公安局问起当晚吃饭的事咋说啊？”

“就按你嫂子说的，你们三个说成一致的吧。”

当天警察再次传唤张永红，让她写情况，张永红极度纠结，一来有李翠仙交待在先，二来她也不知道如何推翻自己先前说过的假话，结果，她就仍然按照李慧的交待又一次撒了谎。

张永红二次撒谎回到婆婆家，李文浩更加愤怒地质问她：“你为啥不说实话呢?！”

张永红委屈地回答：“你两个人从我家出来，10点30分到11点20谁给你们证明？”

终于，警方传唤了李文浩，谎言即刻被戳穿。李慧、李翠仙和张永红三人向警方提供虚假证言的事实浮出水面。她们三个人向警方解释撒谎的理由，归纳起来就两点：一是怕李慧和李文浩的婚外情传出去不好解释，想替他们向外界隐瞒这段隐私；二是害怕李纯泰夫妇知道女儿的不端行为而生气。

其实，抱有这种心态的人不仅仅是她们三人，还包括这一天见过李慧、李文浩二人的马小玲夫妇和李慧的领导赵永明。

案发次日，警方向孟凡军、马小玲夫妇询问和李慧的接触情况，他们夫妇俩不约而同地都略去了案发当天下午在家见过李文浩的事实；而赵永明则承认他在财政所见过李文浩，但他不承认他认识李文浩，他在口供里说："到了下午大概 7 点 10 分许，我到财政所转了一圈，见李慧在加班整理账目，当时所里还有一个男的。"而李文浩在口供中说："他（赵永明）在那儿与我说了十几分钟的话，然后也走了。"

这件事情说明，口供在刑侦上是个离不开的证据，但它又是一个极不靠谱的东西，天生就具有主观性和易变性。

先不说李文浩的口供是否真实，李慧和李文浩的婚外情那时已经半公开化了，而且她为了和马朝晖离婚曾经试图到单位开介绍信，况且李文浩还是县报社的记者，在翼城县这个巴掌大的地方，赵永明不知道李文浩的可能性是极小的，更何况，李文浩还说他们"说了十几分钟的话"。可是，面对警方的询问，赵永明还是选择了回避，他只说见着了一个"男的"，警方因此也就没有再向他多问什么。

在翼城，我当面问孟凡军："10 月 2 日，你在案发当天下午见过李文浩，可是警察事后向你询问情况时，你怎么隐瞒了这点呢？"

孟凡军抬头诧异地看我一眼，干脆地回答说："警察没问李文浩的事啊。"

他走后，我回头再看 2003 年 10 月 3 日上午 10 时的笔录，刑警当时是这样向他提问的："谈一下 2003 年 10 月 2 日你的活动情况。"他似乎没有理由不触及他见过李文浩的事实。

那天，孟凡军在警察的讯问笔录中说出了中午和李慧在百辰大酒店吃饭是在"6 号包房"，三人点了五个菜："土豆丝、红烧带鱼、烧四宝以及两个叫不上菜名的素菜"，还有"两瓶露露"、"一瓶汉斯苦瓜啤酒"、"三碗炸酱面"，一共花了"81 块钱"。他有着不错的观察力和记忆力，但怎么可能就"忽略"了李文浩在午饭后曾来他家小坐的事实呢？

刑事侦查学给谎言下定义主要指的是两种情形：一是虚构事实；二是隐瞒真相。从李慧、李翠仙、张永红到马小玲夫妇以及赵永明，他们都是采用隐瞒真相的方式向警方撒了谎，这是事实。至于从动机的角度来观察，他们之中没有谁在主观上是为了隐瞒李慧、李文浩的“杀人”行为,顶多是为了帮助他俩隐藏一段婚外私情而已,对于赵永明而言,他甚至不过就是抱着多一事不如少一事的心态,以便趋利避害。说穿了,这只是人的一种本能。

但是,上述的撒谎行为在刑警们看来并不是那么简单,至少,他们一时无法判定李慧隐瞒真相的目的究竟何在。2003 年 10 月 4 日,李慧涉嫌伪证罪、妨害作证罪被警方采取了强制措施:监视居住。

警方要求李慧不许外出、不许和外界联系,当然也就不许她上班了。她先是在她自己家的后院儿住了一段时间,然后就搬到了父母家,一直过着大门不出,二门不迈的生活。

至于李文浩,警方已经查明,他从案发前到案发后一直没有换过衣服:上身是一件“爱登堡”的蓝黑色夹克,下身穿一条“袋鼠”牌黑色休闲裤,脚穿“梦特娇”牌黑色皮凉鞋。

他的作案嫌疑似乎可以据此排除,但是,由于他和李慧关系密切,警方因为“案情需要”,对他同样进行了监视居住。他先是在宾馆被控制了一个多星期,然后便放回家,同样是“三个不许”,可后来李文浩还是跑去上了班。

至于董昀,最终平安无事。10 月 5 日,他结束了 48 小时的办公室留置,恢复了自由。

对于自己的遭遇,董昀曾在刑警队向李翠仙抱怨过:“大姐,我倒霉死了,我去了一下现场,就把我也牵进来了,我也成罪人了,人家也不叫我出去了。”

这会儿,他自由了,我觉得除了庆幸,他应该无可抱怨。他自己本身就是刑警,对于这次他所遭遇的羞辱和不公,以前对待别人,他们也是这么操作的。所谓不公,原因很简单,在没有任何证据证明他有犯罪行为的情况下,他已经被限制人身自由了。警方这么做,仅仅是因为一时还没有找到证据排除董昀的犯罪嫌疑。

从破案的角度来说,在一个刑事案件发生后,若有可能将所有不能排除作案嫌疑的关系人控制起来,对于提高破案率是极有帮助的,这么一来,抓获犯罪嫌疑人往往就会变成瓮中捉鳖。当然,这么做是违法的。

于是,在实际操作中,刑警们发明了一个在《刑事诉讼法》里根本就没有的术语:侦查控制。董昀这次被限制人身自由就是典型的“侦查控制”。

对于公民而言,由于“侦查控制”手段的运用,他们无缘无故地被限制人身自由的风险就无端地被扩大了。

第五章　暗　　战

案发后，警察们一直在寻找证据证明李慧就是凶手；而以李翠仙为代表的李家人则最想知道警察到底掌握了什么证据，凭什么一直把嫌疑对象锁定在李慧身上，这便成就了一场暗战。

案发次日一早，临汾市公安局刑侦支队副支队长韩智慧、技术大队大队长张海利、法医侯辉强等人驱车上百公里来到案发现场，进行现场勘查并指导破案。一班人马忙了一天，现场勘查直到当晚 7 点半才告一段落，收队后他们就下榻在北关宾馆。坦率地说，这个安排极不合理，这为李家探听案件侦破进展提供了天然的条件。

那几天，县公安局技术科科长常小林在北关宾馆进出时，无意间，他总能发现李翠仙的妹妹们正眼巴巴地望着他，期待他在危难之中能成为这个家族的拯救者。

案发第二天晚上，等市局勘查现场的办案人员进了各自的房间，常小林单独来到了 310 房。310 房正是李慧在案发后的临时住所。

专案组的案情分析会还没开呢，他心里想着得先给这群姐妹们分析分析案情，安慰安慰她们才好。

关上门后，常小林说，这起杀人案有三个人作案，现场比较反常，杀死了人还有多余的动作，可能是情杀或仇杀，一是杀人也不至于把脖子都要杀断了，另外，下身还有刀伤，如果是雇凶杀人，应该迅速离开现场。现在有人怀疑是"小不点儿"（指李慧）干的，主要是因为现场那么多血，人死得那么惨，她不跑、不叫、不怕，还有心思在家里打电话，叫人解释不通；还有，杀人的人把裤子卷巴卷巴放到院子里的洗衣机那儿了，也挺反常的。

听罢，女人们就你一言我一语地央求常小林，哥，这个案子你要多操心啊。

常小林接着说道，他以前以为马朝晖和李慧夫妻关系还不错呢，在案发现场看见两个人的离婚协议书感到挺吃惊，而且不止一份呢，他俩咋在闹离婚呢？要是让李毅知道了，双方的矛盾就大了，现在应该缓解她们婆媳之间的矛盾。

这时，还有人装着不知天高地厚地说了句，要不，哥你就把那份协议从现场拿回来吧。

没想到，常小林竟然点头答应了。

次日，现场勘查继续进行，常小林负责勘察现场痕迹，提取足迹，并对现场进行拍照。趁着工作之便，他到卧室的床上真就偷偷地把那份离婚协议书装在口袋里带出了现场。

后来，李翠仙是这样向警方描述她们拿到离婚协议书的情形的：

常小林到了北关宾馆的316房间，从口袋里拿出那份离婚协议书给了我说，这份离婚协议我拿回来了。然后我们就一起到了李慧的310房间，给了李慧，李慧接过来就撕了。常小林说，这个只有咱们三个人知道，千万不要说出去。

李慧对常小林说，哥，谢谢你了，让你操心了。案子咋着呢？能破了吗？

常小林回答说，你好好休息，专家都到了，你别操心这个了。

（见于2006年4月9日公安刑事侦查卷第七卷讯问笔录，侦查员：杨生庆、杜永明；讯问地点：侯马市看守所）

事发十一年之后，我问常小林，当年他为什么会做出如此荒唐的事情？

他向我解释说，当时他就不认为李慧能干出这个杀人案来，离婚协议书也算不上什么关键证据，而且还有好几份呢，拿就拿出来也没有什么。当然，这是违反工作原则的。当时他要是认为李慧是真凶，他是不会这么去做的，因为每个人首先都要“自保”，没有人会去舍“命”相助的。只是没有想到，李慧后来会一直被锁定为杀人凶手。

案发后第三天，凶案现场的照片被送到北关宾馆。奇怪的是，专案组的人还没有看到，李慧的家人们却已经提前过目。

这天，常小林给董昀打电话，让他到新华路和红旗街口的风采照相馆把照片取出来，送到北关宾馆的310房间。

没多会儿，董昀到了房间，手里提着一个塑料袋，里面装着洗好的相片和整卷未裁的胶卷。见了常小林，董昀说照片洗出来了，就交到他手里。董昀环视房间，屋里坐着李翠仙，还有李慧的三姐、四姐和哥哥，以及李慧的同学马小玲和她的丈夫孟凡军。

这时，常小林开始招呼在座的人看照片："来来来，照片洗出来了，来看一下。"

这时，董昀走进套房的里间，看见李慧正坐在床上，旁边还坐着她的两个同学。

董昀说："我把马朝晖被杀的现场照片拿过来了，我是不敢看，你看不看？"

李慧摇头说："我不看。"

董昀和李慧打完招呼就离开了房间。

常小林先拿照片给李翠仙看，李翠仙说："那血淋淋的，看那干什么，我怕看了晚上做恶梦。"

李慧其他的姐姐们看过照片后，一副恐惧的样子，说马朝晖脖子都快断了，死得太惨了。常小林坐在旁边，笑眯眯地看着这群受到惊吓的女人。

看过照片，送走常小林，大家就来到里屋七嘴八舌地问李慧：现场那么多血，你回家后看到现场怎么不害怕？怎么还不快跑？你平时那么胆小，怎么还敢在家里打电话？难道你就不怕作案的人还没走，当时把你也给捅了？

这样的问题，后来刑警也问过李慧，她回答说，"是啊，一般情况下，发现那种情况都是惊叫、呼救，赶快跑开"。

可是，李慧是哪儿来的胆子呢？

不光是警方，从案发开始，李慧的家人一直在私底下也犯嘀咕，这起案件不会真是李慧干的吧？

案发后，在公安局上班的李志华从单位回来很郁闷，他听到了许多关于妹妹的议论。他生气地跟李翠仙等人说："就凭她淡定地在现场打三个电话，人家都说就是她干的呢。要是她，还不如叫她去死呢，买包药叫她自杀！"

脾气暴燥的李纯泰听了传闻则更干脆："是她杀了人，那就枪毙她！"

其实，案发后，这个问题在李翠仙和李慧单独相处的第一时间她就问过了，这不仅仅是个是非观的问题，更是人性中的本能。

那天晚上，姐夫牛海燕从车里把哭成一团的李慧抱上楼送到了大姐家。一进门，李翠仙就问她："是不是刚才和马狗狗生气了，打架失手把马狗狗杀死了？"

李慧一直哭着说："没有，没有。"

那晚，她哭着不停地重复着的就一句话："姐，我咋办呀？我咋办呀？"

事后，李翠仙录口供时向警方说："我对她这句话的理解是，她以后就成寡妇了，虽然都是单过，这跟离婚可不一样。"

正因为如此,李翠仙告诉妹妹们,这个问题,她已经问过李慧了,但大家仍然坚持要李翠仙再去“拷问拷问”李慧。这时,还有人说起董昀曾提到过一个问题,家里人当时解释不了,但又不好去问李慧,大家就央求李翠仙,还是一块儿都问问吧。

于是,李翠仙来到310房间,关上房门,严肃地问李慧:

“你跟我老实说,马朝晖被杀是你干的吗?”

李慧摇头说:“不是。”

“是李文浩干的吗?”

“不是。”

“跟你身边的人有关系吗?”

“没有。”

“那为什么现场对你不利?现场的风衣上有血点?”

“我家里有我的衣服还不正常吗?我的风衣被人穿着拖过尸体。”

“还有,董昀问你,你既然是拿钥匙开的家门,后来他怎么发现你的家门钥匙会在汽车里?”这个问题很明白,董昀怀疑李慧在案发当晚回家时马朝晖在家,是他给她开的门。

“哎呀,姐,是我拿钥匙开的门,回家看见马狗狗出事了,我打完电话挺害怕,就拿着钥匙出了大门,在车上给李文浩打电话,看到董昀的车开过来,我就下车在大门口等他,钥匙就放在车上了。”

这次,李翠仙的问话水平有了明显提高,但不仅仅是让妹妹单纯表态,而且加上自己的追问和印证,更像是一次“讯问”。

而面对尖锐的质疑,李慧的回答更是有理有据,这让李翠仙心里有了底,她霸气地对李慧说:“那我就让公安局的人放手去查了。”

同时,她也相信妹妹没有那么强大的心理承受能力。若她真是凶手,她一定会实话实说地让她这个老姐去“想办法”的,而不会一个人就这么扛着。凭她的经验,她不相信妹妹有这么大的勇气去担当一切。

这之后,李翠仙一家人一直密切地关注着案件的侦破进展,希望早日抓获真凶,让妹妹早脱干系。

李翠仙告诉我,在他们家确信妹妹并非凶手之后,大家盼望抓获真凶的心情比热锅上的蚂蚁还要急。因为当时,翼城县满城风雨,什么说法都有,其中最核心的说法就是:李纯泰的小女儿因为情变而伙同情夫举刀杀害亲夫。

这种传言让李家人在心理上感到了莫大的耻辱和压力;对于马家,这些传闻在他们心中则积蓄着不满和愤懑,而这些不满和愤懑并不是完全都指向那些多嘴多舌的人们的。

表面上，双方在凶案发生后还维持着亲家之间的交道和基本礼仪。

案发次日，婆婆李毅还曾来到北关宾馆李慧的住处安慰儿媳；过了几天，李慧也回到紫藤巷案发地的后院儿，和公公、婆婆一道居住并处理马朝晖的后事。出殡那天，两家人怀着巨大的悲痛目送着装有马朝晖遗体的棺木从紫藤巷抬出，运上汽车，安葬在老家北冶村的墓地里。作为失去丈夫的媳妇，李慧哭成了个泪人儿，若不是众人及时搀扶，两次都哭得差点儿瘫倒在地。

马朝晖的遗体在案发地停放了5天，于农历九月十二日下葬。这天，正是他和李慧结婚9年的纪念日。他的葬礼成了县城里各路看客围观的“戏台”，人们散去之后，还会给这出悲剧发挥出各种离奇的剧情和台词……这一刻，是这个大家族共同的耻辱，不论是马家还是李家人，哭起来都凄凄惨惨，悲悲切切。马朝晖是李毅的儿子，也是李纯泰的女婿，大家哭的不仅仅是马朝晖个人的悲剧，更是在哭这个大家族共同的灾难。

但是，在丧事办完之后，身处舆论漩涡之中的马、李两个家族在心理上发生了微妙的错位。

《山西晚报》的记者曾经独家采访了马朝晖的母亲李毅，李毅向记者讲述了白发人送走黑发人的痛苦心路。这时，这位婆婆的矛头，已经开始指向了她的儿媳：

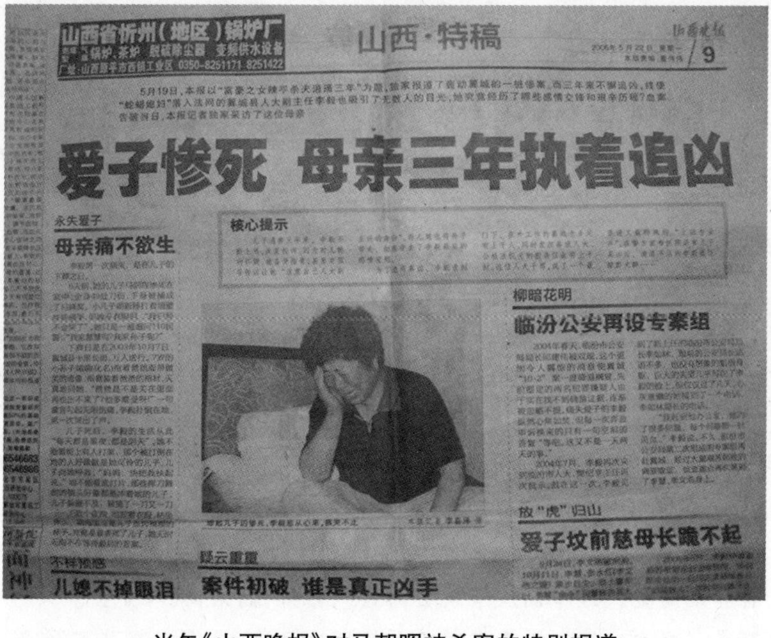

当年《山西晚报》对马朝晖被杀案的特别报道

永失爱子　母亲痛不欲生

李毅第一次痛哭，是在儿子的下葬之日。

5天前，她的儿子马朝晖惨死在家中，全身49处刀伤，下身被捅成了马蜂窝。小儿子朝新锤打着墙壁哇哇痛哭，但她没有眼泪，“我已经不会哭了”。她只是一遍遍地问110民警，“我家慧慧呢？我家孙子呢？”

下葬日是在2003年10月7日，翼城县十里长街，万人送行。7岁的小孙子端端（化名）抱着爸爸面带微笑的遗像，指着装着爸爸的棺材，天真地问她，“爸爸是不是关在里面再也出不来了？他多难受呀！”一句童言勾起无限伤痛，李毅扑倒在地，第一次哭出了声。

儿子死后，李毅的生活从此“每天都是黑夜、都是阴天”。她不能看街上有人打架，那个被打倒在地的人好像就是她可怜的儿子，儿子向她呼救，“妈妈，快把我扶起来”。她不能看武打片，那些挥刀舞剑的镜头好像都是冲着她的儿子，儿子躲避不及，被捅了一刀又一刀……无数个夜晚，她披着衣服，孤坐床头，脑海里全是儿子血肉模糊的样子。究竟是谁害死了儿子，她无时无刻不在等待最后的答案。

不祥预感　儿媳不掉眼泪

下葬次日，她和老伴商量，搬到儿子家里，和儿媳、孙子住一段时间。儿子死后，她一直没有机会陪陪这对不幸的母子。

早饭时，李毅问儿媳李慧：“慧慧，那天你去哪了？谁给你开的门？你看见狗狗（马朝晖乳名）时他脸朝上还是朝下？”

李慧低着头，脸色煞白，一言不发。李毅又问：“咱家丢什么东西了吗？”

“丢了！”李慧这次没有沉默，“耳坠、项链……价值4万多呢！”

李毅心里一沉。案发当晚，公安随即封锁了现场，李慧在现场的时间不足一小时，还打了几个电话。丈夫惨死，晚归的妻子没有惊叫、没有报案，反而头脑冷静地清点家中失盗明细，可能吗？

不祥的预感遍布全身。翼城人曾经羡慕她为儿子攀了门好亲事，后来，则开始同情她和儿子抱了个最烫手的山芋。儿媳接二连三的出轨绯闻令她这个人大副主任难堪至极。儿子被害前，李慧又和翼城报一个叫李文浩的记者打得火热，翼城县无人不知。儿子曾和她商量，“过了国庆节就去离婚”，谁知，婚未离，人先去。

不祥预感一直在继续。儿子不明不白死得这样惨，一向私交甚好的亲家李纯泰照样天天跳舞，全家没有一个人前来吊唁。李慧更是“坚强”得反常，从始到终没掉一滴泪，只是在下葬时看到朝晖的遗像，触电似的大叫了一声，便被人搀到一旁，再不露面。

这天，放学回家的小端端神秘地告诉李毅：“我们同学说，我妈害死了我爸。”李毅连忙岔开了话题，内心却不寒而栗。

（见于2006年5月22日《山西晚报》第9版特稿：《爱子惨死　母亲三年执着追凶》，记者：郭风情）

李毅的表述带着强烈的主观色彩，暂且不考虑相关细节的准确性，我们从中可以看出，她的态度透露出受害方马家对李纯泰一家已经产生了强烈的不满。

而李家这边，他们自信李慧不是凶手，觉得问心无愧，面对种种猜疑和传闻，他们觉得根本就没有必要做贼心虚地向马家做什么具体解释，他们只是一门心思地催促警方加紧破案，李翠仙甚至还曾向李毅表态说：“姨，咱们两家就是砸锅卖铁，也要把这案子给破了。”

正因为如此，当刑侦队表示办案经费困难时，通过李翠仙之手，她先后向刑警一中队的中队长徐运生支付过两次物证鉴定费用，共计8000元。

而马家这边和亲家交往时，也小心翼翼地回避着有关缉拿凶手的话题，他们把种种疑虑藏于自家的领地，对亲家这边守口如瓶，始终没有把事情说开。随着案件久侦不破，各种奇异的传闻甚嚣尘上，马家人情郁于中，必然有一天会走向爆发，两家人反目成仇似乎在所难免。

2014年春天，我到翼城县实地调查马朝晖被杀案，本来想通过深入走访来梳理马、李两家矛盾激化的起因，但很快就觉得这个想法可能是枉费心机。两家人经常对于同样一件事情有着根本不同的解读，十几年过去之后已经无法还原真相。

比如，关于跳舞，除了在《山西晚报》看过相关报道，我在李毅的妹妹李书兰那里也听到她抱怨说，在马朝晖死后没几天，李纯泰还天天在村里的世纪文化广场上跳舞，高兴着呢。我满腹狐疑地追问她，是跳什么舞？李书兰答，交谊舞。

随后，我又问李翠仙，听说，马朝晖死后不久，你爸爸还在世纪文化广场上跳交谊舞？李翠仙答：我爸是组织村里参加农运会比赛的村民排练一种健身秧歌呢，根本就不是交谊舞。

他们说的到底是不是一件事呢？现在基本上是扯不清了，但在当年，他们两家并没有当面扯过这件事。在情绪爆发之前，两家人都心照不宣地积蓄着怨气，耐心地等待着发作的时机，双方不声不响地“杠”上了，这是另一场暗战。

坦率地说，在缉凶问题上，两家人应该坐下来认真谈一次，对于这样的互动沟通，李家更多地负有主动发起的责任。毕竟，亡者在对方，生者和亡者在事发前还互有过错，闹过矛盾；现在，故人已去，他的过错差不多也就一笔勾销了，生者还较什么劲呢？但是，李慧一家在这起凶杀案中自顾不暇，似乎是欠缺了一点通盘考虑。

这时，按李翠仙的说法，他们的眼睛就盯着警方，恨不得明天就能破案，且抓获的凶手和李家毫无干系，这便从根本上消除了两家人的嫌隙。

当时，李家的这种心态让公安局技术科的常小林找到了机会，那就是报答李家的机会。

据常小林透露，他和李翠仙上初中时是前后排的同学，毕业后一直都有交道。

1994 年，李翠仙辞掉县盐业公司的铁饭碗回到北关村承包选矿厂。这期间，常小林有一辆卡车在给选矿厂拉矿石，在经济上，他们开始了你中有我，我中有你的交往。常小林和李翠仙保持密切关系的时间持续了大约六七年。在这期间，常小林还盖了新房子，不仅盖房子的地皮是李翠仙找父亲帮忙给批的，而且在资金上也得到了李翠仙的大力支持。他们之间的交往已经不再纯粹是一种经济往来，常小林通过那辆卡车挣到的远远不止是可以用金钱来衡量的运费。

但是，到了 2001 年，两人的交往中断于常小林的一段“绯闻”。后来，常小林曾说，“我对李翠仙心存愧疚，因为她对我一直很好”。

这回，李家出了这么大的事，他又在公安局工作，对于常小林而言，还上“感情债”的机会是水到渠成了。

案发后第五天，李翠仙给常小林打电话，把他约到了北关宾馆 316 房。这一次，他们谈话的中心议题就是马朝晖手中的毛发。以下是常小林给警方做的笔录：

李翠仙问：“现场怎么样，完了没有？都从现场提取了什么东西？”

我说：“提取了毛发、足迹、血手套印。”

“毛发从哪提取的？”

“从马朝晖的手上伤口那里提取的。”

“还有什么？”

“没有了。”

“手上的毛发是谁的?”

“肯定是作案人的,是在厮打过程中形成的。”

“这毛发是不是李慧的啊?”

“这就不好说了,要等DNA鉴定出来才知道。”

实际上当时我也怀疑毛发是李慧的。

她说:“如果这个毛发不是李慧的就好了。”

“嗯。”

“这个毛发送去化验了吗?”

“还没有呢。”

“什么时候去送?”

“还不知道,等领导安排。”

“那你什么时候送去化验时,给我打个招呼。”

“行。”

她说:“最好是这个毛发不要送去化验。”

“这个事我说了不算,完了再说。”

(见于2006年3月16日公安刑事侦查卷第八卷询问笔录,侦查员:杨生庆、李晓强、杜永明;地点:曲沃看守所)

当时,对于从死者手上提取了毛发的消息,不仅李家人知道,马家人很快也知道了。

尸检那天,马朝晖的姑父张义也在现场,事后,他对李毅说,他看到从马朝晖左手上提取了三根长短不齐的毛发,印象中是在他左手的指缝间提取的。法医用夹子夹起来放到一个小白塑料袋里。最长的一根有10厘米到20厘米长,第二根有6厘米到7厘米,第三根有4厘米到5厘米长。他推想,是不是死者生前跟凶犯搏斗时揪下了凶犯的头发呢?是谁的头发,化验一下不就清楚了?但是,案发过后半年,一直都不见公安局传出毛发检验的结果,李毅有些着急了。

李毅又向专案组民警提化验头发的事,专案组的人反过来问她,谁说当时现场提取了几根头发?李毅情知不妙,急忙找县公安局技术科,答复却是头发丢了。头发是现场最有力的证据,公安局竟说丢就丢了。

(见于《知音》杂志2006年第20期《首富千金出轨杀夫自逍遥,婆婆追凶见青天》,特约记者:枫桥)

不知是不是一种巧合，提取的毛发在2004年4月丢失了，李慧和李文浩则双双在4月解除了监视居住。

这个结局令李毅义愤填膺，县人大本来就负有监督政府履行职责的权力，作为县人大副主任——同时又是一个凶杀案件被害人的母亲，双重责任促使她拍案而起，三番五次地将办案人员问得无言以对。

不光是李毅，据知情人介绍，翼城县人大主任王伟在县人大常委会的会议上还曾就毛发问题向县公安局长吉绍文提出质询，责成他必须把毛发给找回来。公安局长一时被闹得脸红脖子粗，下不来台。

此后，不光是毛发问题，公安部门有关马朝晖被杀案的侦查一直都是在李毅的高度关注和直接追问之下进行的。在她看来，她最恐惧的是李家作为“翼城首富”以金钱开路，路路通畅的广博人脉；她最不信任的就是翼城公安似乎时时刻刻都在“暗箱操作”，替李慧开脱罪责，转移侦查方向。

对于李家，毛发丢了，这让他们也很伤脑筋，李翠仙说，这等于是替马家又给李家多安了一条罪状，好像是他们家把这些证据弄丢了一样，她还抱怨常小林他们工作太马虎，结果给他们家带来了麻烦。李翠仙觉得，技术科的人应该为此受到法律的惩处。

到后来，对于毛发的丢失，马、李两家都做出了有利于自己的解释：马家人说，毛发要是不丢失，一化验肯定就是李慧的，案子就真相大白了；李家则说，毛发要是化验了，李慧早就没事了，李家就不会遭人围攻了。

总之，作为决定性证据，只要毛发在，案子肯定就破了，这是双方一致的观点，可是，如此关键的证据，警方为什么会在化验之前把它就给弄丢了呢？有关详情见本书第十四章《调查》。

第六章　敲　诈

马朝晖被害之后,翼城县公安局的刑警们一头钻进马朝晖和李慧的爱恨情仇里不能自拔。

不想,某一天,有个年轻人半路跑出来打岔,硬是把这个案子引向了谋财害命的侦查方向。

凶案发生大约一个星期后,北关村村委会主任任安德来到北关宾馆给李翠仙送来了一封信。

这封拆了封的平信,收件人是李纯泰。写信的人在信里大致说了这么一个意思:马朝晖被杀,他知道李家杀人的凶手是谁,而且手上有全部的资料,要想不叫公安知道凶手,条件是给他的账户打过去20万块钱。信上还留了一个银行账号。

写信人最后恐吓道:“如果在11号下午2时前,将钱打不到我的账户,后果自负,你就瞧好吧。我不会再通知你了。”

此时,李纯泰正带领北关村的篮球队在外地参加比赛呢。平时,作为新闻人物的李纯泰会收到很多来自各地陌生人的信件,一般来说,他都不予理会,一来李纯泰不识字;二来他也没有精力去回复这些内容上五花八门的信函,久而久之,村干部形成了没事儿就代劳为其拆阅信函的习惯。

在信里向李纯泰要钱要物寻求帮助的人很多,但这种“创意”大家还是头一次遇到。

10月11日,李翠仙打电话向公安局的一位领导通报了案件内容,很快,这封信就被警方派人过来给取走了。

通过银行账号顺藤摸瓜,翼城警方很快查明,临汾警校的一名学生在校期间丢失了身份证,而这个证件很可能是被同学冒用,办理了敲诈用的银行卡。

警方把怀疑的目光投向了一个名叫马卫海的年轻人，他就曾在临汾警校读过书，并且在校期间因犯抢劫罪被判处有期徒刑三年，缓刑三年。更巧的是，此人的住处离马朝晖家不远，相隔不过300米。

刑警队的邓里和城关派出所所长张博接受任务专程赶往临汾警校核对笔迹，因为涉及笔迹识别和鉴定，他们临行前又叫上了技术科科长常小林。

在临汾警校的档案室，校方取来马卫海的试卷，通过笔迹对比，办案人员很失望，敲诈信不是马卫海的字迹。

邓里他们不死心，就在成堆的试卷里继续寻找，真是皇天不负有心人，他们通过半天的辛劳，发现有一份试卷的笔迹与敲诈信的笔迹高度一致，这份试卷的主人叫周海清，竟然也是翼城人！

周海清，1983年出生，翼城县唐兴镇人，在北关念完初中后，他于1999年至2003年就读于临汾人民警察学校，所学专业为治安管理。

周海清从警校毕业后并没有当上警察，而是在社会上游荡。他先是来到北京找工作，半个月时间里，只是在“非典”题材的电视连续剧《生死一线》中做了一回群众演员，拿到了20块钱的报酬；离京后他去山西运城的同学那里小住了十几天，9月初回到了翼城，一直到马朝晖被杀。

警方很快将周海清抓获，他供认自己是在紫藤巷血案发生一两天之后写好了敲诈信，并且在次日寄走。同时，在另一起盗窃案中，他也是警方抓捕的对象。

翼城县苇沟村郑强报案称，10月11日凌晨二时许，他将一辆银灰色佳宝面包车停放在翼城县保险公司家属院内，周海清撬开车门玻璃，进入车内将点火开关电线扯下对接，正欲发动汽车。这时，郑强正巧过来开车，发现车里坐着一个人，此人正是周海清。经鉴定：那辆面包车的价值为2.7万多元。

2003年10月13日，周海清因盗窃罪（未遂）、敲诈勒索罪（未遂）被翼城县公安局刑事拘留，2004年3月1日，经翼城县人民法院审理，周海清因盗窃罪被判处有期徒刑一年，并处罚金3000元；犯敲诈勒索罪判处有期徒刑三年，决定执行有期徒刑三年，并处罚金3000元。由于周海清在马朝晖被杀案中也被列为嫌疑对象，宣判后，他并未被立即收监服刑，而是继续在翼城县看守所关押。

在关押期间，警方对他进行了足迹鉴定和测谎试验。据公安机关回复检方的退侦意见称，内蒙古自治区公安厅刑事科学技术研究所的鉴定书中显示，现场1号足迹与周海清有相似之处；后来的测谎试验，周海清也没有通过。

据讯问笔录显示，2004年3月14日，周海清向翼城县公安局的民警徐运生、张博、柴俊、韩亮和邓里供述了他伙同他人杀害马朝晖的犯罪事实：

问：你现在是服刑罪犯，你知道我们为什么又讯问你吗？

答：知道。

问：为什么？

答：我和翼城县唐兴镇北关村的马卫海两个人把住在北关小康村紫藤巷的县计生局的马朝晖杀了。

问：什么时间把马朝晖杀了？

答：2003年10月2日晚上八点来钟。

问：你两个人为什么要杀马朝晖呢？

答：抢点钱。

问：你把你和马卫海从开始预谋抢劫杀人的整个过程从头到尾一五一十地详细地交代一遍，越详细越好，一是一、二是二，不得隐瞒，你听清楚了吗？

答：我听清楚了。

问：听清楚了就开始交代。

答：我一个亲戚叫靳军辉在翼城县电信局工作，让我帮他销售“201”电话卡，我和马卫海在临汾警校同学时，我在我亲戚靳军辉那儿拿了一些“201”电话卡，马卫海拿了我价值520元的电话卡，钱一直就没有给我。

2003年10月1日中午大概11点来钟，我从下面我家前行沿翼浮路到移动公司绛源路到了马卫海家，当时马卫海一个人在家里看电视，我问马：“把那点电话卡钱给我吧。”

他说：“没钱。”

随后我就坐在他家沙发上，马卫海说：“不行咱抢点钱。”

我说：“不干。”

马说：“不干没有钱。”

我没有吭声，接着他又说：“干起了你放风。”

我说：“能行。”

快到吃晌午饭的时间了，他对我说：“干，到时候我通知你。”

我说：“能行。”

随后我沿原路就回家了。

第二天大概下午14:00我到县城去玩，在移动公司门外，也就是教育大厦对面，我见到了马卫海，他问我：“跑哪？”

我说：“玩呢。”

他说：“黑了七点半你在翼鹏商城门口等我。”

我“嗯”了一声就分手了。

问：马卫海让你七点半在翼鹏商城门口等他，你们准备干什么？

答：就是一块儿去抢点钱。

问：接着交代。

答：我回到了家里吃了晚饭，时间大概是快七点半了，我换上初中穿的上衣，也就是校服，下身穿了一件灰色休闲裤，脚穿一双皮鞋沿翼浮路、移动公司到了翼鹏商城等马卫海。

我大概等了五分钟，马卫海就来了。

马说：“走，东西准备好了。”

他说话时我见他右袖筒里藏了一把刀，刀把还露在外面，接着，他从前面走，我跟在他后面，我俩的距离始终保持在一两米之间。

我们沿绛源路往南，在铁路家属院那儿往西就到了马朝晖的街门口，马卫海用左手拍了两、三下门，这时马朝晖没有问谁就出来开街门，马卫海回头对我说：“你在外面等着，我进去说几句话。”

我留在街门口看人，随后马卫海就跟在马朝晖的后面往屋里走，他俩边走边说话，我也听不见他俩在说什么，大概有三、五分钟，我听见马朝晖喊了两声“救命”，随后我急忙赶到马朝晖的客厅，我一进屋见马朝晖上身好像穿一件衬衣，下身好像穿一件秋裤，当时马朝晖面朝西在客厅中间靠西一点，马卫海手持那把刀子正和马朝晖扭打，马朝晖的背后全成了血，我见这种情况急忙从马朝晖的左侧跑到他背后，我双手从他背后紧紧抓住马朝晖的胳膊，马朝晖双手不能动弹，马卫海用腿将马朝晖绊倒，当时马朝晖倒地的姿势是面部朝西，头朝北，侧着的，马卫海用刀在马朝晖的脖子后方连砍几刀，我见马朝晖的头都快掉了，当时马朝晖就死了。我俩见马朝晖死了，马卫海说让我在客厅里翻翻看看有钱没有，随后我就找钱，马卫海手持着刀跑到南边卧室里找东西，他翻了一会，从卧室里出来，拿着刀又通过二楼楼梯往二楼上走了，我在客厅里翻了一下，也没有翻下东西，马卫海从二楼下来说：“找下东西了吗？”

我说：“啥也没有。你找下啥了？”

他说：“啥也没有。”

接着他让我赶紧到外面看看有没有人，他说他把屋里收拾收拾，我听后便走到街门口，把街门开了一条小缝观察外面的动静，马卫海在屋里收拾，他收拾完屋里又用一大块布啥的，还用拖布擦院里的血，擦完后他关上门，我往北，他往南就分手了。

问：马卫海带的刀有什么特征？

答：长约40cm，黄色木头把，刀形状是前头宽，后头窄，是把砍刀。

问：马卫海和你敲马朝晖的街门时，门庭上的灯着着吗？

答:着着呢。

问:你们作案时还带有什么工具?

答:马卫海敲开街门后,他就带上了一副白色,面是光的手套。

问:马卫海作案时穿什么衣服?

答:上穿灰色夹克衫、黑蓝色裤子、白色运动鞋。

问:你作案时穿的衣服现在何处?

答:在我村北门口一个垃圾堆上在作案的当天晚上十二点来钟烧掉了,我穿的皮鞋同时也烧了,这个地方我能找到。

问:马卫海作案时用的刀、带的手套、穿的衣服、鞋现在什么地方?

答:不知道。

问:你作案前认识马朝晖吗?

答:不认识。

问:不认识你怎么知道他叫马朝晖呢。

答:我是事后才知道的。

问:你作案时马朝晖院里、客厅里的东西放置你还记得吗?

答:院里放了一辆小车,客厅进门的东侧靠窗户处放着一台电视机,客厅的东南角我记得是柜式空调,客厅中间靠东南一点有台电脑,电脑边有个椅子,电视和电脑都是开着的,客厅北边是沙发,沙发南侧是茶几,从一楼上二楼进楼道口处有个铝合金推拉门,他家的伙房在南边。

问:你和马卫海杀害马朝晖是你和马卫海预谋的,还是有其他原因?

答:是我俩预谋的,目的是想抢点钱。

问:你们杀害马朝晖用刀砍都是砍他的什么部位?

答:我没有砍,全是马卫海砍的,我掐的只是马朝晖的脖子、背后。

问:作案后你俩联系过吗?

答:没有见过面,也没有联系过。

问:你知道马卫海作案后从马朝晖家里拿什么东西了吗?

答:我问过他,他说没有拿。

问:还有什么没有交代?

答:我们两个作案后,社会上风言风语,说是马朝晖他媳妇把他杀了。所以我便写了一封敲诈信敲诈李纯泰点钱,看他上当不上当,如果上当就给我汇点钱,其他的就没有了。

问:你知道马卫海现在何处吗?

答:不知道。

问:以上你的交代可是实话?

答:都到这个地步了,我不讲假话,我所交代的全都是实话。

供述完毕,周海清还凭印象画出了杀人现场的房屋平面图,包括房屋的布局、房门的位置、家具的摆放,还有在小院儿里停放的小汽车等,都标注得一清二楚。若是没有其他原因,能够如此准确地画出房屋平面图的人,肯定是到过案发现场。

周海清的出现,似乎离案件的真相大白已经为时不远了。警方再次传唤了周海清所供述的杀人同伙马卫海。此前,也就是在案发一个多月后,警方在摸底排查时,已经对马卫海进行过留置盘问,但没有获得确凿的证据。

据了解,马卫海在进入警校学习之前曾在武校习过武,后又到内蒙古的武警边防部队当过兵,相比周海清而言,他阅历更丰富且拥有一定的搏斗技能;其次,马卫海在警校期间因为犯抢劫罪而最终没有完成学业。

归纳起来,马卫海是有前科、有犯罪技能的人。所谓犯罪技能,是他在武校和部队练就的相关的心理素质和军事技能在这里已经转化成了他实施犯罪活动的心理条件和身体条件。

但是,很可惜,随着调查的进一步深入,马卫海的近十位亲戚朋友证明,案发当晚,马卫海和姨父马兵兵、远房亲戚丁瑞一道在家安装一个组合衣柜,整晚都没有出门。也就是说,马卫海被证明根本就没有作案时间。

马卫海和周海清,到底是谁在撒谎呢?

故事看到这里,每个人可能都会提出相同的疑问:就算马卫海没有作案时间,周海清又是怎样被排除作案嫌疑的呢?

日后,翼城县人民检察院将此案退回补充侦查时,至少曾两次提出相同的疑问,翼城警方则两次作了相同的回答:

我局对马卫海调查后,该马于2003年9月28日结的婚,婚后走亲戚。2003年10月2日晚上与其家人在家,一直没有出去过,没有作案时间。2004年1月7日,内蒙古自治区公安厅刑事科学技术研究所的(2004)研鉴第3号鉴定书中称现场1号足迹与周海清有相似之处,并没有确定为周海清的足迹。

(见于2009年8月24日、2010年9月16日翼城县公安局向翼城县人民检察院提交的《关于马朝晖被杀害的情况说明》)

关于如何排除周海清的作案嫌疑,警方始终拿不出一个能够自圆其说的解释。

与周海清相关的调查见本书第十四章《调查》。

第七章 再　查

自从周海清和马卫海他们俩吸引了警方的侦查视线之后，这使得李慧、李文浩有了闲心来盘算他们未来的生活。

2004年4月，李文浩在解除监视居住之后高兴地对姐姐李艳萍说："好容易把案子给破了，咱就解脱了。"

后来，他还给李翠仙打电话说："大姐，我和李慧的事让你丢人了，让你操心了，我们对不起你。"

李翠仙安慰他："以后好好的就行了。"

李文浩在探听了李翠仙的口风之后，在4月底就和妻子宋元红离了婚。他和李慧开始谈及两个人结婚的话题了。

很快，案发现场也解除了封锁，一切都在恢复如常。李慧在和姐姐们聊天时，以一种不经意的方式说起李文浩想和她结婚的打算。不料，姐姐们对此坚决反对，并异口同声地为他们的婚姻附加了一个条件，那就是等案子破了之后再说。

这年的五一黄金周，李文浩在北京一位名叫郁旭波的同学家住下，因为《翼城报》已经停刊，他有一段很长的时间可以自由支配。郁旭波是他在中国新闻学院上学时的同学。

2003年，县级报纸面临着全国性的清理整顿。中央下发关于减轻基层和农民负担的通知，停办县级单位办的报纸。于是，《翼城报》后来就停刊了，当李文浩在2004年4月恢复自由时，单位里已是无事可做。

在李文浩的动员下，六七月间，李慧带着孩子也来到了北京。李文浩借着在北京的同学关系尽其所能地为李慧提供帮助，李慧在石景山区租房住下，并把孩子安排在了北京上学。李文浩常常跑到李慧那里小住几天，但是他们并没有如影相随。

由于马朝晖被杀，这件事在两人之间投下了一道阴影，对于未来的感情发展，李慧的态度发生了转变，有天她对李文浩说："发生了这件事，咱们就不该再在一起了。"李文浩为此感到沮丧和不解。

后来，李翠仙来到北京看妹妹，发现李文浩和她一起，就非常不高兴地说："案子查得这么紧，你们还敢在一起，赶快回去。"

李慧、李文浩还不知道，他们两人这回结伴旅居北京，在翼城县已经掀起了轩然大波。有传言说，他们两人各自带着子女，一家四口人在李纯泰在北京置下的豪宅里过着衣食无忧的生活呢。

关于这个传言，我在马朝晖的姨妈李书兰家也听说过。后来，我又专门向郁旭波核实，才知道李文浩那次来北京住在他家就是只身一人，孩子其实寄养在姐姐家呢。

2006年底，李文浩在写给律师的一封材料中分析这个传闻的后果时说，我们"不顾社会舆论和伦理道德，在马朝晖尸骨未寒时，和李慧一起到北京生活，我们的这个决定彻底激怒了马朝晖的家人，让他们直接把上访的矛头对准了我们"。

当时，对于二人的未来，李翠仙重申了她的态度："以后这个案子不破，你们别在一起，连电话都不能打。"

第二天，李慧坐飞机到运城然后回了翼城；第三天，李文浩和北京的同学道别之后坐大巴也回到了翼城。

从此之后，两人关于婚姻的事情再未提及，他们只能期待着破案的日子早些到来。

但是，此案侦破的曲折过程仿佛走进一个罗生门。随着马卫海的失踪，周海清莫名其妙地被警方排除了作案嫌疑；案发现场从死者身上提取的毛发又离奇失踪，这起案件眼看着就要成为一起悬案了。

此时，对于推动案件的侦破，李毅开始成为了关键人物。她不仅拥有县人大副主任的职责、权力及人脉，而且还拥有作为受害者母亲所蕴含的慈悲、坚毅与执着。

李毅根本就不相信周海清和马卫海会是真凶，她把怀疑的目光明确地投向了她的儿媳——李慧，对于这一情况，当年的媒体做了如下报道：

儿媳不是杀害儿子的凶手，满腹疑惑的李毅得到了些许安慰。但让她无法解释的是，周某、马某和儿子无冤无仇，仅仅为了图财，又何必在儿子身上捅49刀呢？李毅和老伴找到专案组,说凶手到底是不是他们,把现场提取的头发化验一下便知真假。县公安局人员一直推说,头发正在化验中。她找到时任临汾市公安局局长的邵建伟,邵居然意味深长地说:“头发并不重要,关键是案子要破。”

2004年4月,临汾市公安局局长邵建伟因经济问题被双规,案子搁了起来,连检察院都没有移送。又因缺乏证据,逐渐无人再提此案。李毅心力交瘁,情绪低落。她有一种感觉,儿子的命案,笼罩着厚厚的阴影,在其背后有一个强劲的对手需要她去应对。

迷雾重重,真凶逍遥谁奈其何

李毅开始怀疑起李慧了。首先是案发后,李慧作为死者的妻子,却悄悄离开现场,直到儿子追悼会时才出现,这违背常理;第二,案发时,小儿子冲进现场,公安局技术科民警董的当时在场,为何不阻拦,使现场遭到破坏;第三,案发后的几天内,现场被公安机关封锁了,李毅想着儿子遇难后,一个人在现场,无人守灵,就让老伴的弟弟马振华等人坐在车里守在门口。第二天晚上,也就是10月4日凌晨左右,县公安局技术科科长常小林却一个人跑到现场去取血衣,马振华去阻拦时,常小林却说害怕下雨淋坏,可当天并未下雨……

……

李毅带着诸多疑点开始一趟趟地找有关单位反映情况。2004年7月份,李毅再次来到临汾市人大,樊纪亨主任又给临汾市公安局作了批示。拿着批示,她见到了新上任的临汾市公安局李如林局长,李局长让她先回去,说要研究一下。过了几天,李局长突然亲自给她打电话,要她到公安局。在李局长办公室,李局长针对案情问了李毅很多问题,见公安局长如此认真,她的心中燃起了希望,将心中的疑虑一一进行了反映。

随后,临汾市公安局和翼城县公安局第二次组成专案组进驻翼城县。经过大量的摸排调查,李文浩、李慧、张永红(李文浩之嫂)被列为嫌疑对象。抓捕李慧的过程颇费周折,当办案人员赶到北京,李慧却回到了翼城。10月11日,李慧在翼城被抓时翼城县公安局竟没有民警敢去,最后只去了一个人领路和指认。当李慧被办案人员抓获时,她傲慢地说:“麻烦你告诉我姐姐,把我北京的两个律师请来。”

(见于《知音》杂志2006年第20期《首富千金出轨杀夫自逍遥,婆婆追凶见青天》,特约记者:枫桥)

从这篇报道里的字里行间看得出来,李毅的“上访”对于警方第二次成立以市局侦查人员为班底的专案组重新审查李慧、李文浩起到了至关重要的作用。

《知音》杂志在《迷雾重重，真凶逍遥谁奈其何》一节中引述了三个案件“疑点”，前两个“疑点”在本书前面的章节中已经有过细致的描述，单说这“疑点”之三——“常小林夜盗血衣”，这个说法就曾让他日后不得不接受上级公安机关的审查。不过，常小林后来提供的是另外一种说法。

常小林说，10 月 3 日那天，临汾市公安局的勘查人员还在北关宾馆住着，他跟勘查人员回去一道在宾馆吃了晚饭。饭后，他来到市公安局办案人员的房间：

(我)跟市局的人一起分析现场，大概八九点钟时，杨继跃对我说，让我安排个人到现场把衣服收起来，说明天要下雨，别把衣服弄湿了。我就安排卫长征去现场，卫长征说害怕，不敢去。我说一会儿再说吧，后来大概到了晚上十二点左右，我跟市局的人说我得回家了，市局的人让我到现场看看。然后，我又到 310 房间——李翠仙姐妹在的房间，看她们有没有钥匙，她们说没有，然后我就开车到现场，到了现场后看到北关派出所的人在守着现场，我问派出所的一个临时工有没有钥匙，那个临时工说他去看一看，十几分钟以后，他就把钥匙拿来把门打开了。我就一个人进了现场，在院子里把死者的衣服提起来放到了大门下面，然后就回家了，当天晚上再没干什么。

讯问人：然后呢？你当晚离开现场在大门口碰到过谁？

常小林：就是在北关派出所给我开门时，马朝晖的姑父(张义)和派出所的人一起给我开的门，但他们都害怕，就在大门口站着。

(见于 2006 年 3 月 15 日公安刑事侦查第八卷讯问笔录，侦查员：杨生庆、朱平；单位：山西省公安厅、临汾市公安局；讯问地点：曲沃县看守所)

事实上，在门口站着的人一探头，都能看见院子里常小林的一举一动。马家有人和派出所的人一同见证了常小林独自进入案发现场的情况，但当时并没有人阻拦他，也没有人发现他从现场挪动或提取过什么物证。

至于当晚的天气，根据翼城县公安局于 10 月 3 日出具的《现场勘验笔录》记载，当天的天气情况是：微风、阴雨。

综合分析判断，常小林那天去收院子里晾晒的衣服是确有其事，并且事出有因，是例行公事。况且，现场勘查完毕之后，血衣等物证已被警方提取并进行登记，作为现场勘查人员的常小林是在登记表上签字的 5 位见证人之一，他不会傻到这个时候去帮着李家“偷”血衣。

我认为有关常小林夜“盗”血衣的说法只是一种合理怀疑之后的“合理想

象”。常小林在马朝晖被杀案中做过一些违法乱纪的荒唐事，但在这件事情上，他应该是被冤枉了。从另一角度来看，正因为他有在案发现场偷拿离婚协议书的“前科”，冤枉他也算是一种“路径依赖”吧。

起初，现场勘查发现的毛发在公安局被丢失，舆论指向的是李家干扰办案神通广大；如今，马家通过行政系统的公权力在左右案件侦破的力量后来居上，使得公安部门在没有掌握李慧、李文浩杀人证据的情况，匆忙之中第二次对两人采取了强制措施。

李文浩于2004年9月22日因涉嫌伪证罪再次被翼城县公安局监视居住，10月12日变更为刑事拘留；李慧于2004年10月11日因涉嫌伪证罪、妨害作证罪直接被刑事拘留。从刑拘的案由上来看，警方依然没有证据证明两人就是杀人凶手。

在民间观察家看来，“官二代”和“富二代”背后所蕴含的社会能量在这起杀人案中得到了淋漓尽致的释放。

此时，要坐实李慧、李文浩的杀人事实，警方的当务之急就是要查明他们二人是否具备作案时间。

警方倾向于马朝晖的被害时间为10月2日晚上大约9时30分左右，其根据是死者胃内食物的消化情况以及走访周围邻居进行综合分析后得出的结论。

李文浩被刑拘四天后，案件有了突破性进展。

2004年10月16日，在临汾市的曲沃县看守所，李文浩向市公安局的侦查员高姣生、张松青交代，案发当晚，他和李慧在哥哥李文涛家吃完饭，“晚上8点多，然后又在家里坐了一个多小时，我和李慧走时大约是晚上9点30分左右，我们一起兜风，大约晚上11点左右回到县城”。这是在李文浩的口供中，他第一次具备了作案时间。

光有作案时间还不够，专案组趁热打铁，于2004年11月1日专门邀请山西省公安厅和太原市公安局的痕迹专家一行三人赶赴临汾进行脚印样本检验，四天后专家组确定案发中心现场提取的1号血脚印为李文浩所留。

11月17日，李文浩因涉嫌故意杀人罪被执行逮捕。同一天，李慧因涉嫌伪证罪、妨害作证罪跟着也被执行逮捕。

不过，李文浩就脚印的鉴定结果向检察机关申请了重新鉴定，那是后话了。

李文浩有了作案时间，有了血脚印，而对于李慧，警方的犯罪证据收集工作却一筹莫展。

围绕着作案时间，公安人员反复讯问了在押的李慧、张永红，并且还多次询问了在家的李文涛。起初,三人均坚持说案发当晚李慧、李文浩离开张永红家的时间为22点30分。

时隔十年,我从北京打电话向在翼城家中的张永红问起她被刑拘的这段经历,并且希望和她见面聊聊。她断然拒绝了我的请求,她说,他们全家都不愿再提起这段痛苦的往事。

我硬着头皮向她追问相关信息,最后只获得了只言片语。当然,这些已经就足够了。

她说,她因为涉嫌伪证罪于2004年10月被刑拘,先后被关押在临汾市尧都区和侯马市看守所,次年8月被免予起诉获得释放。

据张永红介绍,在被刑拘的这段时间里,她的世界观发生了极大的混乱。本来,马朝晖被杀的当天晚上,由于她受李慧的指使向警方撒了谎,受到了县公安局办案人员严厉的批评教育。这回,她因为伪证罪被关押,她寻思着还是上回犯下的大错让她终尝苦果。所以,在看守所,市公安局的刑警一而再,再而三地追问她有关李慧、李文浩当晚离开她家的时间,她想着这回一定要坚持住,无论如何都要说实话,因此,就一直咬定青山不放松:10点半。

比如,某晚8:30开始的谈话笔录有如下的记载。看得出来,张永红似乎被关得有些不耐烦了:

问:张永红,在看守所里考虑自己的问题了吗?

答:我每天都在考虑问题。

问:现在对你核实几个问题,你要如实做出回答。

答:行。

问:2003年10月2日,李慧和李文浩几点钟去的你家?

答:晚上7点40分左右,来后在我家吃的饭。

问:他们几点钟离开你家的?

答:晚上10点30分至35分之间。

问:你能肯定他们离开你家的时间吗?

答:能。因为我丈夫李文涛提出来的让他们走的,李文涛当时说:“10点半了,你们该走了。”李文涛说这话后,我也看了我家客厅东低柜上的石英钟是10点半。

(见于2004年10月31日公安刑事侦查卷第三卷讯问笔录,侦查员:王亚力;地点:侯马市看守所)

在接下来的日子里，警方对张永红的讯问实在是令她狂燥不安。在每次的提审中，讯问人左顾右盼，声东击西，绕来绕去，最后总要落到一个相同的问题上：案发当晚，李慧、李文浩到底是几点离开你家的？

渐渐地，张永红发现警方似乎在怀疑10点30分这个答案的真实性，甚至后来还有警察在提示她，人家都说是9点半，你怎么还坚持说是10点半呢？

张永红拿这个问题和同监舍的在押人员讨论，有"经验"的人告诉她，看来警方是要你改口供，就说9点半算了。

张永红的话语坚定："不行，这可不是小事，必须给人家说对，上次吃了撒谎的亏，这回不能重蹈覆辙。"

就这样，她一直扛着，一晃被关押10个月了，她实在扛不住了。在同监舍"高人"的指点下，她终于同意用一种折衷的办法改口供了。这位"高人"提出的办法就是向警方提供一个模棱两可的说法，就是"也许不是9点半"，"可能是我把时间看错了"。

很快，临汾市检察院的检察官就来提审她了，她把口供改成了模棱两可的说法，检方很快就有了结论：不予起诉。

在追查作案时间的同时，专案组还复查了现场证据。

当初，警方勘查现场时发现了一件沾满血迹的女式橙红色外套，而李慧说她当晚穿的是"一件比军绿深一点的小风衣，(外面)有一条带子能系"，而李文浩说李慧当晚穿的是"一件咖啡色的小风衣，腰间有根带子"。从款式上来看，两个人说的是一件衣服，但是，从颜色上看，他们两人好像说的又不是一件衣服，但不管怎么说，他们说的都不是现场的那件橙红色的外套。警方想通过血衣锁定元凶的尝试宣告失败。

此外，凶手杀人时使用的刀具也迟迟没有着落。

应李文浩的申请，现场脚印鉴定有了新结果。2005年7月，公安部出具的物证检验意见书认定："不能确定现场鞋印是否系犯罪嫌疑人李文浩所留。"

种种证据表明，李慧、李文浩不是凶手，警方对李慧、李文浩的二次审查将很快以放人而告终。

李毅有点绝望了，2005年8月份，她抱着希望来到省公安厅，省厅领导立即召集有关人员研究案情，只是证据确实不足。到了省检察院，控申处的检察官无奈地告诉她，到时没有充足的证据，只能放人。身为县人大副主任的李毅经过长久的沉默和痛苦的思考后，含泪表示："我尊重法律，一切按照法定程序办吧。"

2005年9月2日，李慧、李文浩被取保候审。

9月2日，李慧、李文浩被取保候审。当日，李毅独自来到儿子的坟前，远远地，她似乎看见儿子正站在坟头向她招手，问她：“妈妈，我的事你办得怎么样了？”李毅踉踉跄跄地扑过去，失声痛哭，长跪不起。“儿子，你死得那么惨，妈妈却没有能力，妈妈对不起你。”那一刻，李毅几乎觉得，这辈子，她再也没有希望了，她的儿子再也没有希望了。

（引文空行的前半部分见于《知音》杂志2006年第20期《首富千金出轨杀夫自逍遥，婆婆追凶见青天》，特约记者：枫桥；空行的后半部分见于2006年5月22日《山西晚报》第9版特稿：《爱子惨死　母亲三年执着追凶》，记者：郭风情）

《知音》杂志和《山西晚报》对于案情的介绍到了李慧、李文浩两人取保候审时便戛然而止，但是，取保候审仅仅5天后，两个人的命运双双出现了重大转机：2005年9月7日，临汾市人民检察院对李慧、李文浩做出了不起诉的决定。换句话说，自此，他们作为犯罪嫌疑人的身份宣告结束。

据我了解，《知音》和《山西晚报》对于涉及当事人命运转折的重要信息之所以进行了选择性的披露，根本原因就是记者的主要信息源都是来自于警方。

值得说明一下，针对李文浩、李慧的两个“不起诉”在原因上略有不同，李文浩被指控的杀人罪因事实不清，证据不足，没有被检察院提起公诉；而李慧故意作虚假证词的行为是因为不构成犯罪，检察院才作出不起诉的决定的。道理很简单，李文浩的杀人罪不成立，建立在此基础上有关李慧的伪证罪和妨害作证罪自然也就不成立。

此外，值得一提的是，董昀在“二李”被复查时再次被“侦查控制”。对于这段经历，他在一份材料中写道：

2004年专案组将我看押在曲沃县宝利宾馆21天，有两位足迹专家给我做了足迹鉴定，几天后对我说：“没你的事了，回家吧。”我当时找专家组领导理论，他们说：“你的事已经查清了，没你的事，这么做也是为你负责。”这件事专案组看押我的芮泽可以证明。

（见于董昀2007年7月10日给山西省高级人民法院的上诉书）

第八章 式 微

式微，语出《诗经·邶风》："式微，式微，何不归？"现借指国家或世族衰落，也泛指事物衰落。

李慧从看守所里出来，抱着前去接她的李翠仙大哭了一场。据李翠仙和她的一个妹妹回忆说，把李慧接回父母家之后，她一直哭得不行，家里做好了饭也不来吃，最后她们还是把饭端到她住的房间去了，最后她吃没吃，忘了。

但是，后来《山西晚报》在采访了李毅之后刊发报道说，"获释当日，李慧之父在自家豪宅大宴宾客，讨回'清白'的李慧则骄奢如常，情夫李文浩更是得意忘形，甚至连续在《翼城报》发表散文，以示自己'心静如水'"。

而李文浩本人对自己重获自由之后的情况进行了另一种描述：

2005年9月被释放后，在男女关系等问题上我严加约束自己，在向单位领导深刻检讨自己的错误后，尽快地上了班，并努力工作，争取把因羁押被浪费的时间给补回来，并对自己负责的工作版块进行了大胆革新，推陈出新，一时间《翼城报》文艺副刊在翼城的文化圈好评如潮。

（见于李文浩于2006年7月17日写给临汾中院、临汾检察院领导的一封信）

需要纠正一下李文浩的说法，那时，《翼城报》已经不复存在，新出版的报纸改名为《今日翼城》，已经没有了刊号，报头显著位置标明着"宣传资料、免费赠阅"的字样。

在这份周报上，李文浩从2005年12月开始，在文艺副刊上连续发表了人物通讯《书写人生》、《歌者咏海》、《美的使者》、《刘峰：第三只眼睛看世界》等四篇大块文章，主人公分别是翼城县书协主席刘玉林、翼城本土歌词作家李咏海、县美协主席靳临生以及翼城县的摄影名家刘峰。此前,副刊还刊登过他的一篇散文《老孟》,老孟就是他在部队的战友孟凡军。

看过李文浩持续一个多月时间连续发表在《今日翼城》上的所有文章,我没有发现他在文章里说过自己"心静如水",倒是感觉他当时是"意气风发"。

《老孟》这篇文章把孟凡军写得挺有意思,比我在公安笔录里见过的那个孟凡军生动多了:

战友老孟,性格憨厚,沉默寡言,是一位极讲义气的主儿,为此,我们相处了十多年,惺惺相惜,处得极好。说是老孟,年龄却也不大,三十挂零,因其外貌粗猛,现老相,众战友便尊称其为老孟。

(见于 2005 年 12 月 9 日《今日翼城》第四版)

文章接着写到,老孟虽是农村兵,但家境富裕。在部队时,"老孟就成为战友们打秋风的对象。特别是我们一帮在机关大院里混的老乡,更是叨扰不断,今天一顿饭,明日两盒烟,但老孟却从不说什么,总是那副憨厚的模样,灿烂一笑,为人极好"。退伍之后他回乡务农去了,其间短暂回城,待不下去,就又返乡,干起了屠宰的营生,前前后后一晃就是十年。"老孟同志那位从事神圣教育事业的如花似玉的老婆"终于不干了,因为她一直在县城的一所小学里当语文老师,一个在城里,一个在乡下,这生活可怎么过得下去?"朋友们不忍看老孟落难,大伙齐帮忙,终一日,老孟在经历了无数的挫折之后,有了一份体面稳定的工作,我们都认为他走上了幸福的彼岸"。

看过 2003 年的公安笔录,我记得孟凡军是在翼城县统征办工作。我不知道"统征办"是什么机构,但想想总归也算是在县衙当差吧。老孟现在过得如何?日子还算舒坦吗?

2014 年清明节前,我在翼城宾馆住着,闲暇时曾在翼城的街头闲逛,有一次无意中路过泰山路时,猛然记起老孟家就住在这条路上,而从泰山路出来一拐弯,走上几步路就到了翼城宾馆!

一种强烈的冲动使我想立刻就见到老孟,我从宾馆下楼来到泰山路口,踟蹰片刻,便抱着试试看的心理,选择在一幢旧楼的院子里打听孟凡军和马小玲的下落,第一个妇女说不知道,第二个骑着电动车的女子说,"咋啦?我正要上马小玲家吃中饭呢",我又问起孟凡军,她回头一指,说他就是孟凡军。

孟凡军骑着一辆小小的电动车飘然而至,他并不显老,英俊硬朗,相貌与四十岁的年龄正好相当。没准儿，十几年前他就是这个样子吧？所以才会被战友们称为“老孟”。

老孟的老婆还是马老师，但并不在家。他工作过的“统征办”已经取消，他现在在内蒙古的一家铁矿场打工，这次回来是因为清明节要到了。

下午，我约孟凡军来到宾馆的房间里聊天，从他嘴里我听到了和李文浩有关的两个信息，一是李文浩在部队当过炊事员，但他连鸡都不敢杀；二是后来李文浩到了汽车连，他把车开得像“绣花”。

鸡都不敢杀的人敢杀人，好像逻辑上有点儿说不过去；把车开得像绣花的人一定开车很精细，所以，案发那天虽然下过雨，虽然张永红家门口在修路有些泥泞，但李文浩把车倒到了家门口，让李慧一出门就登上了车，所以，她的鞋子一直都保持干净，并没有沾上泥土。而警方却据此一口咬定李慧在案发后换了新鞋。

闲话就说到这儿，还是回到2005年9月李慧、李文浩刚被释放的那段时光。

他们俩用不同的方式高调地宣示着自己已经回归自由。但是，这种高调却让李毅无法忍受。过去的暗战，一下子演变成了公开的较量。

眺望前路，李毅觉得迷雾重重，但身为母亲，她怎么可能轻言放弃。反复回忆后，她又发现不少疑点：案发当时公安人员为何不进行尸体解剖检验？案发现场发现有儿子和李慧已经签订的离婚协议书，但是办案人员告诉她，案卷里只有李慧一人签字的协议书，协议书被调包了；案发时，李慧说马朝晖的皮包被抢走，其身份证也丢了，但是过后李慧却用马朝晖的身份证在银行将马朝晖生前的存款挂失并取走了；另外，现场遭到多次破坏，案发时，马朝新进入现场，公安人员董昀却没有阻拦。现场仍在封锁期间，儿子的小车两次被人开出去。2007年4月27日，李慧擅自启封现场，将儿子的衣物、照片悉数烧毁。李毅据此重新整理了上访材料，决心一定要为儿子讨还公道。

（见于《知音》杂志2006年第20期：《首富千金出轨杀夫自逍遥，婆婆追凶见青天》，特约记者：枫桥）

上述“疑点”的真实性暂且不论，但这些内容作为控告信息，通过李毅的传递，很快就到达了山西省人大的高层，最终起到了改变案件侦破走向的作用。《知音》杂志在文章中接下来记叙道：

李毅首先到了太原，幸运地见到了省人大曹副主任。但曹副主任马上要参加人大常委会，只有几分钟说话的时间，李毅千言万语竟不知从何说起，无数的痛苦和委屈涌上心头。当日的常委会议上，加上了讨论李毅上访材料的议程。不久，山西广播电视内参刊发了《“10·2”凶杀案证据在翼城县公安局离奇失踪》的文章。

为了使案子尽快有个结果，2005年8月下旬，李毅抱着病体来到北京。在一位翼城老乡的引见下，她将自己亲笔写的血泪控诉材料递给了全国人大的有关领导。李毅似乎完成了一件天大的事情。情绪一放松，便病倒在了旅社的房间。几天后，传来了意想不到的好消息，吴邦国委员长在她的控诉材料上作了亲笔批示。2005年9月，全国人大法工委在李毅的控诉材料上作了批示，转到了公安部和山西省公安厅，全国人大信访办给山西省人大和省公安厅下发文件。随后，全国人大派人专程赴山西太原督办此案，山西省公安厅抽调精兵强将组成了“10·2”凶杀案的第四（本书作者注：此处的“四”应为“三”）个专案组。

有关委员长就马朝晖被杀案作过亲笔批示的说法，在《山西晚报》的报道中也被多次提及，并且由此被《扬子晚报》、《楚天金报》、《东南快报》、《江南时报》、《现代快报》、《农村大众》报等省外多家媒体转载，从时间上推断，《知音》杂志的消息来源也应该是《山西晚报》。《山西晚报》报道的相关段落摘录如下：

情动京城　三年控诉终于追得真凶

“这些年，我求到门下、在外工作的翼城老乡足有上千人，发往各级人大、公检法的控告信足有上千封。”李毅感慨地说。身为一名人大干部，她曾为翼城百姓仗义执言。如今，为了让自己的儿媳能偿还血债，她成了一个最普通又最特殊的“上访专业户”。

2005年9月，李毅带着满身病痛，来到北京。这一次，她要去的地方是全国人大。在一位翼城老乡的引荐下，李毅将自己亲笔写就的血泪控诉递给了有关领导。

几天后，倒在病床上的李毅接到了一个令她难以置信的好消息，吴邦国委员长在她的控诉材料上做了亲笔批示。当天晚上，李毅躲在狭小的旅社房间，一次又一次埋头痛哭。

这一年的春节，李毅过得分外踏实，一种美好的预感让她度日如年的生活有了几丝暖色，她甚至为自己买了一件裙子，邻居问她有何喜事，她总是答非所问，“快了，快了”。

（见于2006年5月22日《山西晚报》第9版特稿：《爱子惨死　母亲三年执着追凶》，记者：郭风情）

李毅的上访无疑给公安机关施加了巨大的压力。翼城县公安局在案件《侦查终结报告》里曾对破获案件的决心做过表态，透过这段文字，公安机关面临怎样的压力也就一目了然：

虽然我公安机关本着对人民高度负责的宗旨，始终未停止对该案的侦察，一直秘密致力于有关线索和证据的查证、收集工作，但由于该案背景复杂，在当地影响很大，部分群众不明真相，对李文浩、李慧等犯罪嫌疑人获释一事猜疑责难，众说纷纭。社会各界及新闻媒体对此反应亦非常强烈。全国人大、公安部、省人大、省公安厅的领导对该案予以高度重视和关注。全国人大常委会吴邦国委员长亲自做出重要批示，省公安厅杨安和厅长要求限期破案，并委派省厅部分刑侦专家参与指导破案。市公安局李如林局长早在李文浩、李慧等人获释不久，就秘密指派和邀请有关人员展开对本案的继续侦察工作。2006 年 2 月 8 日，在获取新的有力证据的基础上，李如林局长主持组织成立了由省、市、县三级公安机关有关人员参加的翼城县公安局“2003 · 10 · 2”专案组。专案组依法对马朝晖被杀案重新立案侦查。

……

2005 年 9 月，李慧、李文浩等犯罪嫌疑人获释不久，市公安局局长李如林就会同省公安厅刑侦总队权志高总队长、马润生副总队长等人抱着“命案必破”的决心，数次商讨对本案继续侦查的方略及人选的物色。很快，三名富有侦查经验的侦查人员被秘密调遣到位，形成前期侦查组，展开工作。本案引发的有关领导的重要批示和社会各界的正义呼声，为本案的继续侦查提供了有力的政治保障、坚实的社会基础和不竭的动力源泉。

（见于 2006 年 6 月 20 日翼城县公安局“2003 · 10 · 2”专案组的《侦查终结报告》）

专案组的侦查一直处于秘密状态，李家人自然无从知晓。但是，这个案件的发生与久侦不破，对于李家的影响是极其深远的。

现在回头看来，“10 · 2”杀人案直接导致李慧的个人生活出现了重大变故，不仅是因为她从此成了寡妇，更因为她由此成了一名杀人犯罪的嫌疑人、被告人和死囚。李慧的处境还波及了整个家族，她的生活变故同时成了李家家道式微的转折点。

在李慧被刑拘期间，也就是 2005 年 6 月 19 日，其父李纯泰在部分村民的哄闹中辞去了北关村党总支书记和村委会主任的职务。

在我了解李纯泰辞职的具体原因和细节之前，我对这个结果并不完全出乎意料。因为，李家的变故，正是中国农村底层政治画卷中最常见的一幅图景。

长期以来，政治被视为精英阶层的专利。其实，在精英政治之外，在中国农村，社会底层对权力、统治和管理的争夺与抗争从来就没有停止过，只不过这种争夺与抗争在农村不是隐性就是有些异化了。

比如，农村底层政治争斗的形式在许多地方已经异化成了家族之间的争斗，他们权力角逐的目标就是村主任、村支书，甚至还包括村里的妇女主任这样的职位，这里斗争的激烈程度一点儿也不亚于城市里的精英政治圈。

在北关村，李纯泰是党总支书记和村委会主任，党、政职务一肩挑，大女儿李翠仙是村党总支副书记、县政协委员，由于李纯泰已经年近七旬，在外人看来，李翠仙接班那是早已预先安排好了的事情。

李纯泰治村将近20年，北关村经济实力不断壮大是有目共睹的事实，但在面对局部的具体利益上，在家族和村民、村民和村民，甚至在家族内部成员之间，对于文化水平不高、工作方式简单、直接的李纯泰而言，要把一碗水端平，想想都是一件困难的事情。

俗话说：当家三年狗都嫌，何况李纯泰在北关村前后当了18年的“家长”呢。要说李纯泰在北关村这个底层政治的小世界中没有“政敌”，那根本是不可能的事情。

李慧从看守所出来就发现翼城的许多人正在散发从《法制与社会》杂志上复印下来的一篇文章，这篇长文对父亲以及他们整个家族在北关村的种种“恶行”进行了系统的“控诉”。

单面复印的文章被装订成册，一共有七页，第一页是杂志的目录页，后面6页是一篇题为《顶着“全国劳模”、“人大代表”光环贪得狂妄，贪得无厌的村官》的文章。

据了解，《法制与社会》倒是一家合法的期刊。但是，这份复印件上的目录页上标注的是《法制与社会》2005年9月的“特辑”，显著位置还有三点“特别申明”：

1. 本特辑刊本为送审样本，非卖品；

2. 本特辑文字为初校稿，欢迎指正；

3. 本特辑版式为暂定版式，正式版式待定。

这种非正式出版物，却以“送审样本”、“初校稿”、“暂定版式”的名义流传于民间，我还是第一次看到。即便不正规，但在村民们看来，这篇出自“记者”之手的"调查报道",比起一般的上访材料或是举报信更为可信,甚至就像是上级机关下发的定性文件。

值得一提的是,这篇文章的结尾处还提到了马朝晖被杀案,想必读者看后都会拍案而起,对李纯泰一家义愤填膺。

此外,文章中的几处硬伤,我在"【】"内进行了注释和更正,其余的内容均为原样照登,因篇幅较长,有删节:

法纪不存　组织失察　监督失控

顶着"全国劳模"、"人大代表"光环 贪得狂妄,贪得无厌的村官

——山西省翼城县北关村"问题村长"调查

任　野

初秋的北京,凉爽宜人。经过了异常闷热难耐的"桑拿天"连续长时间的折磨,京城人们都以闲适的心态享受这金秋时节的美好。而记者却没有这番好心情,手头上那辗转送达的一迭【叠】举报材料搅得人心烦意乱。举报者是2500多名村民、65名中共党员、村委会和村总支委干部,被举报人头顶"全国劳模"(2000年度入选)、"临汾市人大代表"、北关村原党总支书记、村委会主任李纯泰(2005年6月19日正式被迫辞职,这位村官还有下列头衔:北关农工贸总公司总经理、北关农工贸房地产开发中心总经理、北关货场场长,均具法人代表资格。其长女李翠仙也是北关宾馆经理)。仅举报人签名画押捺手印的表格就达30页之多,举报的贪污金额达4900余万元,另有7000余万集体固定资产与这位人大代表发生了产权界定之争。举报材料表明,多年来村民们控诉不断,都没有得到应有的回应。自2005年3月份以来,发生多起群体性上访,往往达到2000余人,从而使县、镇两级党委、政府无法应对,对当地社会稳定造成巨大负面影响。而中共唐兴镇委员会、唐兴镇人民政府2005年8月15日向中共翼城县委员会、翼城县人民政府的请示报告也表明,他们无力对李纯泰问题和北关村全体村民们的清产核资要求作出安排和应允,要求县委和政府处理。镇党委和镇政府在请示报告中也明确说明,此问题若不尽快处理,将会再次引起大的群体性上访事件。

人们说大官都在北京,北京人很难理解西部省份里一个小小的县城中,一个小得

不能再小的村官，何以如此不得民心，以致当唐兴镇党委和政府负责人宣布李纯泰辞职已获批准时，2000多村民在县城文化广场上大放特放鞭炮，庆贺场面盛于过年过节。一个小得不能再小的辞了职的村官何以让县、乡两级党委、政府都没人敢组织审计力量进驻该村进行集体资产清理和对离任人进行审计？

记者带着许多不可思议的问题，悄悄地走进了翼城，走进了北关。

一、霸道北关，权倾翼城

翼城县是山西临汾市下辖下的一个小县，也就30多万人口。县城不大，说北关村有多大，县城就有多大，也不为过。这么一个地理位置为北关村的彰显提供了解先天性的优越条件。北关村现在有回、汉民人口4600余人，够上选举权年龄的也就不足3000人，除去老弱病残，2500余名的举报村民，应该算是权威民意了。北关村共有党员103名，74名党员要求清产核资，共中65名党员干部参与举报，党员总数中除去一部分垂垂老者和多病之身者，两个数字均已大大超过半数。李纯泰这位“全国劳模”、“人大代表”既失党心，更违民意，应是毋庸置疑的。

1988年李纯泰执掌北关大权时，北关村尚有1400余亩土地。2005年6月，李纯泰辞职时，北关村只有200余亩地，且都是河滩地。17年中，北关村村民失地达1200余亩，村民们却从未分到一分一厘钱！1988年以后，北关村不少村民因失地，政策性地搞了农转非，对于那些丧失劳动能力的部分人，山西省人民政府按政策给予了口粮补助款，每年近百万元，而村民们却绝大部分没有得到，以致部分村民开水泡馍就咸菜度日。当唐兴镇党委、政府组织多个工作小组调查民意时，都吃了一惊。因为在唐兴镇的上报材料上，北关村“固定资产1个亿，年总产值3.3亿元，人均年纯收入6400元”。如今实查得知，65%以上的村民无业可就，而李纯泰却名副其实地成了这个显赫政绩的总代表：自己的老宅和新别墅占地3亩有余，高级轿车仅他个人就达3部，另有一部“奔驰”买后被他发现是“二手货”，气得至今放在车库，打入冷宫，至于存款和现金数额，天知道。

李纯泰祖籍山东，是山东人中那种早年“走西口”浪入翼城的那代人子孙。李纯泰不识字，初为村官时，将自己的名章打个小眼，用线穿上挂在腰间，凡有需要签字的，让别人念念内容，再盖个章了事。后来还是一位红颜知己费了九牛二虎之力，终于教会了他签名和认识“男”、“女”二字，那是怕他走错了厕所。他原来是赶毛驴拉平板车的，后来到村里办的北关货场做工。由于他骂人的水平很高，动手发威的能力也不差，凡是到火车站发货、提货的客人，他只要开口要价，几乎就没有还价的，所以，渐渐地当了头儿，当村里成立经济联合社的时候，还也排上了副社长的名。1988年【李纯泰是1985年6月入的党】李纯泰被利用性地经人介绍入了党，并随即做了村总支书记【当时是村党支部书记】。货场场长的肥缺他至今也不肯丢弃，而且，从1987

年至今的17年中，占用村有土地30亩的货场每年应交村委会的管理费9万元，竟分文不见。至于货场有多肥，他自己2004年底在一次会议上就公开说，他妈的今年货场不行，少说也少收了500万。因为在前几年，他派人干脆将通往货场的另一条通道给堵了。只剩下北关这条“华容道”。进“华容道”，留下买路钱，连临汾铁路段的领导几次下来也没解决这个问题。

1993年，在“十亿人民九亿商”，全国大办特办公司大潮的涌动中，李纯泰干脆撤了村经济联合社，怎么说那个副社长的名分也不过瘾，干脆以村委会名义和集体资金向工商局申领了一个集体性质的“北关村农工贸总公司”，法人代表、总经理自然非他莫属。自此，北关村党、政、财大权全由他彻底地全包全揽了。无论省政府下拨的每年近百万元口粮补贴款，省伊斯兰协会将联合国教科文组织援建民族学校的专项资金40万元，还有旧城改造宅基地补贴专项资金200多万元，一概由李总自己自由掌控。所有村办企业上交款也由他个人一并收取和支配。

当房地产开发热浪卷起层层滔天泡沫时，李纯泰不失时机地也来了个“模仿秀”，又用集体资金申请成立了集体性质的“北关农工贸房地产开发中心”，法人代表、总经理顺理成章地依然是他本人。

北关村原来有个北关旅馆，很小。怎么说，总支委书记、总经理的李纯泰日渐增多的应酬和交际往来得有个自己体面的交际场所吧，于是，村里的5亩地和500万预算款，在李书记、李总的运作下，1996年一座漂亮的北关宾馆拔地而起。至于经理人选，李总早有谋划：在县盐业公司工作的大女儿李翠仙是个“经济人才”，干脆让她砸了那个“铁饭碗”，回身边捧个“金饭碗”。至于村里定的宾馆承包费每年100万元，那答应了怕什么？先将宾馆归农工贸总公司主管，女儿交钱不交钱给老子，谁敢管？如今，9年过去了，可怜村委会分文未见收入，而宾馆已被李经理转给别人经营，自己收承包金，自己似已成了宾馆的所有权人了。

其实，李总的这位大千金早就并非凡人了。1990年村里投资40万建的选矿厂，被她包了共3年时间，说好每年上交村集体10万元的，而李翠仙只交了设备款14万元，一转眼，她又将设备卖给了别人，村里人干瞪眼不敢吭气，因为李书记、李总的眼也朝村干部、村民们瞪着呢。

二、富甲一方，威风八面

在一个小小的县城里，名牌高档车换着开，高大洋气敞亮森严的别墅住着，3名保姆、2个保安诚惶诚恐地服侍着、服务着，六个女儿各有庭宅大院。就是在北京，儿女们也有置产，有车。儿子虽然文化少，但毕竟挂名在县公安局供职。这位现年70岁的老爷子也算得上荣宗耀祖，对得起列祖列宗，对得起膝下儿孙了。

这位“全国劳模”、“市人大代表”尽管签名都有点困难，但他非常相信自己是个富贵命，是个逢凶化吉、遇难必克的福将。除了他三女儿本身就是位“关公附身”的巫婆外，他还专门认了位贴心的老巫婆做干妈，不论建房盖屋，出行动身，必请干妈摆上一卦，掐指算来方才行事。尽管这位干妈的宝贝儿子在他手下当差，无奈病体缠身，肝病太重，干事不力很惹李总生气，一顿大骂后，当天也就送他归西去了。干妈拿不下意来找他算账，儿媳妇不依，呼天抢地找到他办公室拼命，他还是逢凶化吉，花了些钱也就摆平了，毕竟干妈一家的住房和日常吃、住、用还得靠人家劳模大人施舍哩。人家人大代表也离不开干妈嘛，逢凶能不能化吉、遇难能不能呈祥，干妈可灵着呢。

翼城县有个里砦镇，离城不远。镇上有个不太大的纪念碑，还有条张瑛路，纪念碑也是为这位张瑛由镇里建立的。张瑛何许人？记者了解到张瑛是一位公路收费站收费员。为一位公路站收费员立碑，并且命名道路以纪念，这在全国恐怕是独一无二的。

原来，李纯泰有位亲侄儿叫李胜利，1993 年 8 月 17 日驾车到收费站时，因拒交过路费与张瑛发生争执。李胜利见张瑛不给面子，硬要收费，干脆驾车“冲关”，张瑛见状自然硬挡。他哪里想得到，这位准李公子就敢开车撞他呢？当他被撞倒后，一时性起的准李公子干脆倒车碾死了张瑛，因为有笔账在准李公子头脑里，撞伤人赔钱是个无底洞——赔不完的钱，轧死了一次性了结，一次性处理还痛快些。受害人亲属提起诉讼后，至今 12 年过去了，还没有个结果。镇里认定张瑛执法为公，安抚工作做到了家，致使马拉松式的诉讼有始无终。人们说，大事化小，小事化了，时间长了，也就罢了，人家叔叔能耐大哩。【据实地探访，在通往里砦镇的道路旁确实立有一个不到一人高的水泥柱，水泥柱上写着“张瑛路”三个字，落款是里砦镇人民政府。张瑛，男性，据称当时是一民办教师，业余时间兼职收费。据向公路部门了解，所谓“张瑛路”是镇政府单方的行政行为，只是一种纪念形式。另据了解，当初的“公路收费站”并非交通部门依法所设，而是镇政府主要针对拉矿石的卡车收取“资源费”而设立的。费用依车的大小 10 到 20 元不等。当年李胜利逃费后，张瑛骑摩托车追赶，在不远的路口右拐弯处，卡车右侧与摩托车发生碰撞碾轧，张瑛身亡】

侄儿的事风平浪静没几年，真公子李志华又掀风波。1998 年 9 月的一天，李公子在县收费站遇到麻烦，李公子哪里把平日也横得可以的县收费站几个公路站人放在眼里？一怒之下，向老子李纯泰呼叫，立即叫上正在北关宾馆任职的李翠仙经理，李经理一听说李家的独根小祖宗居然有人敢招惹，连忙从社会上和货场搬运工中唤了几十个壮汉，开了 4 部车，急匆匆赶到县公路收费站，干脆将收费亭子砸了个稀巴烂【后经调查，收费亭玻璃被打碎、亭内的办公桌椅被砸坏】，几个收费员见势不妙，好汉不吃眼前亏，溜之大吉。这伙人在收费站闹腾了 3～4 个小时【后经调查，此次事件影响交通长达二、三个小时，事后李家向县商品路开发公司赔偿了 2000 元损失】，县里也没有什么大动作,致使县、省及外地车辆堵了几十公里长。就是这么严重的故意人为的交通事故和治安破坏事件,还是不了了之,没有任何处理。尽管当时的县委书记也变了脸,想给李纯泰点颜色,可李纯泰车子也就在省里和临汾市之间转了转,县委书记的脸也就阴到少云,少云到晴了。

李纯泰六女儿李慧,是唐兴镇财税所会计,1990 年起兼职北关幼儿会计(只负责向孩子家长收费,从不向掏钱办幼儿园的村里交钱交账),大概因千金生活条件太优越了,富贵思淫欲,私生活要求难免高了些。于是 2003 年与丈夫签了协议离婚,主要对财产进行了分割,最后因儿子归属决定了大部分财产的归属,自然男方不肯放弃儿子的抚养权,协议一式两份,虽经双方签字确认,还没有最后生效。

2003 年 10 月 2 日傍晚 10 时许,李慧丈夫马朝晖(31 岁,县计生委干部)在家被人杀害,被凶手砍 49 刀之多,头几乎要掉了下来,现场惨不忍睹。后经公安局调电信局资料,发现在当晚 10 时许,李慧从家里打出 3 个电话,第一个给自己大姐李翠仙,一个给县公安技术人员董昀,一个给死者家里(死者弟弟马朝新接听的)。当马朝新接电话后即赶往哥家,到死者马朝晖家门口时,见董昀和李慧一起在门口说话,董昀见马朝新来了,也就与李慧同时匆匆离开死者家门口。没有受到劝阻的马朝新进屋后,在一堆玩具下找到哥哥的尸体。当马朝新气急败坏地出来再找董昀和李慧时,哪里有人影?“110”来以后,发现现场被严重破坏,而且破坏得十分彻底,手段十分高明,具有相当的反侦察能力。不久,李慧因涉嫌此案而外逃。一年后,在北京和情夫李文豪【“豪”应为“浩”】被一起抓捕归案,现在押。据说因证据链无法形成,所以尚未移送法院审理。

死者母亲当晚找到县政法委书记,因夜已深,为了更好地取证,当天没有勘验现场。在后来的现场勘验中,该取证的(如血指纹、地上的脚印固定……)没有取证,死者手缝中三根染了彩的长短头发尽管现场提取,记录并封存,但后来居然在公安局不见了,原来刑警队还说拿北京化验了,后来公安局局长在县人大会议上回答人大主任质询时说:头发没有毛囊,没有化验价值。人大主任当场责成公安局局长,不论有没有化验价值,作为现场重要证据,你必须给我找回来。

特别是现场勘验时的照片及录像资料,竟然在后来连底片都没有了。而北关宾馆的服务员都说,公安局局长和李翠仙都看了照片,服务员们看录像时吓得叫了起来,不敢看。而这位吉局长,曾被《人民日报》公开点名批评过。【此处的《人民日报》应为人民网,人民网于 2003 年 12 月 15 日曾以《山西翼城公安局长拖欠他人巨款不还被推上法庭》为题报道:山西翼城县公安局局长吉绍文因借人 60 万元钱,不愿偿还,债主将其告上法庭,山西省临汾市中级人民法院一审判决被告吉绍文偿还原告 60 万元,并支付 15 万元的利息。当时由《人民日报》主管的《江南时报》为此刊发过

简讯，但《人民日报》并未“公开点名批评”吉绍文】

此案是翼城县建国以来【“翼城县建国以来”应为“建国以来翼城县”】第一大凶杀案，在当地影响特别大，命案证据丢失、毁证，当地老百姓议论纷纷，“人大主任”的儿子被杀，办案人员都敢这样毁证，主要是李纯泰有钱，用钱就能把事摆平。眼下，省公安厅在全国人大法工委和省市人大强烈追督下，近日将调精兵强将赴翼城，全力侦破此案。

死者的母亲听说亲家公李纯泰准备花1000万摆平这么一件翼城县解放以来少有的凶残杀人案后表示，女婿死了后，他连一次都没有见过我，也不让我见小外孙，我的孩子死得奇惨无比，尽管阻力重重，但中央和省里有关部门都很重视这件案子，我们相信，水落石出的破案之日不会太远，毕竟还是共产党的天下，毕竟是法制国家嘛，钱不一定就能遮天，钱也不能抗法，只能多增加几个腐败分子。

三、尾声

如此狂贪，如此村霸，如此的贪财无限，穷困的村民岂能长久地压抑下去？

尽管多年来，一直上访告状，无什么大结果，动不了李书记翼城的一统江山，但火山毕竟是火山，2005年4月19日北关千余名村民终于对李纯泰抗拒有关部门的调账查账的行为怒不可遏，集体上访县政府。李纯泰也进行了总决战，连夜用8辆大小车辆，尤其是老党员干部进行反击。4月25日，2000多村民，尤其是其中回民兄弟与汉民一起，直接向李纯泰讨要省政府下拨的口粮补贴款，李纯泰所有的亲属、子女全部出面与2000余群众对峙，他们除调集30余名保安，准备了大批棍棒，不惜以流血事件来维护李家的小团体利益，2000余名村民最后理智地按村民委员会组织法，向镇党委、镇政府及村委会递交了“罢免村委会主任的请求书”，其后，在一个月内，镇政府只好向北关村家家户户进行了民意调查，最后，在85%村民要求罢免的形势下，动员李纯泰辞去村委会主任的职务。

李纯泰审时度势，这个书记兼村长的职务再干下去，也没什么意义了，但总经理的实权职务必须占着，自己的“利益”不能放弃，最后在镇政府主持下，北关村村委会、支委会全体成员给李书记兼村长个人签名画押，并由县公证处公证了承诺书，如欠李纯泰债务，将以抵押物公开出让金相还，多退少补。抵押品竟是红旗针织厂地皮，就是这块地皮及附属物，当年村里是988万元竞买而得，眼下升值，仅土地市场值，少说也得两三千万。2005年6月19日晚，李纯泰在翼城宾馆四楼会议室终于签下了辞职报告，北关村总支委由任安德代理书记职务，至7月9日，任安德主动辞去其书记职务。镇党委没法，连夜召开北关村全体党员大会，103名党员中实到94名，最后以63票选上了新任党总支书记荣光。

看来，这荣光书记并不好当，因为村委会一纸承诺，即意味着北关村4600口村民,失去土地没得到补偿,甚至一些农户开水泡馍吃咸菜度日,倒反欠李纯泰债务,这位"全国劳模"、"市人大代表"的先进性和群众的落后性,就全部集中表现在这一纸承诺上了。

按理说,劳模者,以其诚实劳动、艰苦创业,依靠科技发展致富者是也,并且能全力帮助和带领周边群众或一方经济实体致富,具备典型示范性人物,方可谓之。而李纯泰的所作所为表明,他是位啃了集体,吃了村民,苦了地方的北关一霸,翼城巨贪,而肥了自己及家族的公共集体财产的蛀虫。

看得出来,在这篇文章里,李纯泰一家人已经变成了北关村的"妖魔"。李纯泰荣辱一生,迎风而立,泼向他的有最美妙的琼浆,也有最龌龊的脏水。

从技术手段来评价,这篇充满嘲讽、谩骂的文章,根本没有记者调查的冷静、理性与客观,我无法一一研判其每个细节和说法的真实性,但从这篇文章的出笼,我窥见了乡村政治斗争的凶险与惨烈。当然,透过这篇文章,我从侧面还看到了李纯泰当年创业的眼光和胆识,了解了北关村走上致富之路的基本路径。

不管怎么说,这篇流传一时的文章给重获自由的李慧带来了巨大的心理压力,她觉得自己卷入马朝晖被杀案,使得整个家族被拖入了舆论的漩涡,使得父亲整日让村民们在背后指指点点,颜面尽失。

当然,我在翼城向无数人问起过他们对李纯泰的印象,大家公认的一点是,他是一个"实干家"。他在工作上和脾气上当然有他的缺点和不足,但我接触过的绝大多数翼城人并不认为他就是文章里所说的"巨贪"和"暴君"。

我是北关村权力纷争的局外人,但我凭着手头有限的资料也能发现那篇文章里有些话是信口雌黄。

比如,李纯泰当年贷款在北关村盖起了县里第一家功能齐全的高档酒店——北关宾馆,他首先就"任人唯亲",把自己的大女儿李翠仙任命为经理。

对此,《法制与社会》的文章里做了如下"控诉":

1996年一座漂亮的北关宾馆拔地而起。至于经理人选,李总早有谋划:在县盐业公司工作的大女儿李翠仙是个"经济人才",干脆让她砸了那个"铁饭碗",回身边捧个"金饭碗"。至于村里定的宾馆承包费每年100万元,那答应了怕什么?先将宾馆归农工贸总公司主管,女儿交钱不交钱给老子,谁敢管?如今,9年过去了,可怜村委会分文未见收入,而宾馆已被李经理转给别人经营,自己收承包金,自己似已成了宾馆的所有权人了。

而在2000年出版的报告文学《百万富翁的摇篮——北关村调查》里，我却看到了另一种说法：

干部们说：李翠仙出任北关宾馆经理，与李纯泰绝对有关，但却与谋私谋利无关。宾馆建设总投资800多万元，“老大”个人借贷就有500万元。……另外，那时大多数人对宾馆的发展前景认识不足，就连我们干部中也有人持不同意见，认为建那么高级的宾馆会得不偿失。与此相适应，敢站出来承包经营者也就寥寥可数了。

村民们说：那算沾哪门子光呀？北关宾馆经理一职，是个重职，但不是肥缺，那么大的摊子，一旦干砸了咋办？再者说，翠仙又不是没挣钱的地儿，在当宾馆经理前人家就发了。

李“老大”如是说：当时我也没法子，楼盖起来了，肯定不能闲在那儿，可让谁来经营？人家经营你这楼自然要赚钱，可宾馆有宾馆的客观条件，不可能一下子就能挣钱，于是能人不想干，庸人我不敢让他干，思来想去还是让翠仙去干。因为此前她已干了几年的生意，应该说有一定的经验吧。

这部报告文学还说，宾馆竣工之后，李纯泰要求李翠仙他们拼死拼活地抢着开业，结果在竣工一个月内宾馆就接待了参加第三届全国农民运动会篮球预赛的运动员。开业才半年，宾馆就给村里上缴了20万元的利润，“宾馆投入运营以来，每年圆满完成了100万元利润指标，成为北关村举足轻重的营利企业”。

《法制与社会》的“控诉”文章里说，李翠仙是砸了盐业公司的“铁饭碗”才到北关宾馆捧上这“金饭碗”的，其实，在出任北关宾馆经理之前，李翠仙正承包着北关村的选矿厂，在承包选矿厂之前，她才是县盐业公司的员工。对于她出任北关宾馆经理，报告文学引用村民们的话说，“翠仙又不是没挣钱的地儿，在当宾馆经理前人家就发了”。

显然，“控诉”文章用了一种移花接木的方式，把李纯泰自认为是“举贤不避亲”的行为贴上了“以权谋私”的标签。

我举这个例子并非是想为李纯泰正名，同时，李纯泰在北关村的治村经历与马朝晖被杀案的侦破也没有直接关系，我只想通过上面的例子，说明社会的复杂性和利益群体的多元化在乡村政治中也得到了集中的体现。这起刑事案件夹杂在这个复杂的社会背景之中，成为底层政治中权力博弈的一个砝码，其侦破的过程与意义早已超出了一般的刑事案件，并且直接影响着李纯泰家族的声望和未来的发展。

这篇内容“丰富”的文章恰在此时出现并且在翼城流传一时，其背景和动机并非是一般意义上的“维权”和“反腐”，似乎是要清算一个家族在翼城“一无是处”的发家史。

李文浩在分析这起案件的社会背景时曾给律师留下了这样的文字：

马朝晖和李慧两大家族在翼城都很惹眼，社会关系也极其复杂，特别是李慧父亲担任北关村领导职务很久，其本人工作作风简单、粗暴，得罪过很多人，作为他最疼爱的小女儿，会不会有人把忿恨的目光转向李慧呢？

事情并非李文浩想象得那么简单，工作作风只是一个表面现象。

实际上，马朝晖被杀案发生之时，正值北关村由创业到守业的转换时期，在那之后，北关村在基本建设方面就不再像以往那样风生水起，引人注目。这一点非常关键，在李纯泰的创业时期，他所兴建的每一个项目都得到了县委、县政府，甚至是市委、市政府的高度重视和鼎力扶持，这之中蕴涵着深刻的社会政治背景，是李纯泰朴素政治智慧的集中体现。

以李纯泰大搞基本建设的收山之作——北关世纪文化广场为例，2002 年春天，他在临汾市的小康村建设会上得到消息，10 月省政府要在临汾召开全省小康建设现场会，临汾市把北关村列为参观重点之一，可是，北关村一时还没有新亮点，这让李纯泰有些局促不安。于是，他在开会回来之后，在党总支、村委会上向党员和干部谈了自己的想法和新打算：

“……说实话，经过这些年的奋斗，咱们的硬件设施已经有了很大改观，但软件建设还有差距，特别是文化设施还比较落后，为了在全省小康现场会上展示我们北关村的精神风貌，我计划在翼鹏商城以南、安居工程以东、集贸市场以西的那片空地上，建一个集演出、会议、展览、游艺、休闲、购物为一体的大型现代化文化广场。”

他的话音刚落，就有人提出异议。

有的说，那么好的一块黄金地段，不搞房地产开发，而去搞文化广场，能有经济效益吗？

有的说，建设文化广场，那是县领导考虑的事，咱们北关值得费那么大的劲吗？有那个必要吗？

有的说，盖一座房子，也得几个月，建大广场，可不是吹糖人，100 天能建成吗？

会上会下，一个个好心人，向李纯泰提出了一连串的问号。

……

为了统一大家思想，李纯泰说：“此次全省小康建设现场会，是我们向全省展示双文明建设的一个大好时机，在竞争如此激烈的时代，我们如果错过了这班车，将会失去一个招商引资的大好机会，会造成难以弥补的损失。”

说干就干。党总支、村委会研究决定之后，他便带领村干部和侯马设计院的设计人员到运城、三门峡等地考察。

盛夏六月，骄阳喷火。县镇领导、北关村干部一起，参加了破土奠基仪式。在震耳欲聋的鞭炮声中，揭开了北关世纪文化广场的开工序幕。他们提出的口号是：“大干一百天，国庆把礼献。”

当时那片空地，已经闲置数年，杂草丛生，垃圾成山，私建乱搭了许多违章建筑，坑坑洼洼，凹凸不平。

说起文化广场的建设速度，那可真是惊人地快。

小麦开始扬花的时候，提起动议；

小麦灌浆柳黄的时候，到河南考察；

小麦成熟开镰的时候，破土动工；

到秋粮收获，小麦播种的时候，多功能会议厅落成，全部工程告竣。从质量到速度，比西罗苑步行街更高一筹。

……

据有关权威人士介绍，北关世纪文化广场，是全省最大的村级广场之一。总投资700万元，占地面积14000平方米，建筑面积6700平方米，广场面积7300平方米。广场东西两厢为二层欧式建筑，共计242间，一层为商业门店，二层为文化长廊。由南往北依次为：老年活动中心、游艺室、图书阅览室、乒乓球室、荣誉室、民间艺术室、台球室、书画展室、摄影作品室、歌舞厅。广场东北侧为露天音乐舞池，西北侧为健身区。

（摘自报告文学《大地之子——劳模李纯泰》，作者：李廷玺，山西人民出版社出版）

北关世纪文化广场建设期间，临汾市委副书记、副市长曾先后到工地现场调研、解决实际问题，并对他的大手笔建设赞赏有加。这就是李纯泰，一个敢想、敢干的无畏者。

北关世纪文化广场落成后，接待的第一批参观者就是山西省第十次小康建设临汾现场会的省领导以及全省各地的代表。不用说，李纯泰又成功了。

这个例子说明工作作风有时并不重要，关键是要和官员的政绩需求产生良性的互动。翼城县委宣传部的一位官员告诉我，早年的李纯泰，一年一个大工程，都能积极响应县委、县政府的工作部署，给各乡、镇、村起到引领和示范作用。他这么做，上面领导高兴，下面村民们也觉得他有能耐。李纯泰“精”得很，这时他总会提条件，让领导们在政策、资金、舆论等方面帮他一把，所以，他李纯泰总能做成别人做不了的事情。

李纯泰的“精”就是我所说的“朴素的政治智慧”，他懂得怎样在迎合领导的同时去实现自己的预定目标，说他“朴素”是因为在他看来这种“迎合”仅仅是带头把工作做好，为领导分忧，他不可能归纳出事情的本质：当北关村成为一面旗帜时，在主政翼城的官员那里，他已经成为了一个特殊的政治利益输送者。至少，有那么几年，山西省内包括省委书记在内的各位党政要员走马灯似地光顾北关村，一方面给当地主政官员带来了荣耀，另一方面也大大拓展了他们在政治生态圈中的交往半径。正是在这种背景之下，李纯泰坐镇北关村时，即便存在工作作风简单、粗暴等缺点，都被县里，甚至市里的官员们包容甚至忽略了。

同时，也不可否认，这些年来，李纯泰一心埋头苦干，他与县里当政的主要领导从来都不是那种庸俗的“金钱”与“物质”的关系。他号称“翼城首富”，但在他担任村干部时期，翼城县的武保安、张德英两任县委书记因受贿罪而落马，李纯泰都不曾涉案，毫发未损，这便是一个最明显的例证。

李纯泰的黯然失势，在于他由创业转入守业的时期，不仅无力再推出大手笔的发展举措，相反，他却陷入了纷纷扰扰的权力斗争之中，而且曾经一度四面楚歌。这种境遇和李慧犯下“杀人”罪有着直接关系，是的，谁能容得下一个“杀人犯”的父亲在村里像过去那样发号施令呢?！以此为起因，北关村多年积累下的矛盾终于爆发了。

2004 年 7 月，新来的县委书记张德英到任，他上任伊始看到的不再是当年那个有能力为领导“分忧”、可以为官员输送政治利益的李纯泰了，而是不断给领导们制造“麻烦”、催生“不稳定因素”的李纯泰，女儿“杀人”、村民“倒戈”、亲家“上访”……有一天，两人沟通不畅，言语不和，为此还在一个公开的场合发生了一次激烈的争吵。

李纯泰回家恨恨地告诉女儿们：“我和张德英吵了一架呢，我说咱女子被冤枉了，他还说要相信公安局和检察院呢。”

在场的李翠仙听见，心里一沉：这一回，天可真是要塌下来了！

从此，李纯泰才真正开始在翼城县黯然失势。

到了2006年6月，由原学义接任张德英的县委书记时，李纯泰在北关村的政治生涯正式落幕。2007年7月，他因利用职务之便为亲属的经营活动谋取利益、截留挪用上级拨付的10万元专项资金以及1998年扰乱交通秩序等三项违纪问题被翼城县纪委开除了党籍。

从纪委的处分文件归纳的“三宗罪”可以看出，前文所述在翼城流传一时的那篇“檄文”中所涉及的“贪腐”问题经纪委查证后绝大部分都不属实。不过，覆水难收，那篇充满大量谩骂式词语的材料对于李纯泰已经发生了无法挽回的负面效果，这就是我所理解的政治的残酷性。在政治的江湖上，当两种力量剑拔弩张时，它不允许站在明处的人有任何闪失，否则他将会在人格上受到加倍的惩罚，直至变得体无完肤。

五年后，在清闲和失意之中，李纯泰于2012年10月7日在翼城因病去世，终年76岁。此时，李慧已被改判死缓，案件上诉后正在等待第三次开庭审理。

10月15日举行的追悼大会，临汾市人大副主任张北管（已退休）、翼城县人大主任李殿梁、县政协主席李伦等官员出席了追悼会，致悼词的是翼城县总工会主席宋殿普。县委书记李朝旗在追悼会开始之前来到现场慰问了家属。

为一个被开除了党籍的原党总支书记举行追悼活动，官方处理得谨慎低调而又不失规矩和礼仪。那时，李纯泰虽然已经不是党员，但是，他还有一个全国劳模的身份，因此，县里安排工会干部来致悼词显得十分得当。

出席追悼会级别最高的官员是前副厅级官员张北管，他在2000至2003年之间曾担任县委书记主政翼城，他的到任和离任正是李纯泰走向人生颠峰的两个重要时刻：他上任的当月，李纯泰当选全国劳模；他离任的那月，李纯泰和郭凤莲、申纪兰一起被聘为山西省申办全国农民运动会的形象大使。再加上李纯泰生前曾是临汾市的人大代表，张北管是当时的临汾市人大副主任，所以，由张北管代表上级组织出席追悼会，于公于私、于情于理，他都是最合适的人选。

而在民间，老百姓对于李纯泰的功过是非还算是能一分为二。在他去世不久，在百度的“翼城贴吧”里有人用一首“打油诗”评价了李纯泰的一生，我帮着修饰了个别文字，现转录如下：

北关书记李纯泰，铮铮铁汉一人才；
腥风血雨走过来，历经磨难不言败；
虽说晚霞欠光彩，几度辉煌天地鉴；
大浪淘沙未停歇，谁能保证永不栽；

人生如同戏一台,有起有落有兴衰;
哭哭笑笑把手甩,不得永生求长眠。

回到马朝晖被杀案上,随着李纯泰的离世,李家家道的式微为李慧及李文浩日后的遭遇埋下了伏笔:家境的式微直接瓦解了李慧和公安机关对抗的意志;李慧、李文浩的招供客观上推进了案件"侦破"的进程;最后反过来,他们俩双双被判处死刑立即执行,这又直接击碎了李纯泰家族在翼城的最后一点声威。

本来,案件就是案件,法律就是法律,这种案外因素根本就不应该左右刑事案件的侦破,但是,现实却恰恰相反。

第九章 捷　　报

表面上平静的翼城，底下却是暗潮涌动。

不管是“命案必破”的职责所系，还是民间舆论的压力所迫，公安部门对于马朝晖被杀案一直都没有停止侦查。尤其是传说中的中央首长亲笔批示之后，山西省公安厅牵头组织了由省、市、县三级精干力量组成的“2003・10・2”专案组，他们再次向这起骇人听闻的命案发起了冲击。

一张密密编织的大网正在撒向两次从法网中脱逃的李慧、李文浩等人，以下是警方的侦查报告对锁定他们二人就是杀人凶手所进行的细致分析：

前期侦查组在长达四个多月的秘密侦查中，调阅了前三次侦查中形成的17本卷宗和其他有关资料，暗访了受害人家属和部分原办案人员及知情群众，反复研究了现场的有关遗留物，在去芜除杂，去伪存真，综合分析的基础上，确定案发时段为2003年10月2日晚9时40分左右至10时15分前，案件性质为情杀，系激情犯罪。锁定李慧、李文浩、董昀为“2003・10・2”案件的犯罪嫌疑人。理由如下：

(1)李慧、李文浩涉嫌故意杀人

1.犯罪嫌疑人李慧、李文浩，自1999年勾搭成奸后，奸情愈演愈烈，时到2003年形近公开，在当地几乎人人皆知。李文浩的妻子宋元红、李慧的丈夫马朝晖知悉二李的关系后，宋、马二人也联系不断，接触频繁，关系暧昧，上述四个人对其各自的关系均互相知晓，由此引发了双方家庭及四人间相互纠葛的矛盾冲突。2003年9月30日，马朝晖给宋元红发了一则“我想你的小身体”手机短信，被李文浩截获告知李慧后，矛盾达到了顶点。李文浩骂马朝晖“真恶心”，“男人间的事别拿女人做挡箭牌”等。马朝晖语言威胁要“弄死”李文浩，李慧酗酒至10月1日凌晨，宋元红寻死觅活，纠缠辱骂李慧至10月1日凌晨，李慧最后答复宋元红“不要再闹了，我会给大家一个交待的”。李文浩10月1日酗酒后，亦有家不归，另宿他处，10月2日晚，二李在张永红家吃饭期间，深知内情的张永红数次挽留李慧在其家住宿，担心她回家后与马朝晖生气、打架。但最终二李相偕驾车离去。当晚，马朝晖被杀，身中49刀，其中会阴部9刀，显系情杀。二李有作案动机，杀人嫌疑不能排除。

2. 案发后，二李自称在案发时段内驾车在翼城至绛县间的公路上兜风，没有作案时间，但无人能够证实。有作案时间的嫌疑不能排除。

3. 案发当晚11点40分，李慧回到家中，突然面对尸体血肉模糊，遍地血迹狼藉的惨烈场面，平日生性胆小的她却气定神闲，不慌不忙地坐在电脑旁，往外接连打了三个电话却并未报警。离开现场后，与自己同床共枕十年的丈夫被残杀，她想的不是积极提供线索，协助公安部门破案，捉拿凶手，而首先想到的是授意张永红作伪证，证明当晚她与李文浩不在一起，也没有作案时间。案发不久，她身为富豪之女，却迫不及待地将马朝晖生前的存款通过关系非法取走，将马朝晖生前的轿车暗地变卖，不给痛失爱子，靠工资生活的婆家留一文钱，且隔绝其子与婆家的关系，行为反常、绝情。杀人嫌疑不能排除。

4. 案发当晚的11点多，李文浩回到其父母家中“害怕得不行”，三易卧处，钻到其父的被窝里，30多岁的人被搂着睡觉，仍哆嗦不已。行为反常，杀人嫌疑不能排除。

5. 2004年10月12日，李文浩第一次被拘押审查后，在惊魂未定的情况下，第一次对案发当晚伙同李慧离开张永红家的时间纠正为9时30分许，具备了作案时间。

6. 关于案发当晚李慧的衣着问题：李文浩自2003年10月3日至2004年9月7日的供述中，对李慧2003年10月2日下午至当晚11时40多的这段时间内，始终身穿咖啡色系带小风衣，脚穿一双白色没后帮坡底旅游拖鞋且始终跟自己在一起这一细节的供述一直未变；且与张永红的供述（案发当晚，李慧身着一件深颜色系带的小风衣，脚穿一双白色没后帮的，鞋帮上有红道的坡底旅游拖鞋）相互印证，互为补充。而公安机关在案发现场提取到的李慧的带血的上衣与鞋子恰恰与李、张二人供词中所描述的李慧当晚的衣着相一致……杀人嫌疑不能排除。

7. 案发后，李慧一直坚持供述案发当日午后至当晚11点40多分，身着豆绿色小风衣，深蓝色牛仔裤、白色有后帮系带旅游鞋。当天下了几次雨，道路很泥泞，她也走过路。如此，则其鞋底及裤脚应有泥水痕迹；另外，当晚在毫不知情的情况下，进出过现场。现场客厅门帘上的血和地面上的血，会不可避免地或多或少反映在其衣着上。但案发次日，公安机关办案人员检查她的衣着时，发现从头到脚都很干净，像新的一样，衣着情况极为反常，杀人嫌疑不能排除。

8. 案发当日，从早到晚，下了几次雨，李慧当日所驾车辆按其供述的行驶地点及路线，经实地勘查，行程起码在55公里。当日道路很泥泞，张永红家路段泥泞尤甚，李慧所驾车辆的车身及轮胎应有泥水痕迹，内挡玻璃应有使用过雨刷器的痕迹。但案发当晚报警后至次日勘查现场时，该车停于现场大门口一直未动。办案人员对现场勘查时，对该车的实物察看情况的叙述及其后实物照片和多媒体均一致反映出该车特别干净，包括车轮胎，没有上述雨中长途行驶过后应有的一点痕迹，而李慧又一直坚持案发当晚没有洗过车，供述与事实截然相反，那么就不能排除凶杀当晚，二李在作案后曾使用该车运送处理杀人凶器及其他现场携出物品后洗车灭迹的可能。二李的杀人嫌疑不能排除。

9. 凶杀现场遗留的足迹，其中一枚经我省著名的刑侦痕迹专家陈良柱鉴定系李文浩所留，可以作为李文浩当时在杀人现场的重要参考依据。二李又供述，当晚11时40分前始终在一起，杀人嫌疑不能排除。

10. 杀人现场遗留的沾血的夏被，黑色女裤被卷起来置放于院中洗衣机旁的洗衣盆内，擦洗过血迹的拖把置放于院内西南墙角。这些行为经公安部刑侦专家分析认为系生活习惯性动作，这些“习惯性”动作，除李慧外，如他人作案，无暇顾及也反映不出这些特点。

11. 案发后，经现场勘查，凶手系从院门进入现场，而院门非常坚固且完好，门锁无撬、压、捅痕迹。经调查马朝晖的生活习惯，当晚要进入现场，只有靠钥匙开门或熟人叫门，李慧具备其条件，杀人嫌疑不能排除。

12. 本案的性质：从案发的时间、地点及死者的刀伤部位、现场处理情况等综合分析判断，应为激情式情杀。谋杀、抢劫杀人、报复杀人、雇凶杀人都不应出现现场所反映出的种种情况。

13. 案发当晚及次日，李慧、李文浩、张永红、李文涛等有串供事实，以后截至2004年10月10日，上述人员有充分的串供条件和时间。

14. 证人李娟证实，案发当晚，她因其院内狗狂叫不停出来打狗，听到案发现场有男女吵架声，桌椅倒地声，以为是两口子吵架，其后回家看表为晚9时45分，此后其院中狗还叫了好几分钟。

15. 证人李月兰证实，案发当晚，她骑车途经案发现场时，听见院内传出一个男的“咋了”的大声喊叫，她回家看表时，晚上10点刚过。

（二）董昀为涉嫌帮助毁灭、伪造证据者

1. 案发当晚，董昀接到李慧的电话后，第一个赶到凶杀现场，在大门灯光下，首先看到从院门到客厅门，有一大片血带。作为一个曾受过专门培训、从事刑事现场技术勘查工作8年多，有丰富现场勘查经验的公安协勤人员，应意识到事态的严重性，立即报警，求救“120”，保护现场。但他非但没有这样做，反而伙同李慧进入现场，直抵尸首旁察看；在确认马朝晖死亡后，同李慧返至院内（或是客厅）时，死者弟弟马朝新在只知其兄“出事”不知结果如何的情况下，赶到现场寻觅其兄时，董昀既不告知死亡的结果和尸首位置，也未阻止马朝新在现场胡寻乱找，只喊了一句“注意保护现场”。报警后，即同李慧离开现场，将李慧交给其家人，置现场及马朝新于不顾，违反职业常识。

2. 董昀在确认凶杀事实后，按职业常识应将现场第一发现人李慧控制交由公安机关讯问，而不是交给其家人。况且董昀深知此前李慧和马朝晖正因为李文浩闹离婚，感情已彻底破裂。其行为违反职业常识。

3. 董昀将李慧带离现场交给其家人的理由和李慧离开现场的理由如出一辙，违背常理，不能成立。董、李二人称：马朝新一到现场，便撕扯、哭骂李慧，你把我哥咋了。后从尸首旁出来，又哭骂撕扯李慧。为防止叔嫂二人发生冲突，董将李带离现场。事实上，马朝新在赶到现场时，只知其哥“出事了”，而不知出事的原因和结果，他首先关心的是他哥“现在怎么样了”，而不会首先无端撕扯、哭骂李慧。马朝新证实：他进入现场后见董、李二人在院内（或客厅）正说话，没理他，他楼上、楼下找到其兄的尸体后，便抱着哭晕了过去，清醒后，董、李二人已不见踪影。

4. 董昀在案发次日，在李慧、李文浩被公安机关审查期间，上蹿下跳，不避嫌疑，数次进入询问场所，被办案人员赶出，遭到领导呵斥。

5. 董昀在公安机关对本案的前三次侦查中，对于其案发当晚的行踪一直作伪证。如非因涉案而心虚，实无必要。综合分析证人卫长征、丁全瑞、宋镪、彭治华、赵晓华、马朝新、杜艳霞等人的证词及董昀自己的陈述，董昀在案发当晚的八九点钟至十点钟左右，有一个多钟头的时间行踪不明，恰在案发时段内。而凶杀现场经勘查，有多处血手套印、数枚被拖擦过的残留足迹，现场显系经过伪造。系由具备反侦查经验和意识的人所为。董昀具备作案时间、技能和条件。

6. 董昀有帮助李慧伪造现场的感情基础。经阅卷和暗访，董与李家交情深久，依附李家，受恩深重，形同奴仆。多年来与李慧以姐弟相称，经常结伴外出，形同李慧的“跟班”和保镖。

综上所述，上述三人案发后行为反常，疑点重重，锁定其为犯罪嫌疑人的理由充分。

（见于2006年6月20日翼城县公安局“2003·10·2”专案组《侦查终结报告》）

2006年2月14日，中国农历狗年的正月十七，西方的情人节。

专案组在这天要分头抓捕的嫌疑人共有四个：李慧、李文浩、董昀和张永红。

第一个落网的是董昀。

这天中午，董昀在西罗苑步行街的家中接到公安局同事卫长征的电话，让他一起去趟县里的金都宾馆，董昀来到金都宾馆三楼立即就被“10・2”杀人案专案组的民警和两名武警扣下并押上警车。在警车上他被戴上背铐，头上套着一个黑色塑料袋，最后的目的地是一家宾馆。

第二个落网的是李文浩。

由于马朝晖被杀，他和李慧弄出的这么一档子风流韵事便在小小的翼城县是尽人皆知，他感觉在报社这样的正统单位实在是没有了前途，升迁、调动、提拔、嘉奖、表彰、重用都不可能了，用李文浩的话说就是“你就是干死了，干一辈子就是那样，永远都没有出头之日”，那还不如早点儿摆脱羁绊，想办法多挣点儿钱。

2006 年春节之后，他离开单位准备到邻县曲沃的一家钢铁公司担任董事长秘书。

2 月 14 日，正月十七，是他到公司报到的第一天。

这天一早，大哥李文涛开车把卷着铺盖的弟弟送到曲沃的公司里，安顿好之后就回了翼城。李文浩有点儿感冒，就去公司医务室拿了点药。刚出来，翼城县公安局的刑警随后就赶到曲沃，说找他了解一点情况。

警车一直往翼城方向开，在城外的南唐收费站，李文浩看见有人大声争吵着，从警察的交谈中他得知是李纯泰正在交涉：为什么又抓李慧呢？

他明白了，这里就是他和李慧命运交汇的地方，新的磨难又要开始了。

后来，警车不知怎么又返回了曲沃。在曲沃县公安局的院子里，李文浩被移交给了陌生的警察，头上蒙了个黑色塑料袋，然后又被押上了警车。等他摘下头套的时候，已经进入了宾馆的一个房间。结果，新官儿上任的李秘书在曲沃的这家钢铁公司一天班儿都没有上成。

第三个落网的是李慧。

这天下午四五点，她带着孩子坐在朋友的车上准备外出小聚。在翼城的街头突然被两辆没有牌照的汽车前后相夹，逼停在马路上，李慧随即被车上下来的几个身份不明的男子给带走了。

朋友夫妇带着李慧的孩子目睹了这一切，当时就目瞪口呆。缓过神儿来，他们赶紧开车把李慧的儿子送到李家。

这个消息惊动了李纯泰，他找来车和李慧的这两位朋友一路追赶到了县城外的南唐收费站。一辆无牌的汽车被拦下之后，里面的人自称是省里的公安下来办案，并告诫李纯泰不要妨碍公务。

李纯泰毫不畏惧地和他们论理，你们在大街上把人带走，开个无牌的车，不亮身份，也没手续，咋就让我相信不是绑架呢？

双方僵持了一阵儿，最终，翼城县局的副局长张博赶来，他向李纯泰说明了情况，老爷子嘟哝着这才放行："你把我的人弄走了，是谁弄走的，你得告诉我，明天我得有地方去找人是不是？"

李慧戴着头套最后被押往的目的地也是宾馆的一个房间。

最后一个要轮到张永红了。

张永红在2月14日这天陪着嫂子刘长梅去了太原，嫂子的孩子要参加高考的艺术类专业面试，张永红读过师范，同学多，嫂子想让她去碰碰运气看是否能找到熟人托上点儿关系。张永红在太原很快就听说李文浩被抓了，警察也在找她，就吓得没敢回家。没想到，这一躲就是5年，从2006到2011年，张永红一直在外潜逃，甚至她也没有和家里进行过电话联系，所以，专案组先后三次奔赴北京、天津等地抓捕都无功而返。

2006年4月，翼城警方将她列为在逃人员在网上进行通缉。直到2011年公安部门开展"清网行动"，她回到翼城向警方投案。警方当即给她办理了取保候审手续，满一年期限之后强制措施自动解除，她又恢复了自由。

当时被捕的三人并没有按惯例被关押到看守所，而是被送到了专案组指定的一个秘密场所进行封闭审查。

这个安排经过了精心的谋划，一来，是因为案发时间已经过去了两年多，嫌疑人有充分的时间构筑反侦查的心理和技术防线；二来，前一次审查失败，还和监管人员通风报信、撑腰打气有关，所以，专案组这次决定要彻底隔断他们和外界的任何联系。

但是，这次从临汾市各个看守所反馈到专案组的信息是，李翠仙撒开大网正四处托关系、找律师打听三名犯罪嫌疑人的下落，在查遍临汾市所有的看守所之后，李翠仙他们把探听信息的触角已经开始伸向了专案组成员。

翼城很小，临汾也不大，让李翠仙摸清了专案组的动向，一切又将前功尽弃。这种状况让坐镇一线指挥的山西省公安厅刑警总队的老资格刑警杨生庆很是忧虑。

据他了解，李慧、李文浩上一回在看守所被关押期间，李翠仙对于警方的侦查情况了如指掌。她曾向一个中间人出资十几万元，并通过这个中间人找到看守所的监管民警甚至是领导，向李慧、李文浩提供生活上的特殊照顾，并且通风报信，透露警方的侦查进展，鼓励他们要守口如瓶。

本来，根据当时的《刑事诉讼法》第96条的规定，"犯罪嫌疑人在被侦查机关第一次讯问后或者采取强制措施之日起，可以聘请律师为其提供法律咨询、代理申诉、控告”。这是当事人合法的权利，但是，在这起案件中，一旦律师知道了嫌疑人的下落，李翠仙的关系网便会寻迹而至，并且很快会形成反侦查的对抗力量。因为这个原因，专案组定下策略，案件没有形成突破之时，不允许律师介入，更不能给李翠仙机会。

在李翠仙看来，当过记者的李文浩是个嘴巴很不严实的人。比如，当初警察问他10月2日晚上回家后的情况，本来就两句话：到家的时间大约是11点一刻，然后就睡下了。半夜里，李慧打来电话说马朝晖死了，他想去现场，李慧不让他去。

可是，李文浩却偏偏“多嘴多舌”，仔细地描述他知道马朝晖被害后如何害怕得发抖，如何在床上和父母同宿了一宿。

结果，日后警方把他的恐惧当成了杀人“证据”写进了侦查报告：“三易卧处，钻到其父的被窝里，30多岁的人被搂着睡觉，仍哆嗦不已。行为反常，杀人嫌疑不能排除。”

后来，李文浩还给专案组的办案人员雷震、李晓强承认过：“毕竟是刚杀完人，我就是克制不住自己发抖。”

第三次开庭审判时，法官还围绕他因何“发抖”而反复盘问其中的细节。李文浩的母亲听了在旁听席上唉声叹气，表示不满，结果还受到了审判长陈剑的当庭警告。

李文浩的母亲事后气呼呼地跟我说：“不就是咱娃实在嘛，有啥说啥，这都是咱主动配合警察工作才说的，咋都变成了罪状了？!”

这种情况当时正是李翠仙所担心的，在李文浩上回被关押期间，她曾通过看守所的监管人员向李文浩传话：

“提审的内容已有人向李翠仙说过了，你说的什么，李翠仙都知道了。家里人很生气，嫌你说得太多了。人家是问五句说一句，你是问一句说五句。”

后来，这名传话的监管人员也被专案组进行了审查，至于上面这句话为什么会传到专案组的耳朵里，原因很简单：李文浩又说实话了。

此外，专案组还查明，李翠仙还曾策划、组织上访活动向公安部门施压。

为迎接北京奥运会的到来，从2005年5月18日开始，全国3000多个县市区公安局长亲自接待上访群众，协调解决信访问题，史称“公安机关开门大接访”。

李翠仙为此传话动员李文浩的家人前往北京去“上访告状”。起初，李文涛回绝了李翠仙的要求，并且反问道：她们家为什么不去?！后来，李翠仙解释说：

她们家里有个村党总支书记，不好出面。最终，李翠仙出了5000块钱的费用，李文浩的哥哥、姐姐陪着父母前往北京到公安部进行了上访。

据李文浩向警方交代："我哥、我姐、父母四人到北京去告状，去了之后，告状的人很多，要排队，我家里人住了几天等不着，材料也未交上去就回来了。"

李翠仙对于她动员和资助李文浩的家人进京上访并不讳言，她说，她是怕公安局在马朝晖的杀人案中办出冤假错案来。的确，上访是公民的权利，李翠仙在这件事上说起来并没有做错什么，更谈不上触犯刑律。

但是，在警方的侦查终结报告里，对李翠仙资助上访等行为的恶劣影响有如下描述：

在李文浩、李慧被公安机关关押审查期间，（李翠仙）又指使郑某某（在逃）携重金在有关关押场所买通关节，打探案情，里外通气，还出资5000元人民币指使李文浩家人到北京告状，干扰办案。其行为严重扰乱了公安机关正常的侦查活动，致使犯罪嫌疑人李文浩、李慧等人于2005年9月7日被存疑不诉，逃脱了法律的制裁。

为了震慑有碍案件侦破的不法行为，翼城县人民检察院、翼城县公安局于2006年3月21日联合下发了《关于敦促"2003·10·2"杀人案违法犯罪人员投案自首的通告》。

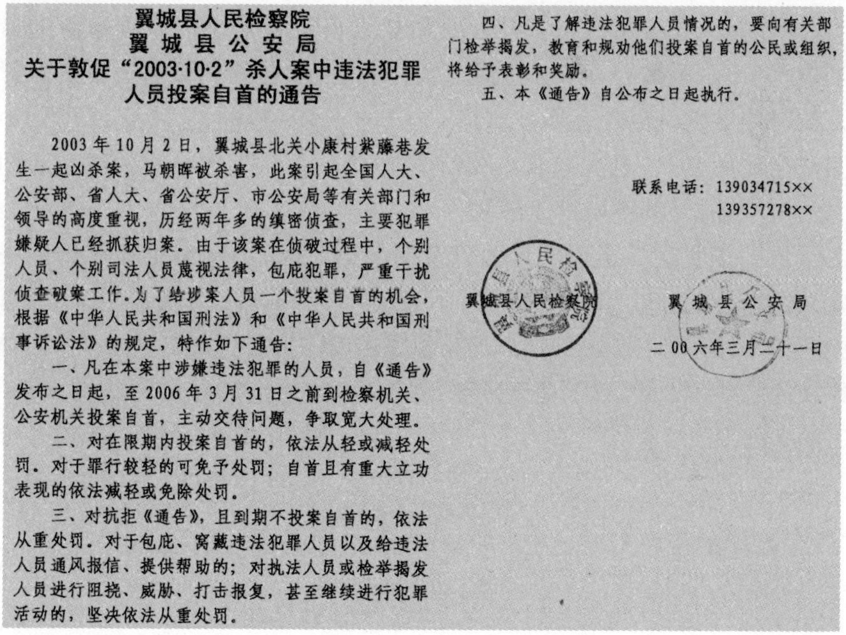

翼城县人民检察院
翼 城 县 公 安 局
关于敦促"2003·10·2"杀人案中违法犯罪人员投案自首的通告

2003年10月2日，翼城县北关小康村紫藤巷发生一起凶杀案，马朝晖被杀害，此案引起全国人大、公安部、省人大、省公安厅、市公安局等有关部门和领导的高度重视，历经两年多的缜密侦查，主要犯罪嫌疑人已经抓获归案。由于该案在侦破过程中，个别人员、个别司法人员蔑视法律，包庇犯罪，严重干扰侦查破案工作。为了给涉案人员一个投案自首的机会，根据《中华人民共和国刑法》和《中华人民共和国刑事诉讼法》的规定，特作如下通告：

一、凡在本案中涉嫌违法犯罪的人员，自《通告》发布之日起，至2006年3月31日之前到检察机关、公安机关投案自首，主动交待问题，争取宽大处理。

二、对在限期内投案自首的，依法从轻或减轻处罚。对于罪行较轻的可免予处罚；自首且有重大立功表现的依法减轻或免除处罚。

三、对抗拒《通告》，且到期不投案自首的，依法从重处罚。对于包庇、窝藏违法犯罪人员以及给违法人员通风报信、提供帮助的；对执法人员或检举揭发人员进行阻挠、威胁、打击报复，甚至继续进行犯罪活动的，坚决依法从重处罚。

四、凡是了解违法犯罪人员情况的，要向有关部门检举揭发，教育和规劝他们投案自首的公民或组织，将给予表彰和奖励。

五、本《通告》自公布之日起执行。

联系电话：139034715××
139357278××

翼城县人民检察院　　翼城县公安局

二00六年三月二十一日

通告的核心内容是要求“凡在本案中涉嫌违法犯罪的人员，自《通告》发布之日起，至2006年3月31日之前到检察机关、公安机关投案自首，主动交代问题，争取宽大处理”。通告下方的联系电话留的是两个手机号码，据了解，一个是翟铭晋的，另一个是侯斌的，两人都是翼城县的公安人员。在此书的写作过程中，翟铭晋已担任翼城县公安局的副局长，侯斌则是县公安局刑警大队的大队长。

两个司法机关就一个案件联合下发通告，这在翼城县是极为罕见的。此后，经传唤接受询问的证人一到指定地点，办案人员便会递上16开、正反两面印刷的《通告》让其阅读。我手头上的这份《通告》便是李文涛被叫到宾馆询问案情后带回家的。他对这份《通告》的理解是：办案人员叫证人要认清形势，不要“瞎说”。

通告发布四天后，3月25日，专案组果断地对李翠仙采取了强制措施。她在被传唤到公安局后，以涉嫌伪证罪被刑事拘留。

刑警杨生庆见到大名鼎鼎的李翠仙说：“你是一只虎，活动能量太大，我就是要把你关在笼子里。”

李翠仙对杨生庆说：“你对我，要抓就抓，要判就判，判个三年、四年我都认了，你们不要再找我们老李家其他人的麻烦了。”

事后杨生庆对其他办案人员说起李翠仙，来了这么一句：“看不出，还真是‘女中豪杰’！”

与此同时，专案组还将翼城县公安局技术科科长常小林以涉嫌帮助毁灭证据罪刑事拘留，而董昀的妻子杜艳霞、县公安局技术科的内勤——负责保管毛发等物证的马明瑞则均以伪证罪被刑拘。

关住李翠仙这只“老虎”、常小林这个“内鬼”并在干扰办案的源头清理门户之后，案件侦破的外部环境得以平复。

为了进一步鉴定马朝晖的死因以及明确作案凶器，专案组还作出了一个重大决定，那就是于2006年4月5日清明节这天，对马朝晖的尸体进行开棺检验。

撬开棺木，法医们未见白骨，只见马朝晖的遗体身着葬衣安卧如初。尸体外表软组织及内脏皱缩干硬，双手搭于腹部，皮肤呈淡棕色，变成了一具“木乃伊”。这是法医的幸运，因为“木乃伊”的存在，使得死者生前的某些损伤特征还有踪迹可寻。

那么，这具“木乃伊”又是因何而形成的呢？根据传统的《法医学》理论并结合现场情况分析，黄土高原气候干燥，加之葬衣很厚，吸水性强，使得尸体中的水分大量被吸附。同时，棺木密封度高，不利于细菌的生长，而且马朝晖身体瘦小，生前大量失血，内脏中的水分迅速丧失，这就使得马朝晖的尸体三年不腐，成了一具“木乃伊”。

山西省公安厅技术处、临汾市公安局的三位法医对尸体进行了重新检验。

检验结论显示：马朝晖是被一把长约20厘米、宽约3.5厘米，刀背厚度为3.5毫米的刺器刺伤胸部致心脏破裂，砍切颈部大血管致断裂后失血性休克死亡。当然，这个检验结果和案发不久进行的检验结果没有大的出入。

在开棺验尸之后不到一个半月，临汾市公安局在翼城宾馆召开新闻发布会宣布：“10·2”杀人案告破！

李文浩工作过的《今日翼城》发布的消息详细罗列了与会的破案人员和各级官员：

“2003·10·2案件”成功告破

市县公安局联合召开新闻发布会

本报讯　5月18日，临汾市公安局、翼城县公安局联合召开“翼城2003·10·2案件”新闻发布会，对有关情况予以通报。中央电视台、山西电视台、山西日报、翼城电视台、今日翼城等40余家媒体应邀参加新闻发布会。

市公安局党委书记、局长李如林、省公安厅刑侦总队副总队长马润生、科技处副处长裴翔、刑侦总队大队长杨生庆、科技处主任法医师张勇、市公安局党委副书记、常务副局长段波、县委副书记刁纪普、县委常委、政法委书记卫志敏、人大副主任王彩文、副县长卫勇、政协副主席李殿梁及公检法领导出席发布。

会上，市公安局刑侦支队队长乔临生对案情进行了通报。备受各级领导重视、社会各界关注、人民群众关心的2003年10月2日杀人案，经过两年零六个月的艰苦侦查成功告破。犯罪嫌疑人李慧、李文浩、董昀等人对犯罪事实供认不讳。

县公安局局长吉绍文作表态发言。他指出，“10·2”杀人案的告破，是各级党委、人大、政府、政协高度重视和大力支持的结果，是省、市、县三级公安干警联手作战，共同努力的结果。他对所有关心和支持本案侦破的领导、干警和社会各界表示感谢。

省公安厅刑侦总队副总队长马润生宣读了山西省公安厅发来的贺电。受害人家属为省、市、县三级公安机关送上锦旗，表达由衷地感谢。

（见于2006年5月21日《今日翼城》报第二版）

《山西日报》发布的消息则把笔墨重点放在了案情介绍上，在这篇报道里，媒

体首次出现了对杀人凶器的描述,谓之曰"尖头菜刀":

妻子伙同情夫杀害丈夫　三名公安涉嫌包庇犯罪

翼城"10·2"杀人案告破

本报讯(记者乔明亮　通讯员王霞)在临汾社会沸沸扬扬达两年半之久的翼城"10·2"杀人大案终于尘埃落定。临汾市公安局5月18日召开新闻发布会宣布该案胜利告破,5名犯罪嫌疑人全部落网。

2003年10月2日晚11时,翼城县计生局工作人员马朝晖被杀死在家中。

今年2月14日,各种证据集中反映出该县居民李慧、李文浩和董昀有重大作案嫌疑,公安机关遂对3人采取刑拘,实行异地羁押审查。

在审查中,3人交代了全部作案过程,还牵出了另外两名公安人员涉嫌伪证、包庇犯罪的犯罪事实。经查,2003年事发前,马朝晖之妻、在唐兴镇财政所工作的李慧已和在翼城县报社工作的李文浩勾搭成奸,发展成固定的情人关系长期同居。李文浩为此曾和马朝晖发生过语言上的冲突。

2003年10月2日晚9时许,李文浩和李慧回到李慧家中,恰好马朝晖在家。见到妻子竟然把情人领到家里,马朝晖立即和二人发生争吵,并和妻子发生揪打。李文浩随后去帮李慧的忙,李慧趁机到自家厨房取出尖头菜刀,李文浩用菜刀将马朝晖捅倒,李慧又拿菜刀朝丈夫身上连捅数刀。

马朝晖死后,两人将其尸体移至客厅。遂后,李慧给其好友、翼城县公安局技术科临时聘用人员董昀打电话,叫董来其家。董昀帮助二人伪造现场,毁灭证据,还授意二人如何应付公安机关的审查。此后,三人逃离了现场。在这个过程中,还有两名公安人员也涉嫌伪证、包庇犯罪,给侦破工作带来诸多困难。

目前,李慧、李文浩涉嫌故意杀人,董昀等3人因涉嫌伪证、包庇犯罪,证据确凿。5名犯罪嫌疑人现已报请检察机关批准逮捕。

(见于2006年5月22日《山西日报》B2:社会新闻版)

这条消息有一处内容互相矛盾,经不起推敲。消息第二段说:"2003年10月2日晚11时,翼城县计生局工作人员马朝晖被杀死在家中。"后面又说,"2003年10月2日晚9时许,李文浩和李慧回到李慧家中",随即发生"争吵"和"揪打"。凶手9点到达案发地,被害人11点被杀,难道他们争吵、揪打了两个小时之后才发生的命案吗?

最抢眼的是《山西晚报》的大块文章，该报在新闻发布会召开的第二天就发表了一整版的深度报道，这篇报道对马朝晖被杀案的来龙去脉进行了完整、细致的记录：

富豪之女辣手杀夫逍遥三年

提示：2003 年 10 月 2 日晚 11 时，翼城县人大副主任李毅的儿子、县计生委干部马朝晖在家中被杀害，身中 49 刀，头部和颈部只连着少许皮肉，全身血肉模糊，其状惨不忍睹。

与这起罕见惨案一同出现的，是惨案背后的种种怪状：最先出现在案发现场的县公安局技术人员在“110”赶到之前匆匆离开，墩布拖过的血痕清晰可见；死者手里紧攥的 3 根儿带颜色的头发虽“一直在化验”，却在关键时刻不翼而飞；具有重大嫌疑的死者之妻每次接受传讯，其娘家人均全程陪同；案发不久，该女即与其情夫、本案另一犯罪嫌疑人双宿双飞，旅居北京，虽一度归案，却因“证据不足”重获自由；死者之母 3 年来历尽艰辛不屈控诉，案件却越来越扑朔迷离……直到全国人大派员专程赴晋督办，直到吴邦国委员长亲笔批示，省公安厅派出阵容空前的专案组，这起原本并不复杂的血案才大白于天下——

怪状如此之多，翼城百姓习以为常，因为，制造了这起惊天惨案的犯罪嫌疑人、死者之妻绝非等闲之辈，而是一个名扬翼城的富家小姐。

富家小姐 骄奢公主
万千宠爱 宠出骄狂恶女

要说这位“富家小姐”，不能不提她的家庭，尤其不能不提她的父亲，翼城县唐兴镇北关村原党总支书记李纯泰。在李纯泰的六个女儿中，这位排行老小的“老小姐”，学历最高、长得最靓，最受李纯泰宠爱。

在不足 30 万人的翼城，位于县中心的北关村可谓“牵一发而动全身”，当地一直有“县城多大，北关村就有多大”的说法。早年拉过平板车的李纯泰自上世纪 80 年代执掌村委会大权后，个人荣誉和财富飞速增长，被公认为“翼城首富”。一位著名漫画家曾以“小平车推出大奔驰”为题宣传这位“风云书记”。

2005 年 6 月，李纯泰黯然下台，因其“执政”期间引发的民愤与民怨，奔走相告的村民“赠送”给他最持久的、最热烈的鞭炮声和欢呼声。

李家小姐李慧就在这样的家庭耳濡目染，再加上父亲百般溺爱，众人阿谀逢迎，使得这位公主级人物从小到大唯我独尊，骄狂任性。直至在挥刀捅死丈夫、翼城为之轰动的特殊时期，仍开着红色宝来轿车招摇过市。

轻佻妻子　众多绯闻
“经典婚姻”　其实苍白酸楚

1994年农历九月十二，21岁的李慧和县计生局宣教干部马朝晖结为连理。马时年23岁，活泼开朗、英气逼人，母亲是县人大副主任，父亲是审计局副局长。在很多人看来，这桩婚姻堪称“珠联璧合”。人们无论如何也想不到，10年后的同一天，2003农历九月十二，马朝晖会带着49处刀伤，在亲人肝肠寸断的哭声中入葬。

有道是，鞋子是否合适，只有自己清楚。以翼城“名媛”自居的李慧奢华成性，化妆品、内衣从来只在北京、西安订购，即使在案发后身陷千夫所指的境地，仍有雅兴游逛，一件5000元的大衣说买就买。最令马朝晖无法接受的是，妻子的轻佻放荡并没有因结婚而收敛。除了日后挥刀杀人的“首席情人”李文浩，还有多名“绯闻男友”。如此丑闻，翼城人或津津乐道或嗤之以鼻，李慧却乐此不疲，变本加厉。

2003年正月，忍无可忍的马朝晖将李慧众男友之一、翼城县某税务干部挥拳教训了一番，李慧大发雷霆，立马搬到了其姐李翠仙任总经理的翼城北关宾馆，任公公婆婆轮番上门说情，丈夫“沉痛”含泪赔罪。这个忍辱负重的男人不知是否晓得，就在妻子与自己大闹分居的几个月里，仍然不改轻浮本性，与《翼城报》记者李文浩混得如火如荼，难舍难分。10个月后，马朝晖惨死在妻子与这位新任情夫的屠刀之下。

用心良苦　屈辱求和
身中49刀　最终死不瞑目

2003年6月，经过众人的百般劝说，李慧搬出北关宾馆，结束了与马朝晖的分居生活，但仍与李文浩藕断丝连。眼看妻子与自己一天天同床异梦，马朝晖痛下决心，两人手持离婚协议书一趟趟往返于民政部门，但由于双方单位拒绝为这对曾经令人羡慕的小夫妻签字，离婚一事一拖再拖。两人相约，等2003年10月1日以后新的《婚姻法》出台，再谈离婚事宜。

2003年9月29日晚，秋雨绵绵，独自在家的李慧接到丈夫的电话。几天前，无法承受离婚之痛的马朝晖只身前往太原散心。在这个落雨的秋夜，马朝晖问妻子："你害怕吗？平时你那么胆小。"李慧心里一动。不一会儿，马朝晖再次打来电话，他叮嘱妻子："下雨了，多穿衣服，小心感冒。"那一瞬间，李慧百感交集，她抱着电话痛哭失声。随后，马朝晖又给妻子发了一则短信，短信说："看到别人恩恩爱爱，我的心很痛。过去的一切就算我的错，我们重新开始好吗？"李慧日后回忆说，丈夫对自己的这份真情流露，令她顿感自责，内疚万分。

可惜，良知的复苏只是偶一闪念。两天后，李慧仍偕同情夫制造了震惊翼城的"10·2"惨案。

10月2日晚上，李慧在李文浩的陪伴下到李文浩之嫂张永红家中吃晚饭。张永红任北关幼儿园园长，一向对李纯泰的掌上明珠、北关幼儿园财务总监李慧百般巴结，为促成小叔子与李慧的婚外情立下了"汗马功劳"，现批捕在逃。饭间，从太原回到翼城的马朝晖给李慧打来电话，希望她早日回家，"两人好好谈一谈"。李文浩自告奋勇，开车送李慧回家，一对男女就这样双双出现在男主人马朝晖眼前。

风尘仆仆回家，本希望与妻子推心置腹、破镜重圆，不想却遭遇如此无耻的挑战，马朝晖勃然大怒，双方激烈争执，继而厮打。最终，马朝晖被捅49刀身亡。最惨烈的一幕是，倒地后的马朝晖死不瞑目，这对丧心病狂的男女竟然将屠刀对准马朝晖圆睁的双目。现场血流成河，其状之惨令人不寒而栗。

高手指点 民警庇护
惨案难破 真凶得意脱身

最初的慌乱之后，李慧先开了口："叫董昀过来，他是自己人，可靠。"

董昀何许人也？

董昀，翼城县公安局技术科协警，兼翼城县公安局民警、李纯泰独生儿子李志华的贴身司机，其妻曾在北关宾馆当服务员，夫妻俩念念不忘李家的"恩重如山"。

李慧在电话里命令他："有事，一个人来。"

董昀分秒未敢怠慢，但他起初的表现并不能令李小姐满意。看着惨不忍睹的现场，董昀提议"投案自首"，李慧不满地呵斥："废话，自首还用你来？！"沉吟片刻，董昀建议，"把柜子翻乱，往入室抢劫上靠。"并指点迷津："清理现场，重点是脚印。"为了更加彻底地表达忠心，董昀甚至亲自操起了墩布。临别，董昀再次面授机宜，"不要跑。多听少说。要想着说，不要抢着说"。

当晚11时许，按照计划，李慧返回现场。令人惊叹的是，面对丈夫血肉模糊的躯体、绵延数米的尚未凝固的鲜血，这个养尊处优的娇小姐竟然没有丝毫的惊叫、哭泣。

她穿过血流，来到卧室，从容不迫地拨打了3个电话，一个给大姐李翠仙，一个给“自己人”董昀，一个打给婆家。马朝晖之弟马朝新赶到现场时，李慧和董昀正在门口说话，但几分钟后，当悲愤欲绝的马朝新欲找李慧问个究竟时，两人已经不见了踪影。

10月3日，翼城县公安局技术科科长常小林来到现场，具有丰富勘察经验的常脱口而出：“跑不了这几个人。”“这是小不点(指李慧)干的。”但这位技术科科长随后的表现却令人大跌眼镜。

10月4日，翼城县公安局民警开始现场勘验，众目睽睽之下，勘验人员将马朝晖指缝里的三根长短不一，带颜色的头发提取、记录、封存，但此后三年，虽然死者家人数百次追问，有关领导“一直在化验”的答复最终变成了“丢了，找不见了”。类似疑点比比皆是，直到董昀、常小林被抓捕归案，种种谜团才真相大白。

“翼城首富”李纯泰的女婿、县人大副主任李毅的儿子竟然在家中遇害，翼城、临汾为之轰动，但凶手一直逍遥法外。

3年来，马朝晖的母亲无数次奔波往返于太原、北京，向各级人大、公检法求助、控诉，请求公安机关早日为惨死的儿子讨还公道。

3年来，由翼城县、临汾市组成的“三届”专案组因证据费尽周折，虽然一度将犯罪嫌疑人李慧、李文浩缉拿归案，但终因证据不足，二人在落网10个月后又侥幸脱身。获释当日，李慧之父在自家豪宅大宴宾客，讨回“清白”的李慧则骄奢如常、谈笑自若，情夫李文浩更是得意忘形，甚至在《翼城报》发表散文，以示自己“心静如水”。

再后来，两人干脆出双入对、旅居北京。

自作孽者　不可活也
凶手归案　翼城万众欢腾

2005年9月，全国人大常委会接到身为县人大副主任的李毅为惨死的儿子的泣血控诉，高度重视。随后，吴邦国委员长亲笔批示，山西省公安厅迅即组成阵容空前的专案组，这起被无数人认为“破获无望”的案件，第四次启动程序。

2006年1月22日，李毅在翼城宾馆见到了新上任的临汾市公安局局长李如林，这位不幸的母亲恳求李局长，“哪怕我的儿子是自杀，只求公安机关给我一个结论，让我的儿子在九泉之下瞑目”。

2006年正月十七，在翼城大街开车兜风的李慧被抓获归案。与此同时，李文浩、董昀分别落网。

一个月后，常小林，又一个为“豪门千金”李慧铤而走险的公安败类，也被捕归案。

消息传来，翼城欢腾。李毅更是悲喜交集，泪流满面。面对前来慰问祝贺的翼城百姓，李毅说了这样一句，“天作孽，犹可违；自作孽，不可活。”

（见于《山西晚报》2006年5月19日第16版特稿：《富豪之女辣手杀夫逍遥三年》，记者：郭凤情）

想必这个案件给郭风情的记者生涯留下了深刻的印象。

三年后，在全国第10个记者节到来之前，她参加山西省新闻行业组织的“做新时代的优秀新闻工作者”的演讲比赛。在一篇题为《总有一种力量让我们泪流满面》的演讲中，她在结尾处一组“我忘不了”的排比句中还特别提到：

我忘不了翼城县人大副主任李毅，杀害儿子的真凶落网，三年来泪流成河的母亲举杯高呼，公安万岁！正义万岁！

这次演讲，代表山西日报报业集团参赛的郭风情获得了一等奖。我想，李毅举杯高呼“万岁”的画面，将会随着这次演讲比赛的成功永久地镌刻在郭风情的脑海里，成为她记者生涯中珍贵的记忆。

不过，她发表在《山西晚报》上的这篇特稿在某些具体细节上遭到了李慧家人小小的质疑，比如这段：

2003年9月29日晚，秋雨绵绵，独自在家的李慧接到丈夫的电话。几天前，无法承受离婚之痛的马朝晖只身前往太原散心。在这个落雨的秋夜，马朝晖问妻子：“你害怕吗？平时你那么胆小。”李慧心里一动。不一会儿，马朝晖再次打来电话，他叮嘱妻子：“下雨了，多穿衣服，小心感冒。”那一瞬间，李慧百感交集，她抱着电话痛哭失声。

记者采写这篇稿件时，马朝晖已不在人世，李慧又身陷囹圄，这段对话的内容是从何来的呢？李慧的一位姐夫曾笑着问我：难道这位记者在案发后采访过马朝晖不成？

对于这个疑问，郭风情告诉我：这些内容来自于案卷中的讯问笔录。

第十章　招　　供

《山西晚报》的两篇特稿《富豪之女辣手杀夫逍遥三年》、《爱子惨死　母亲三年执着追凶》在读者那里激起了强烈的义愤，山西和胜律师事务所的律师胡晓勇在餐桌上和妻子、岳母传看了报道，岳母叹着气直摇头："这个李慧真是太残忍了。"胡晓勇告诉我，这件事使大家吃饭的心情都受到了影响。

后来，李文浩的哥哥李文涛经人介绍来请胡晓勇为李文浩作辩护人时，就因为受媒体报道的影响，他一开始对李文涛他们很是排斥，并没有同意代理此案。

时隔八年，在临汾巍峨的鼓楼旁边，我和一位在繁华商业街经营体育用品的商人谈及《山西晚报》的相关报道，她依然记忆犹新："那会儿从报上看到这事可不理解啦，你要过不下去了，离婚就行了，咋就把人家给杀了？还把头都差点剁下来……"

在李文浩的亲友们看来，李文浩继承了他们家族胆小怕事的传统，当年李慧离婚要投入他的怀抱，这已经是板上钉钉的事情了，他不可能也没有必要将马朝晖残忍地杀害。

李文浩在县信访局工作的姐姐李艳萍告诉我说："凭着李文浩的性格和他所接受的教育，他不是一个没有底线的人。你跟李慧好，还把人家男的给杀了，他就是没有底线的人。我们全家都觉得他不会。另外，我妈说，那天，他走的时候穿的啥，回的时候还是穿的啥，这是事实，身上干干净净的。要是他杀人了，他在哪儿买的衣服，在哪儿换的衣服，你得拿出证据来。"

闻听此言，我也觉得有道理，但是，不管当时亲朋好友如何众说纷纭，李慧、李文浩和董昀他们三人红嘴白牙吐出的口供已经变成了白纸黑字，将来定然会成为呈堂证供，想要推翻谈何容易。

在他们三人当中，文化水平最高的是李文浩，同时他还是县报的记者，总体而言，他的交代从文字表达上看来是最生动、最具体，也最流畅。

李文浩在被关押期间，对马朝晖被害的经过有过多次供述，以下呈现的是一份历经将近4个小时完成的完整笔录，它以较短的篇幅，精练的文字，全面地展现了李文浩的表达特点：

时间：2006年5月28日22时23分至2006年5月29日2时05分

地点："10·2"专案指定办案场所

侦查员姓名、单位：杨生庆　杜永明　"10·2"专案组

记录员：杜永明　单位：临汾市公安局

犯罪嫌疑人：李文浩

问：李文浩，你还记得你这次是什么时间被公安机关抓获的吗？

答：记得。我是2006年2月14日被公安机关抓获的，现在已经三个多月了。其实这段时间里，我也一直在反思自己以前的行为。我给社会，特别是给我们两个家庭带来了巨大的灾难。由于我以前被公安机关抓过，后来又被释放了，所以我一直心存侥幸，想逃避法律的打击，因为我知道：杀人是要偿命的。所以在这次被抓之前，我一直在社会上，在我的朋友、同事面前都一直做出种种假象，想让他们相信人不是我杀的。但是这次被抓之后，我知道我和李慧杀人的事再也瞒不下去了，我也知道，既然杀了人，我们迟早会有这么一天，接受应有的法律制裁。这些天里，我也一直在回想着我以前的事。

我和李慧早在1999年就发展成为情人关系的，慢慢地我俩的情人关系也就公开化了。由于我俩的情人关系，引发了我们双方家庭剧烈的矛盾，一直到了2003年，我们双方的家庭矛盾闹得更为激烈，我和宋元红闹离婚，马朝晖和李慧也闹离婚。2003年9月30日，我在宋元红的手机发现了马朝晖发给宋元红的一条信息："我想你的小身体了。"就是这条信息引起了轩然大波。我把这条信息告诉了李慧，李慧与马朝晖发生了激烈的争吵，我也打电话质问马朝晖，也与马朝晖在电话中发生了激烈的争吵，马朝晖也说出"我弄死你"之类的话来，宋元红更是不停地打电话给李慧，二人相互辱骂，李慧也说了"你们大家都不要闹了，我会给大家做出一个交代的"之类的话，这句话是我看到李慧发给宋元红的一条信息。

2003年10月2日下午，我与李慧联系得知她在单位，我便到她的单位唐兴镇财政所去找她，正好我嫂子张永红也叫李慧到她家吃晚饭，于是当晚大约19时，我与李慧开车来到我嫂子家吃饭。在我嫂子家吃饭过程中，我记得李慧接过马朝晖的两个电话，我听不见马朝晖说什么，但是听李慧的回答应该是马朝晖叫李慧回去谈他们两人的事情，因为李慧说是："有什么好说的，不是说好了么？到时候离就行了。"

由于我嫂子也知道那两天李慧和马朝晖闹得正凶，所以当我们吃完饭到了21时许准备离开时，我嫂子张永红提出来说，要不就别回了，小心回去和马朝晖打架，要不就住到她家。李慧说，没事，马朝晖不敢打她。于是我与李慧便离开了我嫂子家。我开车拉着李慧快到她家时，边劝边说：“要么别回了，小心回去后和马朝晖打架。”

李慧说：“没事，他也不敢打我。我们结婚时我就告诉过马朝晖他要是敢打我一下，我就让他完蛋。”

我说：“要么就到北关宾馆吧。”

李慧开始不同意，后来在我的反复劝说下，她同意了，但说要回家拿件衣服。

我说：“那我也去，如果马朝晖在的话，就和他说说我们的事情。”

李慧答应了。我把车开到绛源路往李慧家走的那个胡同路边停了车。我和李慧都下了车走到她家大门口。李慧就敲了几下门，马朝晖出来开了门，李慧进去后，我也跟着进去，马朝晖见我也进去了，很是恼火，对我说：“你来我家干什么？”

我说：“我来和你谈谈。”

马朝晖说：“我和你有什么好谈的。”

他就回头骂李慧：“你把他领到家里来干什么？你他妈的想干什么？”

说着便上去揪打李慧，我见状便上去帮李慧的忙，马朝晖便与我厮打在一起，这个时候，李慧就跑到她家院子南面的厨房里，过了一会儿，她拿了一把明晃晃的刀子跑了过来，我跑过去一把把刀拿在手里，马朝晖就上来到我手里夺刀，我当时也没有想什么，朝他的肚子就是两刀，马朝晖就用手捂着肚子，弯了腰，嘴里叫着：“咋了，咋了。”

我朝他肚子又捅了两刀，捅的时候马朝晖还用手挡了，捅完之后，马朝晖就倒在了大门的门庭下面。这时，我突然想起来大门还没有关，就把刀子递给李慧，我把大门插住了。李慧接过刀后，又朝马朝晖的背部捅了几刀。我当时就愣了，说：“这怎么办？”

李慧说：“先抬到家里。”

我说：“行。”

李慧说：“先等一下。”

她到院子南面的房子里又拿出两副白线手套来，我俩每人戴了一双。我抬着马朝晖的头倒退着，李慧抬着马朝晖的脚把马朝晖往客厅里抬。在抬到客厅前的台阶时，马朝晖突然挣扎了几下，我赶紧上去按，李慧又用刀朝马朝晖身上捅了几刀，在这个过程中，不知谁把院子里的一张桌子碰倒了。在马朝晖挣扎的过程，我把马朝晖按得头朝了南，脚朝了北。等马朝晖不动了之后，我和李慧就把马朝晖往客厅里抬。在院子里时，我听到李慧家两边邻居家的狗一直叫得很凶。

我们把马朝晖抬到客厅里放在地上。我一看马朝晖当时已经断气了，我想怎么能做出杀人的事情来,我这一辈子不就完了?我就拿起刀子在马朝晖的身上捅了好多刀。李慧也从我手里拿过刀子,朝马朝晖身上疯狂地乱砍乱捅,把马朝晖的脖子都快砍断了,朝马朝晖的下身也捅了好几刀。捅完之后,她把刀扔在地上,一屁股坐在客厅的地上。

这时,突然有人叫李慧的大门,我俩听了非常慌乱,我问李慧是谁叫门呢?李慧说是胡克文和吴超,他俩住在李慧后院,那天正收拾家里的暖气呢。

过了一会儿,那叫门的听见没有动静就走了。我就问李慧:"这怎么办呀?要不投案自首吧?"

李慧说:"不行。这样没法向家里人交代。"

我说:"那怎么办?"

她说:"得想个办法把这现场伪造一下。"

我说:"我对这个不懂,怎么伪造?"

她说:"我叫董昀过来。"

我平时也知道董昀和她家的关系非同一般,就问她董昀行么,她说能行,是自己人。说完她就给董昀联系,叫董昀到家里来。我们害怕在死人的瞳孔里会留下他最后看见的人,我就用刀子在马朝晖的双眼上划了两刀。李慧还提出我二人把鞋换了,怕留下我们的脚印,她就从客厅门口的鞋柜里找出一双胶底布鞋让我穿上。她自己也换了一双黑色低跟皮鞋。之后,她让我在家里等着,她到院子里去等董昀。

大约过了三五分钟,就听见有个车开到她家门口,过了一会儿,李慧和董昀就进了客厅。董昀一进客厅,见到处是血,马朝晖也浑身是血,躺在地上一动不动,他吃惊地问:"怎么会弄出这么大的事来?"

李慧就把我们杀马朝晖的过程简单说了一下。董昀说:"出了这么大的事,你们还是自首吧。"

李慧说:"不能,自首没法向家里交代。"

董昀说:"这不是个小事。"

李慧说:"你一定得想办法帮这个忙,看能不能把这现场伪造一下?"

看上去董昀一开始并不是很愿意帮这个忙,后来在李慧的一再央求下,董昀答应了,他说:"那就伪造个抢劫的现场吧!"

他问李慧:"家里有没有值钱的东西?"

李慧说:"有金银首饰。"

董昀就说让我们把家里翻动一下,造成被抢劫翻动的假象,董昀还让我到二楼翻动一下,让我注意别留下脚印,下来时要倒着下来,并让我们把血脚印和我们在家里走过的地方都擦一遍。我就上了二楼,在二楼靠北边的卧室里进行了简单的翻动,到二楼客厅的佛像前，桌上有放好用来烧的纸，因为我也挺迷信，心想送送马朝晖吧，就拿纸在地上点着了，并在二楼那一堆撕碎的照片中找了一张马朝晖的照片也扔到火里烧了。之后，我就倒着下了楼。

对了，我们当时商定伪造抢劫现场时，董昀说把尸体放在客厅不好，让我们把尸体挪到客厅后面的过道里。我抬着马朝晖的下半身，李慧抬着上半身，由于马朝晖的脖子快被砍断了，头就歪着靠在李慧的左胸部，我和李慧把马朝晖的尸体挪到过道里，头西脚东，仰面放着。我记得我和李慧挪马朝晖的尸体过程中，董昀就在我们边上站着，指点着，至于董昀是否动手抬了马朝晖的尸体，我就不能确定。

我从二楼下来后，董昀就让我们擦脚印，我拿了一个沙发靠垫擦，李慧拿拖把交给董昀擦，在擦的过程中，董昀让我们从屋里往外擦，人倒着走，不要再留下脚印。我们把客厅里擦完后就来到院子里，又顺着血迹一直擦到了门厅下面，李慧从客厅里出来到院子里时，已经把衣服换了，鞋子换了，又换了一双白色旅游鞋，董昀交给我一个黑塑料袋子，里面装有东西，都是他从现场拿出来的要扔的东西，他说他有事，要先走了，并告诉我们让我们在随后接受公安调查时，一是不要慌，二是要把当时干了什么说成一致的。随后，董昀就走了。董昀走后，我和李慧就在那儿商量了一下，如果问起来了怎么说。随后，我和李慧也离开了现场。从现场出来后，当晚我就把那一黑塑料袋东西给扔了。

问：好的，今天就先谈到这里。你再好好回忆一下，继续把问题说清楚。

答：好的。

问：你以上所说的是否属实？

答：属实。

问：把笔录看一下？

答：以上笔录我看过，看后和我说的一样。

李文浩（签名并捺手印）
2006年5月29日

在这天凌晨的讯问中，刑警杨生庆不知为何并没有追问那个“黑塑料袋”的去向，其实这个问题非常关键，它是前面谈话内容是否真实的一个重要佐证。好在，休息了10个来小时之后，警方对这个问题进行了专门的补充：

时间：2006年5月29日14时25分至2006年5月29日24时40分

地点：“10·2”专案指定办案场所

侦查员姓名、单位：杨生庆　杜永明　“10·2”专案组

记录员:杜永明 单位:临汾市公安局

犯罪嫌疑人:李文浩

问:你再好好回忆一下,从现场出来之后,当晚你把从现场带出来的一黑塑料袋东西怎么处理了?

答:当晚我从现场出来后,提着塑料袋往我家那方向走,到了泰山路南头往东拐,当时解放东路正在修路,路上有挖的几米深的大土坑,我看四周没人,就把黑色塑料袋扔到土坑里用土埋住了。后来就再也没动过。之后,解放东路修建时把那坑就埋了,现在上面已盖起了楼房。

问:你以上所说是否属实?

答:属实。

问:你把笔录看一下?

答:以上笔录我看过,看后和我说的一样。

李文浩(签名并捺手印)

2006 年 5 月 29 日

这是李文浩在被关押 3 个半月之后,经过百转千回、千锤百炼,终于形成的一份较为成熟的口供。

从这次口供看得出来,是李慧从厨房里拿来一把刀,李文浩在门庭下就把马朝晖杀倒,然后两人把马朝晖抬到了客厅。在客厅里的第二轮砍杀中,李慧把马朝晖的脖子几乎给砍断了,而且还捅了马朝晖的下身。最后,董昀被叫到凶案现场帮助他俩伪造了现场。

而在两个多月前的 2 月 24 日,李文浩还交代了另一个不同版本的杀人经过。那一次,杀人的刀不是李慧从厨房中拿出来的,而是和被害人有关:

时间:2006 年 2 月 24 日 17 时 45 分至 2006 年 2 月 24 日 18 时 25 分

地点:“10·2”专案指定办案场所

侦查员姓名、单位:杨生庆 杜永明 “10·2”专案组

记录员:杜永明 单位:临汾市公安局

犯罪嫌疑人:李文浩

……

李慧开车到了她家门口,李慧按了几下喇叭,然后马朝晖就出来开门,他家的门是大门下面套的小门,马朝晖开的是北侧的小门,我先下了车就从门里进去,马朝晖

在门口站着，他骂我说：“妈的，我还找你呢，你来干什么？”

我说：“我来跟你谈谈。”

我就往他家里走，马朝晖和李慧也往家里走，李慧关的大门。当时李慧开的车就在她家门口放着。从我哥家来到李慧家大约开车走了5分钟的路。

我进了李慧家的客厅，记得当时好像坐在西侧的一个双人沙发上，马朝晖坐在东侧的一个单人沙发上，李慧坐在中间的一个大沙发上。

我就对马朝晖说：“现在事情都这样了，咱们坐到一起谈谈吧，看事情怎么处理呢？”

马朝晖说：“妈的，我还没有找你麻烦呢，你倒来找我的麻烦来了。”

李慧就骂马朝晖说：“你勾引人家老婆还有脸说么？”

然后马朝晖和李慧二人就吵了起来。我看当时马朝晖和李慧的情绪都比较激动，两人吵得比较厉害，我也控制不了，坐了有十几分钟，我就从家里出来准备走。

当我走到快到大门时，马朝晖从家里追了出来，他左手还拿了一把刀，他边追我边骂道：“咋啦，咋啦，还跑呢。妈的，不说清楚弄死你。”

我当时已走到大门那儿，开了小门，马朝晖追了过来，他又把门关住了。他右手拿着刀像吓唬我一样往我身上砍，我躲了一下，他砍空了，我用右手抓住他的胳膊，左手从他手里把刀夺了过来。我觉得马朝晖当时也不是故意要砍我。一、他没有往我要害部位砍；二、他要是想砍我的话，我也不会那么容易就把刀从他手里夺过来。

我把刀从他手里夺过来之后，也没有想什么，就往他肚子上捅了两刀，马朝晖轻声地叫了一声，就躺到了地上，他倒地的时候好像用左手抓住了我左手的衣袖，我捅他的时候是用左手捅的。我一看他倒地了，就把小门上的栓子又关住了。

这时，李慧也已经跑过来了，我想先把他拖回去，就用双手托着马朝晖的腋窝，把他往屋里拖，在拖到院子中央时，马朝晖又挣扎了几下，我害怕他叫出声来，就又用刀在他的胸口捅了几刀……把马朝晖拉到客厅后，我看他浑身是血，一直抽搐，看是活不成了。我越想越恨，想这一辈子就完了，就用刀朝马朝晖的身上乱捅乱砍，还朝他的会阴部捅了几刀，朝他的脖子上砍了几刀。当时，李慧就愣在客厅里。

我看马朝晖已经死了，就把他的尸体拉到了屋后的过道里。那儿有堆小孩儿玩具，我随手一推，把玩具推倒，盖在了马朝晖的身上。

我到了客厅里，李慧问：“怎么办，怎么办？”

我说：“我也不知道。”

我俩就坐在客厅的沙发上商量。

李慧说：“要不自首吧。”

我说:“不行。这事和你又没有什么关系,自首的话,就把你也牵连进去了。”

……

我问她:“家里有没有现金?”

她说:“没有。”

我问:“有没有值钱的东西?”

她说:“值钱的东西就是首饰。”

我说:“把首饰拿出来,伪造个现场,就说是被抢劫了。”

李慧说:“行么?”

我说:“行。”

李慧说:“首饰在卧室的床头柜里。”

我就把首饰盒从卧室里拿出来,是个长20余厘米,宽10余厘米的长方体盒子,具体样子、颜色记不清了。我从家里找了一个装衣服的塑料袋子(颜色记不清了),把首饰全倒进了塑料袋。

我对李慧说:“一会儿我走后,你再把家里收拾收拾。等我到家后过上大约20分钟,你给我打个电话,假装告诉我说马朝晖出事了,然后再给你大姐李翠仙和马朝晖家里打电话,先不要打110,等你姐他们来了,人乱了再报警。”

我想了想又说:“过后你给我嫂子张永红打个电话,告诉她马朝晖出事了。你告诉她不想因为这事牵连到我,有三个方案:一个就说咱们当天从你单位出来就分手了;第二就说那天晚上咱们在我哥家吃完饭22:30出来,我就回家了。你就不知道去哪儿了;第三就说,咱们那天晚上从我哥家22:30吃完饭出来,开车到西彭庄了。”

说完后,我到她家的卫生间把我的头、脸、手、脚都洗了洗,把身上的血擦了擦,然后出来提着那个装首饰的塑料袋就往我父母家走。走时还把马朝晖放在客厅里茶几上的手机、手表、钱夹也放进了塑料袋。手机是摩托罗拉的,黑色,好像是直板手机,型号不清楚,手表是个男式手表,不知道什么牌子,钱夹是黑色的,长方形的,当时比较慌乱,具体也没有记清楚。

我从李慧家出来,从绛源路经过一条小巷到我父母家。到我父母家后,我又从现在的泰山路走到解放路,当时解放路正修路,路上有个大土坑,我在土坑里挖了一个小土坑,把塑料袋埋了进去。之后我就回家了。从李慧家步行到我父母家大约是用不着五六分钟时间,我回到我父母家大约是23:30。

在这一版的杀人经过中,杀人的第一现场仍然在马家大门的门庭下,所不同的是,杀人的凶器是李文浩从马朝晖手里夺过来的。李文浩将马朝晖刺倒之后,他将马朝晖拖到了客厅,李文浩砍了马朝晖的脖子,并捅刺了他的下身,而且,董昀也没有出现,伪造现场的行为是李文浩一手操办的。

看来,在被关押的最初阶段,李文浩将所有的责任一齐揽在了自己身上。还有个细节很有意思,李文浩的交代中说是用左手杀的人,似乎在特别强调自己是个左撇子。“左撇子”这个细节的重要性,详细描述见本书第十二章《雄辩》。

不过,在这次交代过后的一周时间,李文浩对于杀人凶器的来源又改口了。他说,2003 年 10 月 2 日下午,他从父母家出来,在去李慧单位的路上买了一把刀:

时间:2006 年 3 月 3 日 19 时 55 分至 2006 年 3 月 3 日 23 时 50 分
地点:“10·2”专案指定办案场所
侦查员姓名、单位:李晓强　朱平　“10·2”专案组
记录员:李晓强　单位:临汾市公安局
犯罪嫌疑人:李文浩
……

我赶紧走出家门,顺着泰山路拐入解放路朝她所在的唐兴镇财政所走去(李慧在单位加班),走到解放路与新华路十字路口处时,想到马朝晖要弄死我这句话,为了以防不测,到了十字路口旁的县信用联社的对面老城关供销社买了一把水果刀装入裤兜,把柄朝下,刀尖朝上,到了财政所后,我嫂子张永红正跟李慧谈工作,大约二三十分钟后嫂子走时对我俩说晚饭一块儿到她家吃。

这份笔录里随后记录了李慧、李文浩吃完晚饭一同来到李慧家的过程。李文浩尾随着李慧推门进了院子,和他迎面相遇的就是男主人马朝晖:

他见到我十分恼火,问李慧:“你带他回来干吗?”
李慧说:“和你谈谈。”
马朝晖骂:“他妈的,我和他有什么好谈的?!”
李慧说:“你勾引人家老婆有理啦?”
他说:“谁勾引了?”说着在李慧背部推了一把,我从口袋里掏出刀来,对着他的背部靠下部位捅了两刀,马朝晖“哎哟”了一声,顺手就抓了李慧头部一把。李慧又推了他一把,马朝晖转过身子,我对着他的腹部又捅了几刀。他喊了声:“咋啦,咋啦!”就倒下了。我回头赶紧把铁门插好。我拽住他两个腋窝往屋里拉,李慧也过来帮忙拽他的衣服,到了院子里马朝晖有点清醒,用手乱抓,用脚乱蹬,和我俩搏斗,不知道马朝晖把院子里的什么东西碰倒了,声音挺大。隔壁邻居家的狗也开始叫开

了……我担心他叫出来让邻居听见，又用刀朝他身上乱捅，等他不动了，我拽着腋窝，李慧抬着腿将他抬进餐客厅放下，看见他仍在抽动，已经活不了了，我想这一辈子完了，非常恼火，完全丧失理智，拿刀在他的脖子上猛砍，直到脖子快被剁下，又在其会阴部扎了几刀。看到马朝晖没有一点儿动静，我坐在地上傻了。李慧在客厅里站着也傻了，过了片刻，我说："咱们投案自首吧？"

李慧说："投案就完了，如何向家人交代？"

我问："那怎么办？"

她想了一会儿说："咱们伪造个现场，就说家里被抢了。"

我同意，我问她："家里有手套吗？"

她说："修水管时买的，剩下一双。"

她从后面的小卧室里拿出一双白色的线手套。我戴上手套将死者西装上衣脱下裹住其腰部（怕弄脏我的衣服），我一手拽着衣服，一手抱起死者，李慧托着即将要断的头，我后退着，李慧往前走，通过客厅北侧门将尸体放在楼梯边通往卫生间的过道上。死者的头歪得厉害，我将头扶正，又拽住其脚脖子将曲着的双腿拉展，将他的西服上衣拽起扔在死者身上到了客厅。

……

我让李慧拿进来拖把将有脚印的地方拖了一遍，随手将拖把放在客厅外面门口一侧。我到了小卧室边的洗脸池将手套脱下，洗了一下手、脸以及刀子，对她说："你再好好收拾一下，别留下痕迹，过半小时等我回家再报警。另外，你给我嫂子打电话，说若有人问她调查时就说你一人在她家吃的晚饭，并让她给我打电话告诉我这里出事了，以便她不知道，其他人也相信与我无关。"

李慧说她一个人不敢在家待着，我说事情都已经这样啦，有啥不敢的，她同意了，并说一会儿给家里打电话。

我放下车钥匙拿上刀子、手套离开。

在这一版口供中，刀是李文浩事先买好带入杀人现场的，死者是在院子里被李文浩杀倒的，砍脖子、捅下身都是他在客厅里完成的。同时，他还指挥着李慧一道伪造了现场，并安排了李慧作伪证。这是李文浩罪行最严重、罪过最大的一版口供。

这时的李文浩，每天都让自己的想象力恣意纵横，他就如同一个编剧，源源不断地向专案组提供着不同版本的案情经过。我感觉，这段时间是他成为文字工作者以来创作经历最丰富的时期，并且展现了他成一名优秀编剧的潜质。

对于李文浩的口供为什么总是变幻无常,警方也曾向他本人探究过原因:

时间:2006年3月6日22时10分至2006年3月6日19时10分

地点:“10·2”专案指定办案场所

侦查员姓名、单位:李晓强　朱平　“10·2”专案组

记录员:李晓强　单位:临汾市公安局

犯罪嫌疑人:李文浩

……

问:为什么要说谎?

答:一方面是事情已经出了,我想一人承担算了,不想把别人也牵扯进来,另一方面是供述中一部分真、一部分假,现在迷惑住你们,将来也给自己翻供创造条件。

问:凭你的水平能骗得了我们?说说你不想把谁牵扯进来本案?

答:(深深地叹了一口气)不想把人家董昀牵扯进来,也想让李慧减轻责任。

问:天网恢恢,疏而不漏,谁做的谁承担,这个道理不懂吗?

答:(点头。)

问:哪些方面说了假话?

答:一是刀子不是我事先准备的;二是不只我一人捅了马朝晖,李慧也捅了;三是案发后,李慧把董昀叫过来帮着处理现场;四是处理现场时换了鞋子,主要就这些。

与李文浩的口供相类似,李慧、董昀的口供也经历了类似的曲折和反复,但是,总体而言,三人的供述最后还是走向了一致,并且越来越和现场的物证相互吻合。第三次成立的专案组在这次审讯中体现了超级强大的突审能力,让一个几成悬案的案件峰回路转。

人证、物证和口供,万事俱备,只欠移送审查起诉、法庭审判了。

但让人不解的是,上述三人因何而招供?我无法当面求证。刑讯逼供?没有证据。不过,在铁窗之外的自由天地,李文涛说他作为证人却遭遇了暴力取证。

2013年12月,央视《法治在线》栏目来翼城采访马朝晖被杀案。在李文涛的父母家里,一家人痛哭失声,断断续续地向前来采访的记者讲述了他们遭受逼供的经历。

前文已经叙述过,2003年10月2日案发当晚,李文浩和李慧是在李文浩的哥哥李文涛家吃的晚饭。李文涛曾当着我的面对天发誓,那天晚上的真实情况

是,李文浩和李慧是在他的两次催促下于晚上10点半才离开他们家的。

李文涛说,那天吃完饭,李文涛坐在客厅的沙发上看电视,李文浩、李慧和妻子张永红则在闲聊。9点半时,李文涛说让李慧、李文浩赶紧回家,张永红却挽留了他俩。

到了10点半时,李文涛干脆不耐烦地站起来催他们:"时间不早了,都10点半了,你们走吧。"

李文涛说到10点半时,张永红也下意识地看了一下客厅东面低柜上的北极星石英钟,然后和李文涛一道起身送客。

对于上述事实,"10·2专案组"表示了高度的怀疑,从2006年3月7日开始,专案组连续把李文涛传唤到翼城县的金都宾馆进行询问。

第一次询问他时,专案组首先对李文涛在9点半下了第一道逐客令之后李慧还"赖"着不走提出了质疑:"依李慧的身世、脾气,当你下了逐客令,她还能继续待下去,这很不正常,你说呢,可能么?"

据李文涛介绍,自此之后,专案组采用以24小时为一个单元,中间间隔一段时间的方法,连续传唤他到宾馆接受询问。这种情况一度持续了七八天。

在这期间,警察开始对他进行殴打,完全把他当成了"专政"对象。李文涛说,动手打他的民警主要是杨生庆和李晓强,他们一般都是用拳头击打他的头部或是扇耳光,李文涛只能愤怒地质问他们:"为啥打我?打我干啥呢?"

回答他的往往都是这样的训斥和谩骂:

"谁到你们家吃饭你都要看时间吗?"

"李慧那种人是要赶两次才赶得走的吗?"

李文涛对于李晓强的表现印象深刻:"他肯定是练过武,他一抬脚就能踢到我胸部的位置。"他的描述让人联想到跆拳道里往下劈腿的动作。

有一次,李文涛挨打时还和杨生庆论过理:"杨处长,咋啦,你打我?!你们可不能这样,咱们都是国家干部,是咋样就咋样嘛,可不能叫我胡说。"

杨生庆回答他说:"连你弟都说是9点半,怎么就你说是10点半?连李慧都说是9点半,怎么就你李文涛说是10点半?!"

李文涛一把鼻涕一把泪地说起他的这段遭遇时,我并没有完全深陷在对他的同情之中,相反,心底里倒是有些哀其不幸,怒其不争。

我知道,李文涛从1983年参加工作以来一直都在县城建局上班,到1999年,他已经开始担任县城建局房产管理所的副所长,作为长期在机关里工作的国家干部,他难道不会拿起法律的武器保护自己的合法权益吗?

我问他：“每次询问结束，他们不是会放你回家吗？你不会向律师咨询，或者自己去验伤吗？”

“咋验，谁给验啊？就算验了，人家公安会承认吗？人家说你在外面打架弄的呢，况且，追得紧的时候，我出来，专案组的人会相跟（翼城方言，“相跟”是紧紧跟随的意思）着，我到家洗把脸，喝口水，吃口饭，人家又来了几个人，说‘走吧’。去了金都宾馆 203 室摁手印，填传唤通知书，又是一个 24 小时。”

“传唤证人一次最长时间不能超过 12 个小时，他们用这种连续传唤的方式实际上就是变相对你实行拘禁，这是违反刑事诉讼法的，你难道不知道？”我问。

他叹叹气：“根本没想那么多，人家办案呢，我认为这就是人家的权力呢。”

即便是这样，从专案组的多次笔录中可以看到，倔强的李文涛把 10:30 分的说法从 3 月 7 日一直坚持到了 3 月 25 日，直到他在金都宾馆见过两个女人之后，他才第一次按专案组的意图改变了证词。

这天，杨生庆向他下了最后通牒：“你改不改？李翠仙、董昀的媳妇因为作伪证让我们都给抓了。”

说着，杨生庆把房间的门打开，两个戴着头套的女人就站在门口：“你不改，不改，下一个轮到的就是你。”李文涛低头看见面前的桌子上摆着空白的拘留证，他知道，只要填上名字他立即就失去自由了。

接下来，杨生庆还提到了他的儿子李哲，若是李文涛还是再固执己见，专案组将会传唤李哲来作证，而此时李哲上高三，正在准备 6 月 7 日的高考。

李文涛陷入痛苦之际，专案组的秦银平像是出于好意来劝他说：“老李啊，你看现在，家不像个家，老婆因为作伪证在外潜逃，往下再把儿子卷进来，这可咋办啊？”

当晚，李文涛在金都宾馆亲笔书写了一份“事情经过”，在这份证词的最后一段，他专门向专案组解释了自己以前“说谎”的原因：

另外就是关于 10 点半的问题，虽然我对（李慧、李文浩）他们俩的这种关系多次劝说和反对，但他们仍有来往也是事实。当时我只怕此案与李文浩有关系，还有就是李慧让张永红把他们走的时间说成 11 点半，当时很怕此事与我弟有关，就把他们走的时间说成了 10 点半……到 2004 年办案人员问时，因为第一次已说成了 10 点半，也不敢再改过来，到接到李文浩 2004 年的逮捕证后，我更加害怕，因为当时知道李慧是伪证罪，而我弟是杀人罪，只怕他给人垫背，以我们家的社会关系以及经济条件是决无法和人家比的，因此坚定地把时间说成 10 点半。

当2005年3月22日我看到翼城检察院和翼城公安局联合下发的通告后,认识到必须向办案人员说明情况,请领导对我的错误给予宽大处理。

李文涛

2006年3月25日

这份材料,李文涛趴在桌上像小学写作文一样,写了两次才过关。回到家里,他展开皱巴巴的那份草稿,泪滴便吧嗒吧嗒地滴在了上面,他心里想:"这回当了'叛徒',真是没办法啊,这份材料要是用上了,就是要我弟弟的命啊。"

第二天,李文涛向父母自责地说起了头一天的事,父母看见这份"自供状"草稿便把他训斥了一顿:"打你咋啦,你一个大男人还怕打啊,打你也不能胡写啊!"

直到李文涛说到李哲时,全家人一下子便沉默了,所有的屈服都是为了孩子。

但是,不知何故,不到一个月后,专案组还是传唤了李哲,并且把他也带到了绿苑度假村住了一夜,并继续追问他:李慧和李文浩到底是几点离开的你家?

有关李哲接受警方调查的详情见本书第十四章《调查》。

第十一章　翻　　供

2006年12月25日，马朝晖被害案在临汾中院1号法庭开始一审。

从情人节那天被关押，到圣诞节这天开庭，李慧、李文浩和董昀在看守所等待的日子并不算漫长。

有些让人意外的是，开庭这天的头号新闻和这起案件的案情并没有关系，而是法院的审理程序遭到了公众的非议。法院宣布：这次审判是不公开开庭。结果，媒体记者没有一家进入法庭旁听审理，他们发出的稿件只能是依着先前警方的定调"炒现饭"：

"翼城首富女儿杀夫案"开庭　不公开审理

本报12月25日讯　(记者李廷祯)今日9时，轰动一时的临汾市"翼城首富女儿杀夫案"在临汾市中级人民法院正式开庭。由于该案名噪一时，大批媒体记者闻讯赶来采访，不料却遭遇"不公开审理"。

2003年10月2日，山西翼城"首富"李纯泰的女婿马朝晖被害，身中49刀，现场令人惨不忍睹。该案的侦破工作一波三折，凶手长期逍遥法外。3年来，马朝晖的母亲李毅往返于太原、北京四处上访使该案引起了全国人大的重视，吴邦国委员长还亲笔做出重要批示。

据了解，死者马朝晖之妻李慧案发后不久即失踪。县公安局一名民警在现场提取了死者指缝中的3根头发，并且予以记录、封存。但是，后来却表示头发"一直在化验"，最后竟声称头发已经"丢失"，致使案件侦破遇阻。市、县公安机关虽一度将重要嫌犯李慧及其情夫、翼城报社记者李文浩抓获，却终因"证据不足"将其释放。

去年9月，省公安厅组成专案组，第4次对该案展开秘密侦查，于今年2月查出李慧与其情夫李文浩，以及县公安局技术科董昀均有重大嫌疑。三人先后被刑拘，并于异地羁押审查后交代了作案过程。今年5月，临汾市公安局宣告该案全面告破。

据悉，案发当晚，李慧与情夫李文浩在家中被马朝晖撞见，三人发生争吵、厮打。在争执过程中，马朝晖被二人用尖头菜刀捅死。随后，李慧叫来了“自己人”——民警董昀，董昀伪造了入室抢劫杀人现场，毁灭证据，还授意二人如何应付公安机关的审查。

另外，在侦查过程中，李慧的姐姐李某、县公安局技术科科长常小林也因涉嫌提供伪证和包庇犯罪被捕。

（见于2006年12月26日《山西晚报》第9版）

对于不公开审理，法庭一般保护的是当事人的个人隐私，然而，当事人的隐私在次日的《山西晚报》就被宣扬了一回；再往前，在翼城颇受欢迎的《知音》杂志以《首富千金出轨杀夫自逍遥，婆婆追凶见青天》为题早已对马朝晖被杀案作了详细报道，里面更是无遮无拦地涉及了李慧的婚外情。

在这种情况下，法庭的不公开审理还有意义吗？

关于不公开审理的问题，三位被告人的辩护律师在开庭当天联合向临汾中院递交了法律意见书：

贵院决定对本案不公开审理，我们认为理由不足。按《刑事诉讼法》的规定，只有涉及国家机密和个人隐私的案件，才属于不公开审理的范畴。但是本案一不涉及国家机密，二也不涉及个人隐私。所谓的隐私只不过是李慧和李文浩之间的暧昧关系，但这种关系已经向社会公开，被公众周知，基本事实是：

1. 从案发之日至今几经反复，在案发地人所共知；

2.《山西晚报》及《知音》杂志等媒体就案件曾作过报道，其中也提到二人的暧昧关系；

3. 人所共知专案组曾就此案召开过新闻发布会。

基于前述事实，本案根本没有不能公开的案情，被告人李慧、董昀也对贵院的决定持有异议。

我们作为辩护人认为对本案公开审理有利于澄清案件事实，也便于社会对审判活动的了解。

（见于2006年12月25日李慧、李文浩、董昀的辩护律师致临汾中院的律师函：《关于确保李文浩等人故意杀人一案程序合法的法律意见》）

到了开庭时，律师一上来便在不公开审理的问题上“纠缠”不休，因为是临汾市人民检察院在开庭前曾向法院出具了《关于李文浩、李慧故意杀人一案不公开审理的建议函》，于是，法官首先询问公诉人的意见，公诉人答：“本案就是因为李文浩给被告人李慧发的一条短信引发的，都属于个人隐私问题，如果公开的话，会导致家庭的分离。”家庭分离？此时，李慧已成寡妇，李文浩也是单身，该分的已经分了，何来家庭分离？

面对辩护人的强烈要求，审判长卫淑娟于是当庭宣布：合议庭决定休庭，下午3:00开庭。

下午，法庭对辩护人提出的问题进行了一个原则性和概念化的答复：

关于辩护人提出本案应该公开审理的意见，合议庭认为，临汾市人民检察院曾以本案涉及他人隐私为由出函建议本案不公开审理，根据《刑事诉讼法》第152条第1款的规定，本院决定不公开审理，故辩护人的意见不予采纳。

前文所述的《刑事诉讼法》第152条第1款规定：人民法院审判第一审案件应当公开进行。但是有关国家秘密或者个人隐私的案件，不公开审理。

最终，律师的意见并没有改变既定的审理程序。

这一次的庭审，旁听席上除了法院的工作人员，没有一个“闲杂”人员。马家、李家的7位亲朋好友虽然最后出现在法庭上，但他们都是以诉讼参与人的身份出现的：被害人父母李毅、马振海是附带民事诉讼的原告人，李毅的妹妹李书艺、李慧的姐姐李翠芳、李艳以及李文浩的姐姐李艳萍、李文浩的大学同学郁旭波都是同一个身份——附带民事诉讼的代理人，而且，被告人一方的代理手续都是在当天开庭前临时办理的。

原来，开庭前，被告人的亲友才被告知当天是不公开审理，他们在和法警的争吵中发现李毅、马振海还有李毅的妹妹进入了法庭：“他们家咋就能进去旁听咧？”

法院方面答复：“人家是刑事附带民事诉讼的原告人和代理人，不是旁听人员。”

被告人这方才如梦方醒：“他们有民事诉讼的代理人，我们也要推选代理人。”结果，经过交涉，法庭又临时增加了被告人一方的四个民事诉讼的代理人参与庭审。

董昀一家连父母一共去了六个人，由于他们连民事赔偿的问题也不涉及，所以进去旁听更是没门儿。开庭的头两天，董家人一直在就在法院外面一直等候着法庭的消息。

李纯泰从翼城领来的一帮亲戚也被拦在法庭外面，他在临汾中院通往审判庭的大厅里大发雷霆："为啥不公开，有啥啦，我们是被告人，我们有权要求公开，咋还能权大于法，这就敢不公开审判咧？"

李文浩的母亲则对着法庭大声嚷嚷："我们家李文浩就没杀人，我们坚决要求公开，你把杀人的证据拿出来让我们看看。"

但是最终，除了诉讼参与人，没有任何其他人能够进入法庭进行旁听。

开庭前，押送被告人的警车鱼贯而入，四位被告人的亲朋好友只能从法院大门外远远地张望，李慧、李文浩、董昀还有李翠仙戴着头套下了警车，看身材，大家还是看出了谁是谁。

另外，孟凡军和四五个部队的战友头天晚上就来到了临汾市，不公开审理让他们扫兴而归。中午，孟凡军借酒消愁，把自己给灌醉了。

总之，这次庭审严格、规范地执行了不公开审理的相关法律规定。

法庭调查开始，首先由公诉人宣读起诉书。接下来，李文浩、李慧和董昀在法庭上先后翻供，他们三人把庭审现场硬生生地变成了一个"控诉会"，分别哭诉自己遭到了严酷的刑讯逼供。

据李慧的三姐李翠芳向我描述，他们三人的讲述如泣如诉，几乎没有办法让人听下去，她觉得在当今这个法治社会发生这样的事情，简直是不可思议。她甚至还看见，在下面旁听的一位法警都在抹眼泪，三位法官则一直低头听着。

第一个被带进法庭的是李文浩，他从肉体和精神两个方面描述了自己遭遇的痛苦。通过庭审记录及其他书面材料，我用更加准确、精练的语言还原了对他而言是不堪回首的一段往事：

从2006年2月14日被刑拘到逮捕一共30多天，我一直被锁在一张铁椅上，不让睡觉和休息。这30多天里，一共让我躺着睡过两次，都是在我交代了"杀人"经过之后，一次2小时，一次8小时，身体疲惫到了极限，让人觉得生不如死。

锁在铁椅子上，大约有10来天，没有什么很正式的提审。10来天之后，我便遭到了严酷的肉体折磨，他们有种方法叫"敲肉浸骨"，就是用警棍、木棍、木衣架等物品使劲敲打两只脚的脚趾，敲半个小时，再用凉水泡半个小时，被凉水一刺激，脚就肿了起来，皮肤变得更薄，然后接着敲，这是一种残酷的刑罚，十指连心，钻心地疼。

那天，是三个人互相配合，他们把我按在椅子上，朱平抱住我的上身，不让我挣扎；李晓强用脚踩住脚镣，从我侧面抱住双腿，不让腿脚动弹；雷震脱掉我的鞋、袜，对着我的脚趾头使劲猛打半个小时，那种痛苦难以用语言来表达。我使劲地惨叫、挣扎，但一动也动不了。那时天还很冷，可疼得我身上的汗把羊毛衫都浸透了。别说我了，朱平自己都累得浑身出汗。当时，木衣架也打碎了两个，雷震一边打一连骂着：“李文浩，你他妈的身上真臭！”(因去时一直没洗澡、没洗脚，又出汗，身上自然是臭烘烘的)这么一轮下来，抱着我上身的朱平累得出了一身大汗，放开我后，他使劲甩了我两个耳光，说：“你他妈的，把老子累得都不行了。”他们告诉我说，他们这办法能让哑巴开口说话，少数民族说汉语。

口供大部分就是在这种酷刑下做出来的，只要是说不到他们心上就来一阵，这一拨人累了就换一拨人，还有就是戴背铐、蹲马步，把一只手从肩膀上扭到后面，另一只手从背后扭上去，用铐子连在一起——这叫“二郎担山”，怕把手上弄出伤痕，手腕处用毛巾裹住，就这还要保持蹲马步的姿势。他们一个人站在旁边，手持警棍负责监督马步是否标准，觉得不行就打几棍子，这种刑罚只要十分钟，两只胳膊就像要从身上掉下来一样，头上的汗像流水一样往下淌，眼睛都睁不开。只需半个小时，身上的水都随汗淌完了，人就开始干渴，喉咙像上火一样，几次下来，肿得连唾液都咽不下去。那会儿就是有一杯尿放在那儿也想一口喝下去。这时，提审人员就端一杯水站在旁边，自己喝，让你看。我觉得当时活得连一条狗都不如，趁他们不注意就一头撞在墙上，想死了算了，由于房子小，我当时累得也没力气，撞得头昏眼花，没死成。他们一看，把我拉住一顿拳打脚踢，说我不老实，在以后再采取这种办法时，他们就变成两个人一组，一人一边监护着我。

还有就是精神上的摧残，为了恶心我，他们管我叫西门庆，叫李慧潘金莲，说各种各样的话来辱骂、奚落、恶心我，打击我的自信心。他们告诉我，就是要从精神上、身体上全面摧垮我，让我生不如死，让我干什么就干什么，让我说什么就说什么。在这种情况下，我只好大话西游一样胡编乱造，只要你说到他们心上，或按他们意思说，他们就鼓励你，给水喝，给支烟抽。如果说不到他们心上，马上就翻脸，反反复复几十次终于造就了现在的口供。

在刚被抓后，办案人员告诉我说翼城县城到处贴满了大字报，题目是《〈水浒新传〉看今日西门庆、潘金莲、王婆之下场》。在大字报中我成了西门庆，我听说后觉得不仅自己身败名裂，还连累家人，丢人现眼，觉得万念俱灰，无脸再活下去，产生了破罐子破摔的念头。

当时有办案人员告诉我说，这个案子是通天的案子，有委员长批示，就是冤枉你又怎么样，你到哪儿去申诉？谁敢管你？

我理解这话的意思就是，这事是不是你都是你了，就要让你负责。

他们还威胁我，如果我不承认杀人，就把我哥一家人全抓起来，因为我连累他们一家人，我根本接受不了，他们把我养大成人，送我参军，培养我上学，希望我成为一个对社会有用的人，我还从来没有回报过他们，怎么忍心牵连他们，特别是他们还特别说我的侄子李哲够法定年龄了，可以抓了，我一下子就崩溃了，孩子今年考大学，是个品学兼优的好孩子，如果因为我的原因耽误了孩子一辈子，我会永远都无法原谅自己，我无论付出什么样的代价也不能让孩子受到伤害，不说别的，我要把这事先担下来，保护我的侄子。后来听说孩子考上了黑龙江大学，心里总算松了一口气，孩子也争气，我付出的代价也值了。

在以后的20多天时间里，他们就一次次地折腾我、提示我、诱导我，要我按他们掌握的情况说，我只好一次次编故事，那段时间的每次提审都是一种巨大的恐惧。

李文浩在绿苑度假村接受翼城县检察院批捕科的讯问

在取得虚假口供后，他们还要求我多次录像，让我对着摄像镜头说，并在每次录像前把我头发梳理一下，打扮一下。翼城县检察院批捕科在进行捕前讯问时，他们不但给我梳头，把胡子刮了一下，并让我穿上袜子，怕批捕科领导发现我的脚是肿的。怕我说他们刑讯逼供，在批捕科提审时，他们派了五六个人陪着一起提审，吓得我不敢对批捕科的人讲实情。

2006年3月16日经翼城县检察院批捕之后，我被押往了曲沃看守所关押。5月10日转往临汾市看守所。后来，他们将我再次提到宾馆，审讯人员分成两组轮番折磨我，要我说出凶器的下落，还有些口供涉及实物，李慧家丢的东西不是我用嘴能编出来的，看我实在不知道，说不上来，才于5月30日把我送回看守所。

苍天啊，这世界到底怎么了？难道领导对该案的批示就是造就冤假错案的理由吗？我不相信，我们的委员长是人民的委员长，他绝不能容忍这样的事情发生，他的批示肯定也是让侦破此案，而不是要造就冤假错案。公安机关的竟然对我说："真把你冤了咋地，全国人大是最高权力机关，你到哪儿去申诉?!"如果让我们的委员长听见这样的话,他会怎么想啊?

(以上内容综合自2006年7月17日李文浩致临汾市中院、临汾市人民检察院领导的信函、2006年12月12日致辩护律师胡晓勇的信函、2006年12月25日临汾市中级人民法院庭审记录、2007年7月11日李文浩上诉书)

第二个接受法庭调查的是李慧,她向法官谈及了自己的在绿苑度假村被囚禁时绝食和自杀的情况。结合庭审记录和其他相关材料,我对李慧自述的遭遇同样做了还原。文中李慧提及的"杨处"就是来自山西省公安厅刑侦总队的办案人员杨生庆:

我被戴着手铐,囚禁在一张铁椅子上,房间一直关着门,窗户上挂着窗帘,整天开着灯,我根本无法分辨白天、黑夜。一天到晚在铁椅子上坐着,我浑身酸痛,两腿双脚胀得发麻,无法推算时间,也根本无法睡觉。有四个武警、一个女民警日夜轮流看守。

我大约估摸是第二天下午,杨处告诉我,在我被抓时,我爸他们随后赶到,挡住他们不让带我走,随后又派车跟随押我的车,他已将所有车的司机全部扣押,并带武警到我家进行了大搜查,当时我爸、我哥、我大姐因为阻拦他们搜查,所以当场全部被抓,并于当晚对我所有姐姐、亲戚家进行大搜查,家里所有资金被冻结,所有企业被查封,所有不配合办案人员的人全部被抓。他还告诉我,当晚翼城县大街小巷鞭炮齐鸣,传单满街,翼城人民大快人心,拍手称快,小报、传单满街都是"三打白骨精"《新水浒传:潘金莲、西门庆、王婆的下场》。翼城人民敲锣打鼓,将锦旗送到公安局……他的一席话,让我几乎崩溃,我能想象到当时家里的场面,我为此而更加愤怒,也备感委屈和冤枉。我没有杀人,我也是受害者,我为什么要承受如此之多,为此家中遭劫难,亲属受连累,老爸被免职,为什么?为什么?

我无法承受这一切,又无法摆脱这恶劣的环境,还给家人带来如此的不幸,让家人付出如此沉重的代价,为了保持自己的尊严和人格,也为了不再让家人为我受累遭罪,我就坚决不进饮食,想一死了之,大约三日之后,杨处长和所有办案的十几个人,八个武警就来到房间要给我插胃管,我无法抵抗,但我心里想,你能给我插,但我也能拔。我就大声告诉他们,你们说是坐着插,还是躺着插,不允许你们碰我,我会配合你们。

就在这时,李晓强蛮横地一把把我从椅子上拽起来,又揪住我的头发,把我摁到地下的床垫上,我让他放手,他挖苦我说:"你以为你是刘胡兰吗?"

这时,我的泪水顺腮而下,旁边的医生阻止了他。我躺在了床垫上,他们给我插了胃管2到3天的时间。为了不让我拔胃管,他们就让两个武警一边一个抓着我的双手。两个武警很有同情心，他们感到我的双手冰凉，就为我搓搓手，两个武警蹲在地上按着我的手，长时间蹲着很辛苦，看到他们也为我受罪，我真是于心不忍，就对办案人员答应进食并写了保证书，之后就又把我铐在了椅子上。

……

最初的日子，他们好像并不打算提审我。大部分时间都是杨处进去，给我讲述家中发生的一些情况和我家人的一些事情，杨处告诉我，我婆婆又一次将我告上法庭，要争夺孩子的监护权。听到这个消息，我惊呆了，双眼发直，脑子一片空白，杨又说，他会向有关单位打招呼，让他们做我婆婆的工作，同时，要把选择权交给孩子，让孩子来做选择，过了两三天之后，杨处告诉我，已开完庭，在法庭上让孩子选择，孩子选择了姥爷、姥姥和姨妈，我悬着的心才算落了地。眼泪也止不住地流了下来，这时的我，真的很感谢姓杨的。是他给我向法庭求情，保留了孩子的监护权。之后，又做了第二份笔录，提审人员：李晓强。

问：李慧，2003 年 10 月 2 日你一天都在做什么？

答：（我如实陈述那一天的情况）叙述完之后，李晓强把我狠狠地骂了一顿。李骂我："你真不要脸，睁着眼睛说瞎话，脸不红不白，你还想和李比翼双飞吗？奸夫淫妇，你真厚颜无耻，你这个不要脸的，不知廉耻的女人，怎能坐在这里说些无耻的话？记得怪清楚，当初行踪倒背如流，你的脸皮真够厚的，厚颜无耻，不要脸，心真够狠毒的了，不要脸的货色！"他边骂边把马朝晖被杀现场的照片全部拿了出来，让我一页页看，这是我第一次清清楚楚地看了所有的照片。

之后，杨处又向我叙述说：你大姐说，这件事我家"老幺蛋"绝对在现场，她绝对没有动手。唉，她就是不听话，任性得不行，家里人惯的才到今天这地步！你爸说：唉，丧门星，家里怎么养了个丧门星！说着，老泪纵横。你哥说：是她做的，要么自杀，要么自首。

杨又说：常小林说，当时李翠仙一直求我，为了她自己说毛发丢了，可他知道会有这一天，所以骗你大姐，将证据毁了。他也为自己留了一手，常小林也知道会有这么一天。这不大家都为自己留了一手，当初上案的人员，手里都有证据，只是因为惧怕你家的权势，害怕报复，不敢拿出来。现在你被抓，你老爸被抓，大家都主动地将这些证据拿出来指证你。你以为做到了万无一失，这是人命关天的事情，人家不可能为这事丢了自己的乌纱帽。为你，你爸、你大姐、你哥都被抓，受了牵连，你还在这里想好事，你还执迷不悟，你大姐为你付出了多少，同样也要受到处罚。

我回他：我没有做，我没有杀人，大姐她为我做这些都是她自找，自作自受，如果她相信我，就不会做这样的傻事。我不知道她为我做了什么，但如果像你说的那样，她活该，自找！不是我牵连了她，是她害了我。包括我哥在内，相信我，他们就不该这样，都是自作自受，活该。

杨处听后又骂我：你这个没人性的混蛋，你大姐为你再次和常重温旧情，为你求人销毁证据，为救你低头求人，你却在这里大骂粗口，说出这么没有人性的话，你的良心简直被狗吃了，你这个混蛋，你简直丧尽天良，呸，你怎么好意思出口，你简直没有一点良心。

那一刻，我觉得天都塌了，为什么连自己的家人都不相信我，为什么？我一次又一次被冤枉，叫天天不应，叫地地不灵，只期盼能尽快抓到凶手还我清白。

之后几天，杨处天天进入关押我的那个房间，不停地在我跟前一再叙述：你回到家，马朝晖看到你和李文浩一块儿回来就生气地说：还没怎么样呢，你倒把人领回来了，于是动手打了你，李看不过，就拉住说：有什么事好好说，干嘛打人?！马很生气说：我打我老婆，碍你什么？于是两人就厮打起来……杨一直在反反复复地述说着这些话，还又叙述李文浩、张永红指证衣服的情况，就这样三番五次地述说着。

我对杨说，希望他们尊重事实，重新让李、张辨认案发当天下午我穿的衣服。李文浩色弱，如果将几件衣服放在一起，他会认出我当时穿的衣服，张永红也会认出我当天下午所穿的衣服。我请求他们重新辨认我穿的那双白色坡跟旅游鞋，它与现场的那双拖鞋很相似，加上裤子长盖住脚后跟，可能他们搞混了，但如果将几双鞋放在一起，他们也应该能分辨出当天下午我穿的那一双。可是他说：不行，李文浩、张永红的口供定型了，一个人记错，不可能两个人都说错，不采纳我的意见，让我别抵赖了，我哭着求他，希望他重新让辨认，所有的一切央求都被拒之于千里之外。我当时想，你不重新辨认，我也就不说话了。之后几天，不管他们陈述什么，我就只有哭的份了，伴随着自己的也只有委屈的泪水和无言的沉默。

一天，屋里进来七八个人，他们的表情、态度、架势已经告诉我今天会怎样度过。杨处说：你觉得到现在你还强顶着，有什么用吗？好话给你说尽，说了几十遍，你以为自己不张口，我们就拿你没办法了吗？我们给你脸你不要脸，你以为我们就会给你说好话？你以为你是谁？这次我们既然能再次把你抓回来，就是有十足的证据在手里，别人都态度很好地积极配合，我们也念在你还不是那种不讲道理的人，大家一直都留面子照顾着你，你却一口一个你没杀人，跟你没关系，你是冤枉的。弟兄们都忍无可忍了，交给他们试试，不相信你能有多硬，我实在不忍心，你倒是好，一直要抵赖到底是不是？

这时，李晓强把我从铁椅子上拉下来，让我站在桌子前面，并大吼：“李慧，你到底说不说？”

我当时心里很委屈，也知道他们暗示我什么，我大声反问他：“让我说什么？我没有杀人，你们让我说什么？”话音未落，我就被姓杨的一掌推倒在地上，姓高的，在场的那几个人都站在我面前大声斥责道:“李慧,你要怎么呢?”我仍然大声说:“我没有杀人。”他们凶巴巴地怒视着我,我也知道我将面临着什么,我很无助,为自己的清白辩解就是这样的下场。后来,杨处他们去吃饭了,李晓强叫来朱平、张博,他们把那张铁椅子抬到卫生间,李晓强叫朱平把手铐打开,嘴里骂着,让我手从头上过来打反背铐,我的右手从头上反背过来与左手距离太大,铐子铐不住,朱平说:打背铐吧,就让我双手背后打了背铐。

李晓强说:“看你有多硬。”

然后抓住我的外套,拉住我推搡着我说:“站好。”我没搭理他,他又说“蹲马步。”我还是没有搭理她。

朱平说:“让你蹲,你就蹲,少受点罪,何苦呢?”我仍然不动,李晓强就一脚踢在我腿弯上,我腿打了一个闪,重新站好。

李晓强骂道:“你妈×,我看你有多硬,你硬你硬。”他就在我的腿上连踢几脚,我倒在地上后,强行站起来,又被踢倒。这样几次,直到踢得我起不来,他又叫:“起来,怎么不起来了? 你不是硬吗?”

起来,我头昏脑胀,浑身发软,他就又拉住铐,硬把我从地上拽起来,还让我蹲马步,我还是不蹲,他又一脚把我踹倒在地上,我再也起不来。他就又拉着手铐把我从床垫边拖拉到桌子边,在我背后、腿上连踢几脚,还大声叫我站起来,我起不来,他又拽住手铐,朱平在一边劝我:“李慧,何苦呢?”张博(作者注:此处的张博为临汾市公安局民警)拿着电棒,坐在我面前的桌子上说:“说了就没事了,别人都说了,你还硬撑着有什么意思? 你自己聪明点。”

朱平说:“你怎么那么死皮,让你站起来,你就起来,躺在地上装死皮呢。”

他们说话的同时,李晓强一边骂一边踢我的背、腰、腿部。这时,进来一个人(后来才知道是雷震)叫他停手,把我从地上拉起来,又进卫生间把铁椅子抬出来,把我锁在铁椅子里。雷震说:“李慧,你觉得硬撑着有什么意思。我们没有十足的把握,决不会这样做,到这份儿上,还是说吧,这不是讲义气的地方……”

听着他们充满荡妇、淫妇的训斥、侮辱和诋毁,自己真的是难以接受,无地自容,前面的路对我来说一片黑暗。

我又一次决定放弃。我说:“人是我杀的。”

雷说:“你用什么杀的?”

“我用刀。”

“刀有多长?”

我用手比划了约一尺多长,他又说:“有那么长吗?”

我想可能太长了,就又比小了一点,他又说:“再想想。”

我就一次比一次往小比划着，直到他说：“20公分左右吧？”我知道刀的长短大概是20公分长。

他又问：“刀有多宽，什么的，双刃的还是单刃的？”

我就在他说的两种刀刃中说一种，他说：“不对。”我就说另外一种，直到他们不问。

雷震又说：“李在耍花招。”

我说：“我没有杀人是你们硬逼我的，我怎么知道刀有多长，是什么刀，那你们写好笔录，包括杀人过程，我签字就行了，这样可以了吧？”

他们对我的态度不满意，从那里起，我就开始被他们这伙人开涮，他们也不提审我，就是反复谩骂我、折腾我。

后来，杨处又进来问我，想好了没。我没有搭理他，因为我无法回答他的问话。我如实说，他们认为我狡辩，不老实，就一味挖苦我，骂我；我违心地说，又不是事实，也不甘心，所以就默不作声。

杨处威胁着要使用古代的酷刑，什么竹签钉手指、木枷子夹指头、老虎凳，古时候有的刑具，现在也都有，别敬酒不吃吃罚酒，到时候不让你说，你都要说，多少男的都受不了，我就不信，一个李慧能顶得住，你想想吧。

杨说的这番话，我知道自己将面临着什么，我如实说，必然会遭到非人的折磨，他们会施用酷刑。按他们的意思承认杀人了，可我又觉得太委屈，就是认下这一切，那杀人的过程我怎么来编，说得不对，也要遭受刑罚，我是左右为难。我想了很久，还是一死了之。我忽然想起我在被抓之前，我内衣上别了用来避邪的一小包针，一共七根，他们当时搜身没有搜出来。于是，我趁武警不注意，就寻找机会把七根针吞了下去，几个小时过去了，没有任何感觉，一两天之后，我小腹疼痛难忍，在卫生间休克了，看守人员叫来医生和所有办案人员实施救护，问我怎么了，我说是胃疼，他们给了治胃疼的药，大约又过了一两天，我小腹疼得直不起腰，他们又来问我，到底怎么回事，我告诉他们吞了针。于是晚上，把我带去到医院进行检查，从医院回来，一直让我吃韭菜清肠，姓杨的大发雷霆，拍着桌子，砸着东西，大骂说：“我一定要把内奸找出来，一定不放过这些内部败类，没想到你李家真够厉害，真够狠，想制造血案，想你一死了之，事就完了吗？那好咱们就较量较量，我倒要试试这潭水到底有多深，倒要看看有多少人敢拿你家的黑钱，敢在我的眼皮底下动手脚，你听清楚了，你死了这条心，这次谁也救不了你，就是这个地方，侦查期限到了，监视居住、取保候审都要在这个地方，我看看还有多少败类，这件事我要一查到底，到底这针是谁给你的，你是怎么吃的，武警都是干什么的，拿登记本查……”骂完之后，姓杜的进来做了笔录。

问：针是哪里来的？什么时候吃的？

答：针是我在家里时吃的，时间约为2月11日左右。

问：为什么吃针？

答：因为释放回家后家里的变故自己接受不了，所以想解脱，都是因为我家里才成了现在这个样子，在亲人面前抬不起头来，觉得活得太累，所以一时想不开吃针。

问：吃了几根针？

答：七根。

问：在哪里拿的针？

答：我家床头柜的针线盒里。

问：那你愿意配合我们把针取出来吗？

答：愿意。

之所以我说针是在家里吃的，是不愿这件事情牵连看管我的武警战士，我只有撒谎。因为那些孩子年底就要退伍了，当我吞下针的第二天，我问其中一个武警战士："我怎样了你们会受处分？"

他说："你的生命安危，你有什么事的话，我就会受处分，执行这样的任务，不发生意外我们都会立功，但如果……"

这时我心里很后悔，因我的事已有很多人为我受连累，这几个孩子不能再让他们受牵连，搜身的人也会受处分，更怕姓杨的加倍迫害我家里人，又冤枉我家里人买通了谁。

（综合自2006年12月25日临汾市中级人民法院庭审记录、2006年度临刑初字第102号卷宗《李慧自述》、李慧2007年7月16日《刑事上诉状》）

李慧彻底崩溃，是因为她从刑警杨生庆嘴里得知，父亲、大姐和哥哥都已被关押，只要李慧对案件有个交代，就会尽快先给父亲办理取保候审。

听到这番话，我心如刀绞，大姐是家里的顶梁柱，我哥是家里唯一的传后人，这下家里真是塌了天。我从杨处的话里判断妈病倒了，爸现在和我一样受折磨，他老人家怎么受得了？我真是祸害，老爸一生的英名，就这样葬送在我的手里，我是被冤定了。

我冤死无所谓，只要能保住家人的平安，我无路可走，没有时间让我选择，只有承认自己杀人。

（引文出处同上）

第三个出现在法庭的是董昀。在公安局干过刑侦的董昀一下子就显现出了超出常人的机敏和智慧。他除了向法庭陈述自己遭到了刑讯逼供之外，还提供了相关责任人和证人的姓名：

我于2006年2月14日被刑拘，关押在临汾市皇城绿苑度假村宾馆一楼105房间里，被锁在一把铁制的审讯椅上，戴着手铐和脚镣，由警察和武警24小时轮流看守，不允许睡觉，一打瞌睡，就会把我推醒，前后锁了30来天。他们给我起了个名字叫3号，刚开始十几天不允许任何人同我讲话，从3月2日开始对我进行连续的审讯，有时一次审讯长达20多个小时，这在他们的笔录上也能看出，专案组审讯我时不停地打我，并对我说：“你的案子是二号首长批示的，你不承认不行，你的案子特案特办。”

在这之前，省厅的杨副厅长、临汾刑警支队支队长乔临生、侯马市公安局副局长秦银平等人进了关押我的房间，并给我谈了话，明确告诉我说：“你的案子是国家二号首长批示过的，我们动用这么多人，花这么多钱，力度这么大，你想想后果。”第一次办案人员跟我提二号首长时，我还说是温家宝，办案的人当场笑我，还说你懂个球。

谈话结束后，省厅一个姓杨的处长和临汾尧都区刑警九队姓高的指导员，还有一个姓杜的开始提审我，他们对我说：“李慧、李文浩都已经说清楚了，有亲笔供词，你看不看？”

我说：“不需要，我没做什么。”

省厅的杨处长就火了，拿了武警执勤用的警棍打了我十几棍子，并骂我说：“不识抬举的东西。看看你嘴有多硬。”

3月6日下午，省厅的杨处长和临汾姓高的又打了我几棍子，并给我上了半小时的扁担铐（扁担铐就是李文浩所说的“二郎担山”。——作者注），我觉得事情不对，就通过看守我的人找支队长谈话，3月7日乔临生支队长给我谈了话，但他并不相信我说的。

3月8日晚22时，省厅的杨处长领着临汾姓高的、姓杜和姓崔的进到关押我的房间，杨处长还拿着二李的亲笔供词放在我面前对我说：“二李已经承认杀人，他们说你是破坏现场的人，你不说清楚看不打死你，要老实回答审讯人员给你提出的问题。”

说完就给我留下五个问题让回答，杨处长笑着对我说：“小子看看你的骨头硬，还是我的棍子硬，我给你留下的那几个问题，今天不回答，看我不扒了你的皮。”

然后杨处长对其他人说：“同志们，好好招呼他，不要对他客气。”

说完转身就出去了，于是，姓高、杜、崔3个人把我从铁椅子上放下来，双手戴铐子把手平伸蹲马步，动作不标准就打，用警棍在背上、胳膊、腿上打，用皮带在脸上、脚上抽,用布鞋扇耳光、打嘴,一直打到凌晨1点左右。他们饿了,准备吃饭。这时,刑警支队的雷震和朱平进来了,先是朱平扇了我几耳光,雷震又开始打我、骂我贱,并对我说:"你受这罪干嘛,认了算了,国家二号首长批示的案子,省厅领导也来了,你顶不住的,伪造现场的罪又死不了人。"等其他几个人吃完饭,他们又开始叫我蹲马步,打我,凌晨3点多,我实在坚持不住了,爬在地上告诉他们,我认了。他们说,认了就好,那你写一份亲笔供词吧,我就按杨处长留下的五个问题编造了一份亲笔供词。

3月9日,我实在受不了了,按他们的意思做了有罪供述,只有这样才能不挨打,但对于有罪供述的犯罪过程全都不是我所做过的,所以我在所有的有罪供述上签的全是假名字,就是把我名字"董昀"的"昀"字故意写错成了"昀",把"日"字边有故意写成了"目"字边。有罪供述是假的,签名是假的,这些有罪供述不能当证据使用。

审讯时打我的人有:省公安厅的杨处长,临汾市公安局的雷震、朱平、李晓强、小杜、小崔和姓高的。他们打我的工具有:警棍、皮带、布鞋、手铐、厚书本。见到我挨打和全身伤痕以及法医为我疗伤过程的人有:临汾市公安局贾燕生、吴平均、朱雨,实习生王瑞、小袁、临汾武警支队一中队的山东潍坊战士宋玉圣、广东东莞战士叶锦江、山西运城战士刘涛、山西太原战士志国(不知道姓氏),警通中队河北战士张玉红和三名不知名字的战士。临汾市公安局法医张雷为我用红花油、加热的白酒、毛巾冷热敷、电加热器烤等治疗外伤,在此期间,临汾市公安局刑警支队乔临生和侯马市公安局副局长秦银平找我多次谈话,也都知情。

3月10日,当我在有罪供述的笔录上签了字后,乔临生特批我在地上睡了两个小时。

(综合自2006年7月24日董昀《申诉书》、2006年12月24日董昀《自我辩护》、2006年12月25日临汾市中级人民法院庭审记录、2007年7月10日董昀上诉状、2013年11月26日临汾市中级人民法院庭审记录)

李文浩、李慧和董昀三人分别在不同的地方关押,事先应该没有串通的机会,但当庭反映的刑讯逼供的时间、地点、过程、手段、方式、目的却是惊人的一致,我判断这应该不是三人为翻供而编造出来的谎言。

尤其令人想到意外的是,董昀还提供了看管他的武警战士的籍贯和姓名。

2014年,我向临汾市武警支队核实董昀提供的战士名单,结论是:基本准确,上述人员的确是执行了2006年的那次长达一个多月的特殊特务。只是董昀把山东潍坊籍战士孙玉圣的名字误为"宋玉圣"、广东东莞籍战士叶锦佳的名字误为"叶锦江",还有,山西太原战士智国,姓智名国,并非是"某志国"。

有关向武警方面取证的详情见本书第十四章《调查》。

第十二章　雄　　辩

马朝晖被杀案第一次开庭，出庭的专业律师一共有 8 位。

八年过去了，谈起对当年法庭审理的印象，李文浩的姐姐李艳萍、李慧的姐姐李翠芳都不约而同地说起了一位名叫胡晓勇的律师，她们觉得是他的辩护使得法院和检察院的人开始觉得，这起案子并不是像媒体宣传的那样是一个“铁案”。

她们说，胡律师在法庭上带了一把刀，还拿一塑料袋黄土当庭做了一个试验，他播放了自己制作的幻灯片，不但拿出证据说明李文浩不是凶手，而且还说出了真凶的特点……两人的回忆头头是道，但我追问细节和详情，她们却语焉不详：时间太长了，记不清了。

这就是记忆衰减之后形成的光斑效应。随着时间的流逝，许多印象深刻的往事会逐渐褪色，但记忆却像一个明亮的光斑一样，越来越集中、鲜明、光亮。有时光斑亮得耀眼，记忆者在脑海里珍藏着往事，却无法说清事情的全貌。

于是，我决定要专程到太原见见这位胡晓勇律师。

2014 年 2 月 28 日，一场春雪降临太原，在太原南内环桥边一幢写字楼的 12 层，我和胡晓勇在他的律师事务所初次见面。那天，我们的话题是从他如何接手这起案件说起的。

据胡晓勇回忆，2006 年 11 月 13 日，一位相熟的记者朋友突然打电话给他，说是临汾有个杀人案，想让他为被告人做辩护。他当时已经很少代理刑事案件了，就在电话里一直推托，但这位记者说他在中央电视台《今日说法》节目里看过他在左权县一个故意杀人案里的精彩辩护，所以，一直坚持要他接下这个案子。碍于情面，胡晓勇只好答应见见当事人，看看情况再说。

于是，那位记者带着当事人当天下午到了律师事务所。来的人是李文浩的哥哥李文涛和两个姐姐。他们来之前,胡晓勇上网查询了关于案件的相关新闻报道,案情他在《山西晚报》上已经看到过,案件似乎已经定了调,媒体舆论一边倒。

他告诉我,《山西晚报》是他们家自费订阅的,看过报纸,一家人对报道中李慧、李文浩两人的凶残都十分愤恨,而且胡律师觉得这基本上是一个证据确凿的案件,没有什么辩头,所以,直到和上门求助的李家人见面之后,他还是说先了解一下情况,并没有答应接下案件。

接下来,胡晓勇向对方询问案情。他先问李文涛情况,但当李文涛说话的时候,他的两个妹妹七嘴八舌地插话,中心围绕的是李文浩、李慧究竟事发当晚是几点离开李文涛家的,她俩说明明是10点半离开的,专案组非要逼供,要求她哥说成是9点半,而且,她们两个并不顾及大哥的面子,一个劲儿地当面责怪大哥在警方那里留下了错误的口供,当了"叛徒"。

胡晓勇不客气地让她俩先出去,只留下李文涛和同行的记者。

胡晓勇询问案发当天李文浩和李慧在他家的一些活动情况,李文涛反复说他们走的时间是晚上10:30分,而案发时间是9:30分,他们两个人根本就没有作案时间。公安人员曾把他带到专案组,打他、威胁他,非要让他将10:30说成是9:30分,李文涛的儿子面临高考,可公安人员说他们要抓他儿子去作证,万般无奈,李文涛最终不得不按公安人员的要求更改了李文浩和李慧从他家离开的时间。

对于李文涛的陈述,胡晓勇半信半疑,甚至可以说是疑问大于相信,因为李文涛是李文浩的哥哥,作为律师,他的职业要求他宁愿相信具体事项证明的时间。根据他的办案经验,当事人对特定事件发生时的情节往往会在事后下意识地反复在脑子里不断地回放,因此你让他慢慢陈述,往往他不注意的细节,恰好能还原事实的真相。

于是,胡晓勇对李文涛说:"我不相信你,也不相信公安,你不要说具体的时间,你就说说当天你干什么来着,比如怎么吃的饭,吃了饭干什么来着,看的什么电视等等。"

结果,李文涛马上就想起说:"当天看的是一个驻港部队的电视,看完电视以后我才催李慧他们走的。这么多年,电视里只演过一部驻港部队的电视,所以我记得很清楚,但名字记不起来了。"

胡晓勇说,那就不用再说什么了,他当即拿出所里的信笺,让李文涛当着记者的面将这一情况做了书面说明:

情况说明

我叫李文涛，于2006年11月13日和我妹妹李秋艳、李艳萍于下午3点多来到和胜律师事务所，胡主任接待我们，突然问我案发时看的什么电视，我大概回忆了半天，看的大概是一部驻港部队或军队之类的电视剧。我的印象是他们是看完电视剧走的。

李文涛对此举不明就里，也没有多问。胡晓勇向我解释说，他当时这么做是因为他对受理这起案件还是心存顾虑的，毕竟《山西晚报》的报道称，这个案子吴邦国委员长批示过，留下这么一个字据，万一将来上面“怪罪”下来，他也好说受理这起案件他是很慎重的，并不是无缘无故仅凭着经济利益就接受委托的。

随后，胡晓勇打开门，把李文涛的两个妹妹叫了进来，并对她们说：“这样办，你们找案发那天的电视报，我看看时间，如果电视演完的时间能确定，我就可以考虑接这个案子。”

在场的那位记者朋友当时就与山西电视台的熟人联系，胡晓勇说：“不着急，慢慢找。”

过了一天，那位记者给胡晓勇打来电话，说是2003年10月2日的《中国电视报》找到了，当晚演的是有关驻港部队的电视连续剧《归途如虹》，演完的时间是21:49。

胡晓勇说：“要是这样，看来这个案件就有问题了，我可以考虑接下来看看。”

后来，胡晓勇又仔细查看了《中国电视报》，发现《归途如虹》是中央电视台一套节目独家播出的电视剧，而且那天晚上同一时段，各个电视台只有这么一个军事题材的电视剧。当晚播出的是13、14两集。电视剧播完之后，21:49播的是《科技博览》，充其量刨去9分钟广告，《归途如虹》播完的时间也在21:40了。

这时，胡晓勇对受理这个案子终于有了信心。于是，过了几天，李文浩的姐姐来到律所办妥了委托律师辩护的手续。

通过在检察机关查阅卷宗、在看守所会见李文浩，很快，胡晓勇就发现这是一个非常神秘的案件，首先是复制案卷不顺利，他只复制到了很少一部分。对于照片等证据反复交涉才让翻拍。律师通过案卷所知晓的案件内容远不及《山西晚报》的两篇特别报道以及《知音》杂志的文章所涉及得多。比如，在《山西晚报》的报道中曾提及，在马朝晖被杀案的侦破过程中，曾有一位姓周和姓马的“真凶”出现，但是，在案卷中却看不到这些内容：

疑云重重 案件初破谁是真正凶手

……

11月6日，由临汾市公安局、翼城县公安局两级公安机关组成的专案组进驻翼城，和翼城各界众口一词的评判截然相反，这次专案组将排查重点转移至社会闲杂人员，李慧和李文浩暂时淡出专案组视线，两名新的犯罪嫌疑人随即被圈定。

最先被专案组瞄准的是翼城县一位20岁的警校毕业生周海清。当时，有关李慧就是杀害马朝晖凶手的传言沸沸扬扬，周海清竟然想到以此为把柄向李纯泰“敲点钱花”，便给其写信，说自己掌握了真凶下落。专案组掌握了这个线索后，高度重视，几天后传来消息，周海清就是杀害马朝晖的犯罪嫌疑人。与周一同作案的，还有翼城县另一名有前科人员马某。翼城县公安局技术科科长常小林手持一枚脚印，不辞劳苦前往内蒙古鉴定，回来后宣布脚印就是马某的。

案件初步告破，最兴奋的莫过于李慧一家。一连几天，李家大宴宾客、门庭若市。2004年4月28日，李文浩以“清白之身”和妻子离婚，与李慧在北京安营扎寨。临走时，李慧擅自打开一直查封的发案现场，将丈夫马朝晖的大量遗物、遗照扔到大门外，全部付之一炬。等李毅闻讯赶至，带着儿子气息的件件衣物只剩下了一堆灰烬。

儿媳不是杀害儿子的凶手。这个消息令李毅的心稍感安慰，但又隐隐不安。她百思不得其解，“周海清和儿子无冤无仇，如果是他图财害命，为什么要捅49刀呢？”

（见于2006年5月22日《山西晚报》第9版特稿：《爱子惨死 母亲三年执着追凶》，记者：郭风情）

而会见李文浩更特殊，看守所的警察告诉胡晓勇，这个案子省里特别关照的，要全程监控。

鉴于案件的特殊情况，胡晓勇决定以退为进，他绝不和任何一个证人正面接触重新取证。他告诉我，在这个媒体已经高调宣扬的案件中，若是律师重新取证，并且新证词有悖于公安机关固定在案卷中的证据，其后果很可能是律师摊上伪证罪，和被告人成为难兄难弟。

他确定的辩护策略是：从现有的证据寻求突破，以子之矛攻子之盾。

经验告诉他，案件若是屈打成招，口供肯定是假的，假的东西就一定有漏洞！

通过细致地梳理公安机关的侦查证据，他发现了大量根本无法解释的疑点。

先从最关键的案发时间说起，按照起诉书的指控和马朝晖家邻居保姆的描述，案发的准确时间应当是21:30到21:45分。而这时，李文浩在哪里呢，根据开庭前才调取的李文浩的手机通话记录，胡晓勇发现，李文浩在事发的当日21:37:08的时候，还在其哥李文涛家与《翼城报》副总编郭良山通话，商量第二天给别人“捎礼”的事，并且一直通话到21:38:28才结束。假定这个时候他的哥哥催他们走，张永红说再聊一会儿，他们又聊了一会儿走的话，那事发时他根本就不在现场，况且还有路上行走的时间没有计算呢。这个时间也恰好和李文涛所说他是在看完电视剧《归途如虹》（大约在21:40分左右）催过他们是相互印证的。

带着这个重大发现，胡晓勇充满信心地走上了法庭。他的辩护没有纠缠于审判程序和刑讯逼供问题，他希望利用法庭呈现的现有的侦查证据直接排除李文浩、李慧的杀人嫌疑。

2014年2月28日，胡晓勇律师依着当年的辩护词，并结合后来的新发现，向我畅谈了他对案件的分析：

第一，李文浩首先应当被排除作案的可能，并且最初两次成立专案组，事实上已经将他的嫌疑排除了。

除了前述的看电视、通话清单时间证据完全可以证明李文浩当时不在事发现场外，尤为清楚的是李文浩的衣服，案发次日一早，他穿着头天晚上穿的衣服、鞋袜就被公安机关传唤，他的衣服没洗也没换，也没有一丁点儿的血迹。假定他是杀人凶手，现场又有那么多的血迹，李文浩的衣服上怎么会不沾一点儿血迹呢？李慧的衣服上有那么多血迹，而李文浩同为杀人犯，居然身上干干净净，这符合情理吗？有谁会相信这种荒唐事呢？公安机关当然会调查这一点，也查清了这一点。所以，李文浩当初很快就被排除了嫌疑。

李文浩的母亲是一个没有文化的家庭妇女，凭着对事物认知的朴素思想，凭着儿子在案发后一身干干净净的衣服，她便有理由一口咬定儿子不是凶手。

第二，李文浩、李慧没有作案时间。

按李文浩、李慧描述的情况，他们在案发当晚离开李文涛家后在外面开车兜风兜了一个来小时。若两人真是杀人犯，按警方的说法，他们从李文涛家出来之后直接去了案发现场。这说明，开车兜风的事情是两人事后经过串供编造出来的。

问题是，在李文浩被传唤之时，李慧早就在警方的控制之中，他们两人已经没有再串供的可能,但是,两人在交代开车兜风的过程和细节上完全吻合,这可以推断开车兜风的事实是可能存在的,他们应该没有作案时间。

按判决书认定的事实,李文浩、李慧从哥哥家出来后直接到了案发现场,除了口供,这一活动轨迹没有任何证据可以证明,完全就是孤证。

第三,脚印鉴定完全可以排除李文浩的作案嫌疑。

公安部所做的脚印鉴定已经排除过李文浩的作案嫌疑,即现场的 1 号脚印不是李文浩所留。公安部的鉴定结果直接否定了临汾市公安局的鉴定结论。

另外,翼城县公安局还曾委托国内权威的内蒙古足迹鉴定中心做过鉴定,鉴定结论是:留下脚印的还另有他人。

第四,马朝晖第一次遇刺的地点是在客厅,而不是起诉书所说的门庭处。

现场勘验检查笔录载明:客厅东南面,饮水机前面有大片的血擦痕,往东,与饮水机相邻的是电视机,电视机再往东,到墙角了,紧挨着的就是立在那里的一台立式空调。空调前面放有沾满血迹的绿仕牌蓝格西服一件,西服上有被刀刺穿的痕迹,西服下有马朝晖的钱包和记事簿。

客厅通往院子对开的两扇门中,东扇门(即出门左手方向的半扇门,插住,未打开)上有血擦痕,距地面 75 厘米;打开的西扇门距地面 196 厘米和 156 厘米的高度分别发现滴状的流注状血痕,所谓流注状血痕,是指血量集聚较多时,血液受重力的影响,沿着载体从高位流向低位时所形成的血迹形态。

客厅里饮水机前面的地面上有大片血擦痕

以上情况可以佐证这样的推想:马朝晖身着西服,把来人开门引进了客厅,或许他是想到饮水机那里倒杯水给来人喝,不想却遭到来人刺杀,被刺后,两人发生拉扯,马朝晖的外套被扯下后夺路而逃,当他通过客厅的大门就要跑到院子里时,他在大门处第二次被刺,在门上 196 厘米和 156 厘米的高度留下了血迹。最后,马朝晖是在院子里被刺倒,就再也没有起来。

如果按起诉书指控,第一个刺杀地点是在门庭处的话,那么院子地面或墙上应该有点状或喷射状血迹,但证据显示,门庭处及院中没有喷射状的血迹。

不过,有一个疑问需要讨论一下:既然第一次个刺杀地点在客厅,可是,在本案中,现场勘查笔录为什么并未记载客厅出现过喷溅状血痕呢?这种因动脉血管破裂而形成的血痕本来应该出现在第一次被刺的客厅里。

最大的可能是,饮水机前本来留有这样的血迹,但由于客厅光照条件好,凶手发现了血迹,就用沙发靠垫给擦干净了,因此,饮水机前留有一大片血擦痕,大小为 142cm×120cm,也就是 1.2 平米见方。若是喷溅血痕出现在客厅之外的其他地方,凶手是没有条件进行掩盖和处理的。

另外,马朝晖第一次被刺时,刀口到底在哪些部位,只要查看一下那件被刀刺穿的西服就一目了然了。不知为何,现场勘查笔录中对此并未记载。

第五,死者被刺后曾经试图向院外逃跑,但被追上截住,在院子的门庭处进行了激烈的搏斗,并且被害人与凶手抱在了一起。在搏斗中,死者左臂和右手被刺穿,左后背及左腋下被刺伤,最终倒在门庭下就再也没站起来,而不是起诉书所说的那样,马朝晖被刺昏迷后曾在院子里“清醒后反抗”。

警方的现场照片显示,凶手在一进大门的白墙上留下了一个右手血手印,血手印下方还有一个脚印,其高度大致是人背面靠墙时踩下的。这说明被害人与凶手搏斗时曾被逼到了墙根,凶手不得不用右手扶墙,用脚蹬墙,借助这个力量来对抗被害人。

被害人背后有 8 处由上往下捅刺形成的创口,其中有四处创口紧密相邻,一字排开,呈斜线排列。若是凶手持刀悬空捅刺,不可能把四个创口排成一列。最有可能的情况是,凶手和被害人面对面抱在一起,凶手以肘部为支点,由上往下连续捅刺,这才形成了从脊柱斜向腰际,一字排开的刀口。如此密集的捅刺都没有形成喷溅血迹,这是因为被害人在第一个被刺地点已经大量失血,此时已无法形成喷溅血压。

被害人左手臂、右手手掌的穿透伤以左手背的刀伤,应该都是在搏斗中形成的,因为对于凶手而言,此时他应当是急于造成被害人丧失抵抗能力,而没有必要在非要害部位实施非致命的伤害。

凶手在门庭处将被害人刺倒之后,被害人就再也没有站起来过,然后凶手将被害人倒拖着双脚,拖进了客厅。这也就解释了为什么被害人的两只拖鞋遗弃在大门口,而他的白色袜子却丝毫没有弄脏。

若是像起诉书所说的那样,当李文浩与李慧将死者马朝晖从院里往客厅抬的时候,马朝晖曾经“清醒后反抗,李文浩按住马朝晖,用手捂住其嘴”,李慧拿刀二次刺杀,那么,死后他的白色袜子洁白如新就没办法解释,被害人被捂嘴后双脚本能地在地上乱踢、乱蹬总是可能的吧？况且，当天还下过小雨，地上有点潮湿，灰尘等污物沾在白色袜子上根本无法当场就清理干净。唯一的解释就是马朝晖清醒后反抗的情节根本不存在。

第六，从现场痕迹和死者创口特征分析，凶手应当是一个左撇子，而李文浩、李慧都不是左撇子。

被害人背后的创口集中在左后背，两人正面相抱时，正好是左手捅刺的位置，尤其是斜线排列的四个创口，更符合以肘部为支点，用左手连续捅刺形成的结果。

案发院子的墙上、被害人家中的柜子、床单、电灯开关等多处都留下了凶手的血手印，这些血手印均为右手，是凶手在搏斗、刺杀、翻找东西时留下的，这说明凶手是左手持刀。

此外，被害人右手手掌被刺穿，也可能是搏斗中被害人用右手抵挡或抢夺凶器时所致。

于是，在法庭上，经审判长同意，胡晓勇取来两袋黄土，在李慧和李文浩毫无准备的情况下，让他们紧握双拳用力往下按，结果，两人的用力结果均显示右手力量明显大于左手，胡晓勇据此当庭宣布测试结果：李慧、李文浩并非左撇子。

第七，被告人的口供从未提及套住被害人左脚的一个呼啦圈，这个呼啦圈不仅进一步证明凶手是左撇子，而且也能够证明李慧、李文浩根本不是凶手。

套在死者左腿上的呼啦圈是怎么来的？呼啦圈又是干什么用的？呼啦圈为什么会套在被害人的左腿上？公安机关三次成立专案组，在侦查过程中从未涉及这一重要细节。

胡晓勇感叹，多亏了是尸检报告将“呼啦圈”表述为“彩色塑料环”，专案组成员可能也就忽略了它的作用。他推断说，这个呼啦圈应该是凶手用来拖拉尸体时用的，由于用力过大，甚至将接口都拖断了。

这个呼啦圈套在左腿上，说明凶手习惯于左手用力，是个左撇子。把死者从门庭拖往客厅时是否使用了这个呼啦圈还不得而知，但把死者从客厅拖往楼梯间以及在楼梯间拖行的过程中，使用呼啦圈的可能性极大。

起诉书说李慧、李文浩“二人将马抬到客厅”，一来这样就缺失了有关呼啦圈的情节，也忽略了呼啦圈的作用；二来这也不符合从门庭到客厅形成连续拖拽血痕的客观事实。

这说明在办案人员忽略呼啦圈的情况下，由于李慧、李文浩不是作案者，他们也就无法知晓呼啦圈的存在，即使后来他们看过现场照片知晓呼啦圈的存在，由于生活经验所限，也无法说出这一物件的拖拽作用。

此外，客厅东南角的立式空调前还遗留了一件绿仕牌蓝格西服，上面有被刀刺穿的破口。这一细节，作为杀人凶手，李慧、李文浩也从未提及过。

第八，尸检报告对于作案凶器的认定是正确的，作案工具的特征应当是刀尖、刃薄、背厚，是一把长而较重的宰畜刀，而非普通的菜刀和其他家用刀具。

尸检报告认定死者创口反映出刺、切、砍的损伤特点，分析结论是一把宽4厘米，长25厘米左右、刀背厚4毫米、具备一定质量的单刃刺器（如宰畜刀）。这个认定是完全正确的，李慧家里不可能有这样的刀，那么这把刀显然是凶手有备而来带过来的。

起诉书按照李慧的供述，说她“从厨房拿了一把刀”，在案卷中，李慧对于这把刀的供述是把菜刀，它“宽有三四公分，长约二三十公分”，凭菜刀的锐利程度，无法形成刺穿手掌的创口，更不可能形成一刀剁下就几乎砍断脖颈的整齐切口。

而根据李文浩的供述，“刀刃二十多公分长，三四公分宽，单面开刃，刀头是尖的，刀把约十公分……是一把十八子牌的水果刀”。

但胡晓勇查询了2003年以前十八子牌厂家出厂的所有菜刀系列，无任何一款水果刀能达到4毫米的刀背厚度，且该种水果刀的质量不够，不足以刺戳导致死者数根肋骨骨折，至于要砍断死者的颈部就更显得不够厚重、坚硬。

因此，两人供述的凶器不仅不一致，且他们供述的凶器均难以造成死者身上的创口形状。因此，他们根本就没见过凶器，也不是真正的凶手。

胡晓勇告诉我，他家祖上就是屠户，对死者身上形成的伤口是什么样的刀具形成的，他一眼就可以看出来。马朝晖身上的刀伤就千百年来老百姓惯用的杀猪刀形成的，菜刀或水果刀根本形不成那样的伤口！

翼城当地的屠宰户常用的宰畜刀

第九，案发现场遗留有凶手穿过的鞋子、衣服等，现场不应是一个经过专业公安人员指点，精心伪造过的现场。

警方在勘验现场时提取了李慧的一只苹果牌女式左脚旅游拖鞋，这只鞋上沾有血迹，经山西省公安厅物证检验意见书确定，根据鞋底附着的血迹，符合穿着状态下行走过程中形成的。

根据警方绘制的杀人案中心现场图及照片

显示，李慧没有被警方提取的另一只鞋紧靠冰箱放着，挨着这只鞋，旁边还有一双男式黑皮鞋，这双男式黑皮鞋的外侧便是一道长长的血拖痕，这个拖痕从客厅大门一直通往楼梯间。

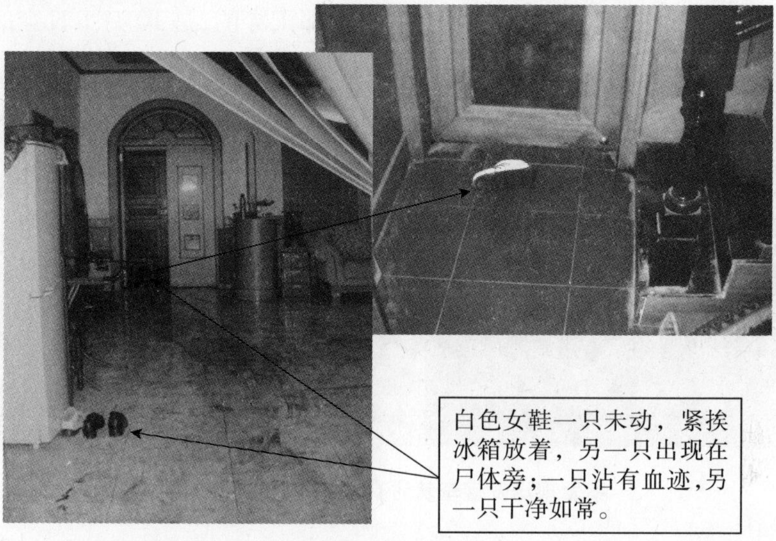

案发现场的血拖痕及被“拖”走的一只白色女鞋

没有被提取的这只鞋干干净净，没有任何血迹。假如李慧就是穿着这双鞋行凶或进入杀人现场的，一只鞋有血，另一只鞋没血，怎样才能做到这种情况呢？李慧总不能穿着一只鞋杀人吧？

被提取的这只鞋是在楼梯口，离被害人的头部不远，它正好位于从客厅到楼梯间那道血拖痕的终点附近。很显然，这只鞋放在前述三只鞋的最外侧，当凶手拖着被害人的尸体经过这四只鞋时，最外侧的那只鞋便被裹携着来到了楼梯间。警方在描绘案发现场图时也明确标注了这一双鞋分离之后的两个不同的位置（见本书第15页警方绘制的案发中心现场图中的标注⑨）。

现场还发现两件血衣，一件是印花的秋衣，一件是小风衣风格的外套，两件衣服的前胸和后背均浸染了血迹。秋衣的血迹在前胸及脖领处均有呈直线型的边界，显然这件衣服曾在折叠状态下擦拭了血迹；外套的衣领、左右襟、两个衣袖、衬里后背的中间部分均有血迹，公安部两位法医舒永康和田雪梅给出的鉴定意见是：外套上的血迹为擦拭作用所形成。

但是，公诉方向法庭提交的是山西省公安厅的物证检验意见书。这份意见书认为，这件外套上衣左衣袖、左右襟、右上衣口袋上的血迹，符合穿着未系衣扣状态下形成的。

胡晓勇认为，公诉方提供的是一个违反常识的鉴定，外套后背上的大片血迹怎么解释呢？难道李慧杀人之后还扛过尸体吗，或者说李慧是躺着杀人的？

我告诉胡律师，第三次开庭时，法官还让法警拿着这张血衣的照片当庭让李慧辨认，李慧说，这是我的衣服，但不是我案发那天穿的，是 10 月 1 日穿的。

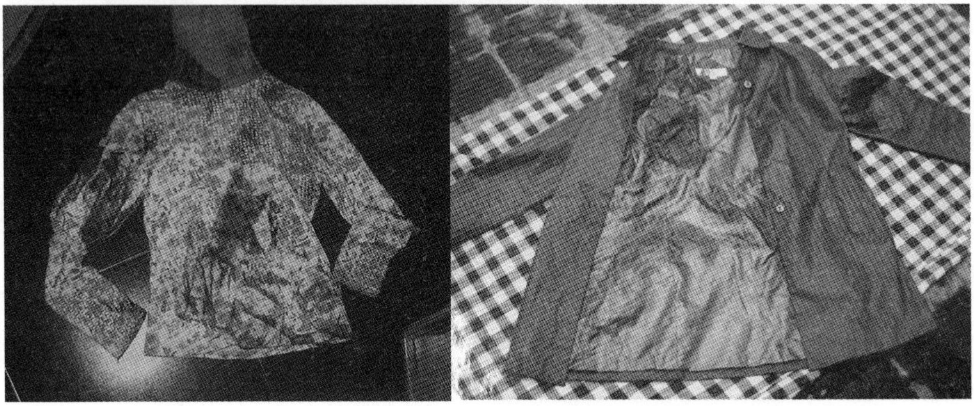

案发现场发现李慧沾有血迹的秋衣和外套

就算是李慧杀人时穿过那只鞋和那件外套，可是，既然是他们精心伪造过的现场，为什么会把血衣和沾血的鞋子留在了现场呢？

在法庭上，因帮助毁灭、伪造证据罪被提起公诉的董昀对于这个经他“伪造”过的现场也十分不满意：“如果这个现场真的是我伪造过的，绝对不会是这个水平，现场根本不可能留下这么多证据。”

第十，凶手在不同的地方留下了五个右手掌印，根据对比可以发现，凶手戴着手套的右手有一个共同的特征，那就是其中指和无名指的指端有些向右偏。特别需要强调的是，戴手套只能掩饰其指纹，但五个着力点是改变不了的。案发现场一共有五个右手掌印，如果按照照片尺寸复制，是完全可以和被怀疑的对象比较的。胡晓勇为此专门按比例复印放大血手印，然后和李文浩的右手对比过，结果李文浩的右手比该右手掌印大了很多，且他的五个指头直直的毫无弯曲，说明根本不是他的手印。在电脑屏幕上，我用我的手掌和那个按比例放大的血手印进行比较，结果发现，我的手掌比血手印大了许多，而我的身高只有 1.71 米。可以想见，按一般情况，凶手应该是比我还要矮的一个小个子。

我和胡晓勇在他的和胜律师事务所就马朝晖被杀案畅谈了 5 个多小时，中午只是匆匆下楼，点了几个小菜，吃了碗刀削面。

渐渐地，我们的话题已经开始跨出刑事案件中一般律师的辩护视野，我们开始讨论凶手到底会是一个什么样的人？他到底是谁呢？

胡晓勇说，当年在法庭上，他已经向法官描述过凶手的特征了，这也是我们那天要谈的最后一条：

第十一，凶手胆大、心细，但不是职业杀手，但凶手应当与死者认识，并且对其家庭情况非常熟悉。

凶手作案能够连续捅死者这么多刀，且杀死死者后还到家中进行翻腾，说明凶手特别胆大、残忍。凶手为了转移视线，还捅了一些故意迷惑人的部位，如会阴部，说明凶手胆大心细。当然也不排除凶手与死者有其他矛盾。但由于凶手捅的不是一刀致命的部位，比如心脏。因此，分析凶手不应当是职业凶手。

凶手能够轻易地进入死者房间，说明其对死者及其家庭情况非常熟悉，并很可能通过一些手段进行过踩点，知道只有死者一人在家。

不管怎么说，马朝晖被杀就是一个谜，而这个谜底和李慧、李文浩根本就没有关系，第一次出庭为他们进行辩护时，胡晓勇是这么认为，到今天，随着手头资料的不断丰富，他更是这么认为的。

2007 年 1 月 10 日，马朝晖被杀案一审开庭结束时已经是晚上 7 点多了，胡晓勇在法庭上说了一句声震屋宇的激昂话。7 年过去了，三四位当年出庭的当事人都向我提及过这句话："我相信好人会有好报，恶人一定会遭到报应。"

在和胡律师为数不多的电话交流和当面沟通中，我感觉他是一个富于正义感、同情心的热心人，并且对未知的事物充满着探索精神。

作为李文浩的辩护律师期间，他去过案发现场实地观察，他通过电话找过证人核实证词并设法录音后向法庭提供，他"还原"案发情景还向法庭提供了 3D 动画，他甚至在开庭前提着水果前往宾馆探视过被害人的父母。

他告诉马朝晖的父亲："现在接受审判的您的儿媳不是凶手，你们要是认为她是凶手，那就把真凶给放跑了。"

马振海说："我也不愿相信儿媳妇就是凶手，当年，她学会计还是我一手带出来的呢。"

胡律师在庭上庭下的活跃表现给大家留下了深刻的印象，他不是那种按部就班机械地给当事人提供法律服务的律师，所以，多年之后，他那些举动折射出来的光芒已经将法庭上其他律师的形象给湮没了。

实际上，当年在法庭上展现雄辩之才的不止胡律师一个人。回头翻阅李慧的两位辩护律师刘刚、李飞以及董昀的辩护律师权守昭、牛蕊屏的辩护词，实际上他们和胡晓勇的辩护各有侧重，所涉及的问题也至关重要，他们辩护的要点主要集中在以下几个方面：

第一，在检察机关没有撤销对李文浩、李慧的不起诉决定之前，检察机关将二人再次提起公诉，程序违法；

第二，侦查机关没有对被告人李慧涉嫌杀人立案，就刑事拘留、逮捕，程序严重违法；

第三，侦查机关严重违反《公安机关办理刑事案件程序规定》，将犯罪嫌疑人在看守所之外的秘密场所关押，刑讯逼供酿成了一大冤案，“非法证据”一律不能作为定案的依据；

第四，起诉书对被害人马朝晖的死亡时间没有查清，靠推测确定马朝晖的死亡时间，是没有法律依据的；

第五，本案两名被告人根本就不存在杀死马朝晖的动机，非要认定二李杀人纯属张冠李戴；

第六，李文浩、李慧、董昀不具备作案的时间；

第七，本案应当依法公开审理。

胡晓勇说，庭审结束后，他的心情非常痛快，是那种酣畅淋漓、一吐为快的痛快。他很欣慰，出庭参与诉讼的死者的父亲、小姨对他的辩护当庭也没有吐露怨言、大发雷霆。他期望大家看明真相的目的达到了，但对于案件的结果，作为一个务实派，他只能保持谨慎的乐观。

有关判决的结果，他向李文浩一家人给出的分析是：在目前这种大背景下，这个案子如果宣告无罪，会牵扯到一大批人，所以，当庭释放难度会很大，除非真凶出现。真凶在侦查过程中已经出现过，但警方却抬手把他们放走了，现在办案机关在错误的道路上越走越远，这意味着修正的难度也就越来越大。一审法院很可能会糊涂下判，将矛盾推给山西省高院。所以，胡晓勇建议当事人请求法庭对此案慎重处理，由检察院撤诉，退回公安补充侦查，对李文浩他们取保候审，他们不申请国家赔偿。这样，犯错的公安不会被追究，案件还可以继续侦查，他们的嫌疑也未被彻底排除，大家都好接受。李文浩家里人都认同胡晓勇的分析和意见。

法院和检察院会考虑胡晓勇的建议吗？

法庭经过四天审理之后宣布休庭，将择期宣判。

第十三章　死　　刑

一审开庭半年多以后，2007 年 6 月 7 日，临汾中院对马朝晖被杀案做出判决：

被告人李文浩、李慧因犯故意杀人罪被判处死刑，剥夺政治权利终身；

董昀犯包庇罪，被判处有期徒刑 10 年；

李翠仙因犯妨害作证罪，免予刑事处罚。

同时，李文浩、李慧赔偿附带民事诉讼原告人马振海、李毅死亡补偿费 17 万多元，丧葬费 7.8 万元，二人互相负连带赔偿责任。

2014 年 5 月，我以李文浩同学的名义给做出这个判决的审判长卫淑娟打电话，问她至今为止，她是不是真的认为李文浩、李慧就是杀人凶手？她听到这个有些"愚蠢"的问题笑了："我不认为他们是凶手，咋能判他们死刑呢？"

我和她谈及判处二人死刑的依据时，她只说了一点："当时庭上放了审讯录像了，你没看过，李文浩把杀人经过说得可清楚了。"

这份判决书确认的犯罪事实是：当李文浩陪同李慧回家拿衣服时与马朝晖发生冲突，李慧从家里的厨房拿来了一把刀，李文浩夺刀后将马朝晖刺倒致昏迷，两人将马朝晖从门庭抬到院子中间时，"马朝晖清醒后反抗，李文浩便按住马朝晖，用手捂住其嘴，李慧拿起刀朝马朝晖身上捅了几刀，马朝晖不动后，二人将马抬到客厅。李慧用刀在马朝晖的会阴部连捅数刀，并对马朝晖脖颈进行砍切。其后，李文浩、李慧害怕人死后 24 小时内眼睛留下其头像，分别用刀刺了马朝晖的眼睛，随后被告人李慧用电话把被告人董昀叫到家里让董想办法处理现场。被告人董昀提出伪造一个抢劫杀人的现场，并指使李文浩和李慧将马朝晖的尸体转移到室内楼梯下的过道中，共同对现场进行了伪造后，董又安排李文浩、李慧：将贵重物品全部拿走，统一没有作案时间的口径，处理现场凶器、血衣等物品，随后再报案。董昀安排完后先离开了现场与他人会面。当晚12时许，被告人李慧按董昀安排，先后给董昀、李翠仙、马朝新打电话说马朝晖出事了。被告人董昀在李翠仙、马朝新之前赶到现场后，电话报案并向公安机关多次提供虚假证言"。

看完判决书，对于李文浩、李慧就不再多说了，单说这董昀，我一直不明白，他为什么在"伪造"完现场后，又"安排"自己第二次出现在现场，他第二次出现仅仅就是用电话报了个案，这么做有意义吗？

还有，经他伪造过的现场，虽然刀不见了，手套不见了，李文浩穿过的鞋不见了，但李慧穿过的血衣和带血的旅游鞋却分别放在卧室的床头柜上和尸体旁边，这又是为什么呢？从判决书认定的案发时间到最后的报案时间，中间相隔有两个多小时，从从容容地清理现场完全是有条件的，根本用不着着急，怎么就把血衣和鞋给忘了呢？

此外，按照判决书的说法，董昀当晚在21点时段和23点时段先后接过李慧打来的两个电话，查一下当晚董昀的手机通话记录就能精确掌握这两个时间的节点，可是，侦查机关却没有向法庭提供这个重要的通话记录。而据董昀自述，他在案发后即被控制，在刑警队接受了留置盘问，"第三天，李德宝局长和刑警一中队队长徐运生拿着我的手机通话单，问了我几个电话号码，直到10月5日下午才让我回家"。

根据董昀的说法，他的犯罪嫌疑在案发不久即被排除，显然与他的手机通话记录所起的证明作用有关。当然，案发后调取相关人员手机通话记录也是一般的案件侦查常识。

在案件进入移送起诉阶段，翼城县检察院也向翼城县公安局提出过有关董昀手机通话记录的问题，翼城县公安局在回复中这样解释道：

> 被告人董昀提出的调取过其通话记录的问题，因我局当时并未将其列为嫌疑人，所以没有调取过董昀的通话记录。
>
> （见于翼城县公安局2010年9月16日致翼城县人民检察院《关于马朝晖被杀案的情况说明》）

董昀一直坚称自己在案发当晚只到过现场一次，也就是打电话报案的那次，那么，那天晚上董昀到底在哪里？又有谁能证明他的行踪呢？有意思的是，他在当晚的行踪可以作为证人的基本上都是刑警队的公安人员，甚至还包括死者的弟弟马朝新。这些情况本书在此前还未曾具体涉及,在此来个复盘也不算迟。

2003 年 10 月 2 日这天,在董昀最初的描述中,他的生活既忙碌又闲适,吃饭、洗脚、喝茶,这是鱼儿在水里游戏觅食时的那种忙碌与闲适。这时,他是董昀,还不是后来的那个被迫改名的“董昀”。

这天上午,董昀陪着技术科的同事卫长征去洪洞县办了点私事,大约是给卫家在翼城开的一个煤矿请个工程师咨询技术问题啥的。中午董昀和卫长征吃饭时,刑警一中队的宋镃来电话,约他晚上一起吃饭。下午五六点钟,董昀回到县城,就给宋镃打电话联系晚饭的事儿,宋镃说他要和一中队的马朝新、彭志华一起吃饭,马朝新在侯马市的表弟来了。董昀说,那就吃完饭再联系。

于是,董昀和卫长征寻到一家新开的曲沃饸饹面馆想尝鲜,结果人家还没开张,两人只好另寻别处。

晚饭后,卫长征开车接来县工商局的一位朋友一起到足生堂洗脚,洗罢,已经是晚上 8 点多快 9 点了。这时,董昀再次联系宋镃,宋说他们在世纪文化广场的太阳磁场休闲吧喝酒,真巧,这太阳磁场休闲吧就在足生堂的楼下。董昀告别卫长征他们就去赶下一个场子了。

以上是 2004 年 10 月 17 日董昀给第二次成立的专案组讲述的活动情况。但是,在董昀接受询问的前一天,也就是 10 月 16 日,他的同事卫长征在询问笔录里说,案发那天,洗完脚之后,也就是八九点钟的样子,卫长征开车分别把董昀和那位工商局的朋友送回了家。

董昀和卫长征之间,必然有一个人是在撒谎,那到底是谁呢?

到了 2006 年 3 月 3 日,董昀面对第三次成立的专案组,他才承认,案发那天洗完脚后,卫长征把他和工商局的朋友送回了家。

但后来,董昀的妻子杜艳霞却证明说,董昀当晚八九点钟并未回家,而是 11 点多回来的,之后又被李慧叫走了。

这一矛盾的说法给董昀带来了麻烦,专案组认为,董昀在和卫长征分手之后到出现在太阳磁场之前,他行踪不明。

董昀从洗脚城出来后到底回没回家呢?2014 年春天,我向杜艳霞求证此事,她说案发那天晚上,她丈夫 9 点来钟确实没有回家。这就奇怪了,卫长征明明不是说他把董昀送回了家吗?

我查阅庭审记录,发现董昀后来在临汾中院的法庭上回答法官的提问时,也说自己洗完脚后由卫长征开车送回了家。而且他先后三次开庭都坚持了同样一种说法。董昀既然回了家,为什么妻子却说他没有回家呢?

董昀在2007年1月7日亲笔书写的一份材料里说，他是在他家的楼下接到了宋镪的电话，叫他去世纪文化广场的太阳磁场休闲吧聚聚。然后，他没有跟妻子“请假”，在自家楼下就开上李志华的捷达车去了太阳磁场。

就因为这个细节出了岔子，董昀的妻子因为涉嫌伪证罪被刑拘了27天。最后她不得不承认董昀那天回了两趟家才算了事。

接着往下，董昀走进太阳磁场时，看见宋镪和马朝新以及马朝新的表弟袁世峰在一起喝酒，同桌的还有两个女孩儿、两三个刑警一队的同事，其中有彭志华和赵晓华。董昀和他们打过招呼，就另起一桌喝茶。一同过来喝茶的还有宋镪和彭志华。他们从9点来钟一直聊到晚上11点左右，直到宋镪的丈母娘给宋镪打电话，说村里的一个邻居被里砦派出所给抓了，让宋镪去派出所看看，看能不能把人给放了。宋镪挂了电话，给董昀说了这事，想让董昀跟他一起走一趟，董昀满口答应说行。但是，董昀同时提出，时间已经不早了，他得回家给老婆打声招呼。宋镪问董昀开车了没有？董昀说他开车了。宋镪就提议让董昀把车送回去，先跟老婆打声招呼，然后他再开车接上董昀一起去里砦派出所办事。

离开太阳磁场时，宋镪和彭志华把他送到了门口，董昀一个人开车回了家。

到家时，妻子已经睡下了，董昀说明了情况就没脱衣服，和衣而卧，等着宋镪来接他。结果，半小时后，大约是11点50分左右，他等来了李慧的电话，说马朝晖出事了。

本来，董昀的行踪梳理到这儿，已经是前后连贯、严丝合缝、逻辑清楚、顺理成章，可是，在刑事侦查第五卷里我看到一份由董昀的同事亲笔书写的一份材料，这份材料一下子就把我的思绪给全盘打乱了。

在宋镪给专案组写的情况说明里，出现了那辆捷达车，似乎说明卫长征作了虚假证词：

2003年10月2日，……到了下午6时许，董昀给我打电话问我在哪里，我说在单位，后冬冬(董昀)开了一辆捷达车在单位找见我，我坐上他车后，本来二人一块儿去吃饭，中间马朝新又打电话说在唐府饭店等我。我让冬冬一块儿去吃饭，冬冬说人不熟不好意思去，后他把我送到唐府门口就走了。

(见于宋镪2004年9月15日所书《关于2003年10月2日晚活动情况的说明》)

在这份情况说明里，宋镪提到董昀下午开的是捷达车，但是，卫长征并没有和董昀一同出现。而在卫长征的证词里，他确认自己和董昀一下午都在一起，只不过开的车不是“捷达”而是自己的“宝来”。

那么,假如不是记错了,宋镪和卫长征到底谁又在撒谎呢?在两个当事人对同一件事情进行了完全互不相容的描述时,我们当然可以得出这样的结论:有一个人肯定在撒谎。

作为出现在刑事侦查案卷里的证人,可能撒谎的还不止是宋镪和卫长征。那天晚上一同吃饭、喝酒的马朝新、赵晓华之中,他们也有人向警方提供了虚假证词。

比如,按董昀的描述,他是案发那天晚上 9 点多钟,最后一个到达太阳磁场参与聚会的人,他进去时,看见马朝新已经坐在那里喝酒了。但是,马朝新在《关于 2003 年 10 月 2 日晚的情况》中却说他自己是那天晚上 10:30~10:40 以后,最后一个去太阳磁场的人:

我进去时,有宋镪、彭志华、赵晓华、袁世峰及他的女朋友(太原人)、小董(技术科)等人,我们在太阳磁场坐了有半个多小时,大概在 23 时 20 分左右,我们散了场……

而宋镪在询问笔录里和马朝新的证词发生了矛盾:

董昀后来到了太阳磁场,同我坐在一起喝茶,当时,我们一块儿吃饭的人都在场,坐了两张桌子,马朝新喝多了,还给董昀端了一杯啤酒,因为董昀有酒精过敏的毛病就没有喝啤酒。

宋镪所说的“一块儿吃饭的人”,指的就是以马朝新为主的,包括他表弟及其女友在内的人。一同和马朝新等人吃饭的赵晓华更加明确地证实,董昀是那天最后一个到达休闲吧的人:

吃完饭后,我和宋镪、袁世峰及其女朋友、彭志华到翼城县太阳磁场唱歌,我们到了太阳磁场以后,过了十几分钟,马朝新才到。然后我们一起唱歌、喝酒,后来董昀也来了。

通过上述三段笔录,所有人都可以在这一点上达成共识,那就是:又有人撒谎了。

但是，当初专案组办案时，并没有因为这些证词前后矛盾而影响他们对案情的判断，专案组在《侦查终结报告》对于上述证词的使用进行了如下说明：

综合分析证人卫长征、丁全瑞、宋镪、彭志华、赵晓华、马朝新、杜艳霞等人的证词及董昀自己的陈述，董昀在案发当晚的八九点钟至十点钟左右，有一个多钟头的时间行踪不明，恰在案发时段内。

上文中的丁全瑞就是卫长征叫来一起洗脚的县工商局的朋友，值得一提的是，他在笔录中采取了一种和警方不合作的态度，在一问一答总共22组对话中，他13次在关键问题上做了如下回答：

“记不清啦。”（此回答出现了两次）

“我记不清啦。”（此回答出现了两次）

“我记不得啦。”

“我也不清楚。”

“想不起来了。”

“我想不起来啦。”（此回答出现了三次）

“我也想不起来啦。”

“我都想不起来啦。”

“我全部想不起来。”

丁全瑞和马朝晖是小学同学，接受询问时，他时年34岁，应该不是患了健忘症。案发当晚，他和卫长征、董昀一起相处了两个小时左右，除了他证明自己见过卫长征和董昀之外，他在询问笔录中没有向警方提供任何一条有效信息，比如去接他时，谁开的车、开谁的车、回家是几点、回家后老婆和孩子睡了没有……他都一概不知。真不知警方把丁全瑞列在证人名单里有什么证明作用。

这种反常情况倒是让我看出了其中的端倪，最大的可能就是他对专案组的取证方式存有看法，所以，他用这种方式避免自己被搅进这个迷局之中无法脱身。

这个案件围绕着董昀倒查到足生堂和太阳磁场的时段时就突然变得非常有趣。这段案情的证人都是刑警，而且这些刑警都有着强烈的破案愿望，甚至还有人就曾经参加了案件的前期侦查，但恰恰就是有关这段案情的证言最为混乱，让人无法查证。

我也来综合分析一下，通过证人卫长征、宋镪、彭志华、赵晓华、马朝新一干人互相矛盾的证词可以判断,作为刑警,他们不是对事物的认知出现了问题和偏差,而最大的可能是他们面对专案组是言不由衷,似乎他们只能提供有利于案件侦查的信息,而当时案件侦破所指向的犯罪嫌疑人就是李慧、李文浩和董昀三人。

从这个角度看,丁全瑞通过佯装"健忘症"是在保全自己的独立人格,他的"健忘"甚至是值得尊敬的。

董昀就是在这种极其混乱的证言中被推上了帮助毁灭证据罪的被告席。不过,当审判长宣判时,他的罪名又成了包庇罪。很显然,法庭指控董昀的前一个罪名的证据是不够确实和充分的。

我们回到这份判处李慧、李文浩、董昀有罪的判决书上,判决书列举了43个证明他们三人有罪的证据,这些证据大致可以为分三类:第一类是前七条,以技术鉴定和检验报告等为内容的书证;第二类是最后两条,判决书明确列举的衣物和各被告人的户籍证明等;第三类是剩余的34个证据,都是证人证言和被告人供述支撑起来的言词证据。

下面,我们首先看第一类证据:

证据1是根据《现场勘验检查笔录》描述案发现场的基本情况;

证据2是根据马朝晖《尸体检验报告》、《尸体开棺检验报告》描述被害人的伤情及死因;

证据3、证据4是根据临汾市公安局检验报告、山西省公安厅刑事科学技术鉴定书认定,案发现场发现的左脚女式坡跟旅游拖鞋上留有马朝晖的血迹;

证据5根据临汾市公安局刑事科学技术鉴定书认定案发现场留有李文浩的血脚印;

证据6是根据山西省公安厅的物证检验意见书认定:(1)证据三、四中左脚女鞋上的血迹符合穿着状态下行走过程中形成;(2)现场的女式外套在衣袖、胸部和下摆处的血迹符合穿着未系衣扣状态下形成的;

证据7是根据临汾市公安局刑事科学技术鉴定书,认定案发现场留有董昀的鞋印。

法庭给杀人犯定罪离不开科学的技术鉴定。下面我们逐条分析一下临汾中院判处李文浩、李慧和董昀有罪都依据了哪些技术鉴定:

在上述证据中,只有证据5是直接指向李文浩的,判决书采信了临汾市公安局的鉴定意见,确定李文浩在现场留下了血脚印,但是,判决书回避了公安部后来重新鉴定的《物证检验意见书》,而这个意见书的结论是:"不能确定现场鞋印是否系犯罪嫌疑人李文浩所留。”对于公安部的检验意见，判决书做出了这样的取舍：“公安部物证检验意见书，虽然不能确定现场鞋印是否系李文浩所留，但也未予排除，法庭结合本案其他证据决定采纳临汾市公安机关作出的有关鉴定。”

纵观公安部《物证检验意见书》的全文以及翼城县公安局提供鞋印样本的实际情况，我认为，公安部《物证检验意见书》中的“不能确定”不能简单地理解为“确定不了”，而应当理解为“无从确定”，因为凶手在现场所穿的鞋并没有找到，翼城警方提供的鞋印样本是警方新买了一双鞋让李文浩穿上之后踩下的，由于两双鞋的鞋底“花纹波折方向不同”，公安部的鉴定意见说对鞋印“无法评断差异的性质”，所以，最后结论中的“不能确定”实际上是“无从确定”，这就从根本上否定了送检鞋印作为证据与这起杀人案的关联性。所以，一审判决中，合议庭对公安部的检验意见的理解是错误的，据此做出的证据取舍判断因此也同样错误。

在上述证据中，只有证据 6 是直接指向李慧的。山西省公安厅的物证检验意见书认定：(1)李慧左脚的一只鞋沾着马朝晖的血迹，而且血迹是在行走状态下形成的，但问题是，李慧右脚的鞋案发后还在现场摆着，而且干干净净，法官将如何解释？(2)现场的血衣是李慧杀人时所穿，但判决书回避了血衣内衬后背还有血迹的事实，若是李慧穿过这件衣服杀人，正如律师分析的那样，李慧要么是背过尸体，要么就是躺着杀的人。

在上述证据，只有证据 7 是直接指向董昀，董昀进过杀人现场，现场留有他的鞋印当然很正常。

但奇怪的是，临汾市公安局有关董昀的足迹鉴定形成于 2006 年 6 月 11 日，在此之前，案件已经侦查了将近 3 年，难道没有进行过足迹鉴定？而且，这个足迹鉴定是在董昀供认伪造现场之后才做出的，这种问供取证的方式都是违反常理和违反法律精神的。

此外，董昀的辩护律师还怀疑：临汾市公安局根本就没有刑事鉴定的资格。根据公安部的规定，鉴定人及鉴定机构在 2006 年 3 月 1 日后应取得鉴定人资格证书和鉴定机构资格证书方能从事刑事科学技术鉴定。律师曾当庭请求公诉人出示上述两个资格证书，公诉人均未回应。

第二类证据列举如下：

证据 42、物证，现场提取的苹果牌女式左脚旅游拖鞋、咖啡色女式上衣、黑色女裤；

证据 43、书证，户籍证明——证实各被告人的身份情况。

纵观第一类和第二类证据，当直接指向李文浩和李慧的鉴定意见存疑或可能被推翻之后,判决书所依据的有罪证据就只剩下证人证言和被告人供述了。

对于剩下的 34 个言词证据,辩护律师当庭提出了一系列相反或矛盾的证据动摇其真实性,但判决书以一种不合逻辑的理由,武断而草率地拒绝采信。

比如,李文浩的辩护律师胡晓勇当庭举证,李文涛自书材料证明,案发当晚,21 点 37 分 08 秒至 21 点 38 分 28 秒时,李文浩在李文涛家还与郭良山在通电话,判决书对此评判道:"有通话记录与郭良山自书的材料为证,法庭予以确认,但由于李文涛证言前后矛盾,法庭对李文涛自书的材料不予采信。"是什么原因造成李文涛证言前后矛盾,法庭为什么不调查其中的原因呢?

再如,胡晓勇向法庭提供了案发当晚的《中国电视报》及李文浩的自书材料,证明李文浩、李慧二人是看完电视剧《归途如虹》之后,也就是 21:40 分之后还在哥哥李文涛家闲聊并不在案发现场。判决书对此评判道:"案发当晚,二李在张永红家观看何电视节目,二人在侦查机关所述不一,对辩护人提供的《中国电视报》(复印件)和李文浩给其辩护律师所写信件不予采纳。""二李在侦查机关所述不一"的原因又是什么?法庭为什么不对被告人的无罪申辩进行调查呢?

更不可思议的是,对于董昀当庭陈述在公安卷中署名为"董昀"的讯问笔录均为虚假口供时,判决书不仅不予理会,反而将董昀的无罪供述直接就定性为"虚假陈述":"案发后,董昀指使并积极参与毁灭证据、伪造现场的行为已涉嫌犯罪,在其被公安机关立案侦查、羁押之前向辩护律师所做的虚假陈述,法庭不予采信。"

众所周知,办理死刑案件,对被告人犯罪事实的认定,必须做到证据确实、充分,确实、充分的含义之一就是要求证据与证据之间、证据与案件事实之间不存在矛盾或者矛盾得以合理排除。

而判决书在上述矛盾出现时,采用的唯一的排除原则便是:以公安侦查卷指证被告人有罪的证言和口供为准。如此一来,审判就变成了一个过场,判决书就成了一个形式。

此外,这份死刑判决还存在一大明显的缺憾,那就是判决书没有就庭审中最重要的争议焦点进行回应。

在法庭调查阶段,三位被告人及其辩护律师花费了很长时间和很大篇幅指证办案人员刑讯逼供,三名被告人泪洒法庭时,法庭一片寂静,审判人员也低头不语。等到宣判过后,众人才发现这"低头不语"的风范一直延续到了判决书里,在长达 20 页的判决书中,直到第 17 页的尾部才第一次提及"刑讯逼供”四个字：

对于被告人董昀关于起诉书对其指控不实，在公安机关的有罪供述系办案人员对其刑讯逼供所致的辩解。经查，没有证据证明被告人董昀在公安机关受到过刑讯逼供，其所做的有罪供述，有同步制作的音像资料佐证，客观全面地反映了讯问的过程，故对其辩解不予采信。

[见于山西省临汾市中级人民法院刑事附带民事判决书(2006)临刑初字第102号]

判决书单独回应董昀的相关指控，可能是因为他提供的线索更具体、详实有关，但即便如此，判决书中涉及李文浩、李慧的部分，有关刑讯逼供的情节竟然不着一字，还是出乎我的意料，哪怕你就是说上一句，“控告人未提供相应的时间、地点、人员，本庭无法查证”也行啊。

判决书是审判活动的最终载体，是法官办案质量和审判水平的综合反应，我个人感觉这份判书在被告人那里肯定没有取得有说服力的表达效果，若是公之于众，也不会产生警示和教育公众的社会效果。

以上就是我——一个粗通法律的普通公民在研读了临汾中院卫淑娟、吴淑敏和胡元峰三位法官的判决书后的直观感受，我认为这个判决根本就没有体现出一个中级人民法院判案应有的基本水准。

案件经四被告人上诉两年之后，2009年6月12日，山西省高级人民法院撤销原判决，发回临汾市中院重新审判。山西高院发回重审的理由如下：

本院认为，原判违反有关公开审判的规定，且未依法送达刑事附带民事起诉状，限制了当事人法定诉讼权利的行使，程序违法，且认定上诉人李文浩、李慧犯故意杀人罪、上诉人董昀犯包庇罪的部分事实不清，证据不足。

2010年6月7日、8日两天，临汾中院在翼城县法院第二次开庭审理马朝晖被杀案，由于是发回重审，这次开庭从程序上说还是一审。不过，面对和第一次审理时大同小异的指控证据，这次庭审有个显著的变化，那就是辩护人变得异常地自信，而且发言中闪烁着历史和人文的情怀。

在庭审接近尾声时，李文浩的辩护律师胡晓勇下了这样的结论：“经过两天的庭审，本案基本上已经能够彻底排除李慧、李文浩是本案的凶手。”

李慧的辩护律师更是语重心长地“告诫”司法机关：“这个案子给了我们一个

非常深刻的教训，要重证据，不轻信口供，如果违背了这个原则，必然出错……我建议法庭对被告人宣判无罪。”

董旳的辩护律师说：“我们都在接受证据的考验，接受法律的考验，接受人民的考验，对于公安机关至今没有查到确切的证据而感到遗憾……法庭应当对董旳作出无罪判决。”

四个多月后，也就是2010年10月20日，法院对第二次一审的结果进行宣判，李慧被判处死缓，李文浩、董旳、李翠仙的判决结果和第一次一审的判决相同。

对于李慧的从轻发落，判决书作了如下解释：“被告人李文浩、李慧共同实施犯罪，均系主犯，应对犯罪结果承担责任；被告人李文浩在双方发生厮打时首先持刀捅刺被害人，其行为导致矛盾升级，其在共同犯罪中的作用更大。”

此外，这份判决书还首次对刑讯逼供问题进行了全面的回应：

> 关于被告人李文浩、李慧、董旳提出其有罪供述是侦查机关刑讯逼供、诱导所致的辩解，经查，虽有证据证实被告人李文浩、李慧、董旳被带至绿苑宾馆接受讯问，但各被告及其辩护人未提供其他证据证实各被告在侦查机关曾受到刑讯逼供和诱供，故对上述被告人的该辩解不予支持。
>
> [见于山西省临汾市中级人民法院刑事附带民事判决书(2010)临刑初字第36号]

四名被告人对判决不服，再次提起上诉。

2012年3月7日，也就是将近一年半之后，山西省高院以“事实不清、证据不足”为由，第二次将案件发回重审。

2013年11月25日，临汾中院第三次就此案开庭审理。这个案件从第一次开庭审理到这时，已经走过了8年的历程，但在法律程序上一直都是原地踏步——还是一审。

2014年1月27日，第三次一审进行宣判。这次宣判的地点非同寻常，是在翼城县看守所的院子里；时间也有些特殊，1月27日已经是农历的12月27日，离春节还差四天。

那天前去宣判的法官叫董云，宣判头一天的中午他给李文浩的辩护人蔺文财打电话通知宣判时间。董法官在电话里说：“您好，蔺文财吧，我是董云。”

蔺文财听了一阵激动，中央出台防止冤假错案的指导意见还没多久呢，董旳这是给放出来了？他吃惊地重复了一句：“董旳(云)？”

对方强调了一下:“我是临汾中院的法官董云。”

老蔺这才如梦方醒,对于第三次一审的结果,看来他是过于乐观了。

老蔺最后答复董法官说:“我争取明天上午赶到翼城,如果赶不到,请将判决书留在翼城看守所。”

其实,蔺文财不是律师,他是一名活跃于网络的民间维权人士。

据说,他早年办过企业,后来经历一场连年不绝的官司,企业半途而废。此后,他自学法律,久病成医,官司过后便在北京成立法律咨询中心,专门开展法律咨询服务。近些年,他还经常以公民身份代理案件替当事人出庭打官司,他的法律学养不算深,但他敢想、敢说,敢在网上发帖和司法部门“对着干”,经他之手翻过几起较有影响的冤案,因此,总有人慕名找上门来请他帮忙打官司。

老蔺买了火车的站票埋没在春运的人潮中如期赶到。宣判这天上午,阳光并不灿烂,轻度雾霾之中,翼城县看守所的院子里摆了一张桌子。这是一个天地为证的露天“法庭”。

宣判时,董法官和书记员站在桌子的一边,桌子的另一边站着三名被告人:李文浩、董昀和李翠仙。李文浩和董昀戴着手铐和脚镣,阳光下透着阴冷。李慧因羁押在临汾市看守所,没有到场接受宣判。

法官没有全文宣读判决书,而是从最后的结论部分“本院认为”开始念:“……被告人李文浩、李慧共同故意杀人,手段极其残忍,情节极其恶劣,后果特别严重,二人作用相当,均系主犯;但鉴于本案系因婚姻感情矛盾引发,且系临时起意,故对其判处死刑,可不立即执行。”

结果,作为第三次一审,这次李文浩被判处死缓,其他判决结果和以往相同。

宣判完毕,三人再次当场表示还要上诉。法警把李文浩、董昀押回监室,他俩双手被铐着,像是捧着刚收到的判决书一样,迈着小碎步往回走。走了几步,董昀回头看见父母,轻声说了一句:“你们招呼好身体,我是被冤枉的。”

宣判之后,李文浩的母亲照例又是大哭着喊冤。看守所的民警和李文浩的父亲扶着她,把她劝出了看守所。

下午,蔺文财会见了李文浩,李文浩对自己最终将获得无罪释放的结局充满了信心,他说:“除了口供,现在没有一个证据证明我去过现场、杀过人了。”

的确,这一次,法院的判决把临汾市公安局有关李文浩在案发现场留有脚印的鉴定意见也给否定了,指控李文浩有罪的证据就剩下口供了,真不知接下来的法官该怎么做判决。

俗话说,巧妇难为无米之炊,套用过来,是不是可以说,法官难为无凭之判呢?

第十四章　调　　查

在记录马朝晖被杀案的侦查、审判过程中，我的脑海里留下了一连串的问号，比如，到底死者手中是不是真的捏着毛发？那毛发到底是谁的？后来怎么又会在公安局给弄丢了呢？周海清供认了杀人的事实，并能凭印象画出凶案现场的平面图，警方怎么对他如此明显的作案嫌疑就视而不见呢？对李文浩、李慧和董昀的刑讯逼供真的存在吗？他们还需向法庭提供什么证据才能让法院启动非法证据排除程序呢……我从书店买来《刑事侦查学》、《法医学》的教材，匆匆阅读之后便于2014年春天秘密“潜”入了翼城和临汾。

通过《刑事侦查学》我知道，在刑警可以使用的70多种侦查行为中，我只有一种，那就是询问。我的调查，本质上还是采访，但是，这时的采访和侦查又有着一个本质的相同点，那就是为了获取真相，让当事人说真话。“真话”并不能等同于“真理”，“真话”只是藏在当事人心底里的真实的所见与所闻，但是，有时得到真话比知晓真理还难。

毛　　发

案发后，从警方那里传出消息说，现场从被害人手中提取了三根毛发，但是在案发半年后，警方那里再次传出消息：毛发丢失了！与此同时，警方对李慧、李文浩解除监视居住。

这个结局让马朝晖的姑父——在县公安局法制科工作的张义、马朝晖的姨父——在治安科工作的李福喜先后跑到技术科向指导员贾红生询问毛发的事情。

随后，这件事在翼城县引起了轩然大波，李翠仙的神通广大被传得神乎其神，贾红生就听到有人议论说：毛发送到了公安部化验了，李翠仙又通过关系把毛发拿回来了。

现在，首先必须明确，毛发是否真的存在？

翼城县公安局刑警一中队是当年最早受命侦查该案的办案单位，当时的中队长是徐运生，我在电话里直接就问他：“您见过毛发吗？”

徐运生答：“没有见过。”

我听了，心里“咯噔”一下，赶紧追问说：“不可能吧，现场勘查时，那么多人都说见过，难道都是在撒谎？”

“勘查时我不在场，我又不是法医，当时没在场，毛发的事情是后来知道的。”

一问一答之中，感觉徐运生躲躲闪闪，这让我真切地感觉到“毛发”问题直到现在仍是一个敏感话题。有就是有，没有就是没有，这么多年过去了，何必还要遮遮掩掩、拖泥带水呢？要知道，10年前翼城县公安局的《尸体检验报告》里白纸黑字地写着“刑警一中队中队长徐运生等参加”尸检。

后来，在翼城，我找到曾经参与勘查现场的常小林，他明确地告诉我：“提取毛发的情况肯定是存在的，这是我亲眼看见的。”

倒退到10年前的那个春天，常小林正在流言中煎熬着，因为翼城盛传是他把毛发给弄丢了，所以，如今，当他毫不迟疑地向我肯定毛发的存在时，这让我感到有一丝意外。

当然，看见毛发的不止他一个人，那天出现场的还有翼城县公安局的法医吕龙，他对提取这些毛发的情况作了更为精细的描述，实际上，他看见从死者身上和手上发现的毛发根本就不止三根，而是七八根：

在死者胸前发现了三四根10厘米左右的毛发，具体颜色记不清了，但不是黑、硬的那种；在死者手上伤口处有三四根10厘米左右的长发，延伸至指缝间，也不是黑、硬的那种，提取物证的是市局的侯辉强，他把胸前的和手上的毛发装到了一个物证袋里，侯辉强和苏诗强还取了死者的十指指纹，我记得提取的物证应该是放到了市局的勘查箱里。

（见于2006年3月24日公安刑事侦查卷第八卷询问笔录，侦查员：杜永明；地点：翼城县金都宾馆211房）

当时在现场进行勘查的还有翼城县公安局技术科指导员贾红生，他确定警方当场提取了其中的三根毛发，而且是市公安局的刑侦技术人员提取并保管的：

在死者胸前、袖口和右手的伤口和指缝间提取有毛发。胸前提取了我记得好像是两根，大概有10厘米左右长的头发，不黑，有点儿发黄，好像是染过的。手背上和指缝间我记得只提取了一根，颜色有点黄，不是黑、粗的那种。在袖子上提取了几根不清楚，大约十几厘米长，颜色跟上面我说的差不多。当时在袖子上还有一块小泥巴，把小泥巴和毛发提取后放到了一个物证袋里。提取物证，不是侯辉强就是韩智慧，侯辉强从市局的勘查箱里拿的物证袋，提取完后应该是放到市局的勘查箱里。

（见于2006年3月24日公安刑事侦查卷第八卷询问笔录，侦查员：杨生庆、杜永明；地点：翼城县金都宾馆211房）

参与现场勘查的公安人员之所以会在案发3年后接受上级公安人员的询问并制作上述的笔录，这是因为有关这几根毛发，从发现它们开始，在警方那里就怪事不断。

怪事一：市、县两级公安在案发次日上午联合进行尸检，日后形成的尸检报告只提到，尸体“胸部可见三根毛发”，并没有提及死者手上也有毛发。

在这份报告上签字的鉴定人共有四位：韩智慧（临汾市公安局刑侦支队副支队长）、侯辉强（临汾市公安局法医）、贾红生（翼城县公安局技术科指导员）、吕龙（翼城县公安局法医）。

怪事二：案发后，在市、县两级办案人员参加的案情分析会上，被害人胸前、手上提取了毛发——如此重要的直接证据，竟然无人提及。翼城县公安局的法医吕龙当时感觉到反常，可惜，他没有当场站出来提出自己的质疑：

10月3日晚上，在北关宾馆，市局参加勘查的人都在，我们局的人有李德宝（副局长）、技术科全体人员，吉（绍文）局长好像也在，但汇报的时候，没有人提到过毛发问题，我还感到奇怪，但是也轮不到我说。

（见于2006年3月24日公安刑事侦查卷第八卷询问笔录，侦查员：杜永明；地点：翼城县金都宾馆211房）

常小林介绍说，当天晚上的现场分析会以临汾市公安局为主，市局刑侦支队技术大队大队长张海利汇报现场勘查情况，刑侦支队副支队长韩智慧负责汇报尸检情况，县局的人基本说不上话。

怪事三:如此重要的物证不被提及,不去鉴定也就罢了,更加荒唐的结局是——最后毛发在公安局都给弄丢了,以下是法医吕龙的笔录:

2004年4月份,市局韩智慧给贾红生打电话让找毛发,我才知道毛发丢了。

……

贾红生问过我毛发是谁提的,谁保管的,我说是市局提取,放在市局的勘查箱里,至于移交给谁了,我不清楚。

……

毛发丢失后,开始大家都说是技术科把毛发丢了,后来传说我和贾红生把毛发弄丢的。大家都说这个毛发丢得很蹊跷。有过种种猜测和议论,认为这几根毛发的丢失是有目的的。

(见于2006年3月24日公安刑事侦查卷第八卷询问笔录,侦查员:杜永明;地点:翼城县金都宾馆211房)

怪事四:毛发丢失了还不算,后来就连有关毛发的现场照片也不见了。按贾红生的说法,有关毛发的照片也是市局的人丢失的:

2004年天热的时候,市局成立了“10·2”专案组,县局的王顺光政委任组长,我们到了市局的刑侦支队,在那儿我第一次见了我们县局拍的照片,已贴好了,上面没有关于毛发的照片。当时我们讨论过这个问题,卫长征在政委办公室还说他见过毛发的照片。

(见于2006年3月24日公安刑事侦查卷第八卷询问笔录,侦查员:杨生庆、杜永明;地点:翼城县金都宾馆211房)

以上是我了解的有关毛发的第一个版本:毛发提取后由市局保管,毛发及毛发照片丢失的责任在于临汾市公安局。

第二个版本是:毛发在翼城县公安局技术科丢失,相关责任人是常小林、法医苏诗强和内勤马明瑞。

苏诗强以下的证词日后在法官们的判决书里被反复引用,作为有罪证据对常小林等人进行了指控:

案发后大约20天左右。有一天,常小林把我叫到他办公室,交给我现场提取的毛发和物证袋，就是白色透明的，里面装有毛发，让我交给马明瑞，我拿着物证袋到马明瑞办公室要进门时，马明瑞就往出走，我就叫住她说："科长常小林让我把这个物证袋交给你。"

她说："行吧，你放到桌上就行。"

然后，她就出去了。我就把这个物证袋放到她办公桌右手第一个抽屉的一堆文件下面，我随手把门关住，然后又去了常小林办公室，去那儿，我见马明瑞也在，我对她说：

"我把那个物证袋放到你办公桌右手第一个抽屉里了。"

她说："行。"

当时常小林也在场，常小林没说什么，然后我就走了。

大约又过了十天半个月以后，常小林把我叫到他的办公室，问我要那装着毛发的物证袋，然后我找到马明瑞问她要，她不承认，一口咬定没有，我就与她吵起来，我们吵架时，旁边还有谁我记不清了。然后，我去了常小林办公室，说马明瑞不承认有那个物证袋，我就与她吵了几句。常小林没有说什么，从此就再没有人提这个毛发和送检的事了。我和马明瑞因为这个事吵的时候，社会上和局里还没有传毛发丢失的事，大约十天半个月之后，社会上和局机关就传开说毛发已经丢失了。

（见于2006年3月26日公安刑事侦查卷第八卷询问笔录，侦查员：杜永明；地点：翼城县金都宾馆211房）

苏诗强接受询问的次日，马明瑞被请进了翼城县金都宾馆，面对专案组的杨生庆和杜永明，她不仅否认与苏诗强发生过争吵，反而提供了毛发丢失的另一种路径：

问：你在技术科和哪些人有个人恩怨或发生过矛盾冲突？

答：贾红生在我刚上班的时候，他没事找事与我吵过一次架。

问：那么其他人呢？

答：没有了。

问：除去贾红生之外，你们科里其他人不会别有用心地栽赃陷害你吧？

答：不会。

问：那你能不能实事求是地谈一谈，马朝晖被杀一案的毛发物证袋是怎么丢失的？

答：大约是2004年夏天，吕龙拿着装有毛发的物证袋给我，说这是"10·2"案件的毛发，保管好。我就把毛发物证袋放进保管物证的柜里。后来，市局的韩智慧因为办案从我那儿借过毛发,还给我打了条子。

(见于2006年3月27日公安刑事侦查卷第八卷询问笔录,侦查员:杜永明、杨生庆;地点:翼城县金都宾馆211房)

按马明瑞的说法,最终丢失毛发的责任还在临汾市公安局,只不过这次不是市局直接从案发现场把毛发提取后弄丢的,而是从翼城县公安局借走后弄丢的。从马明瑞的询问笔录的字里行间可以看出,专案组传唤她,本意是想通过她来证实苏诗强的说法,但是这种尝试并未达到目的。

从笔录上记录的时间来看,对马明瑞的询问,结束时间是27日上午10点25分,10分钟后,也就是10点35分,专案组又开始了另一场询问,询问对象是苏诗强的哥哥苏诗军。这一次,苏诗军的笔录最终证实了苏诗强的说法。苏诗军的笔录里主要谈及了两件事情:

第一,苏诗军说,弟弟和马明瑞吵架之后精神压力非常大,就把事情的经过跟他谈了,他回答弟弟说:“这事我不在你们那儿,也不清楚,只要有人问你这个事,你就如实地讲。”

我注意到,在哥哥苏诗军的询问笔录中,有关其弟与马明瑞之间发生争吵的证词,从重要情节、关键字句到一般性的描述,都与头一天苏诗强笔录中的文字高度统一,这令我对兄弟俩在描述和转述过程中的稳定性感到十分吃惊。这份笔录的真实性令人生疑。

第二,苏诗强接受专案组询问的头一天,他在翼城专门给哥哥打了一个电话,说县公安局刑警大队长翟铭晋打电话叫他回来,他已经从太原回来了,明天要跟专案组谈毛发的事情,苏诗强有些担心地向哥哥交待说:“我去了就实话实说,可是不知道人家还让我回来么,如果不让我回来了,你们也知道我在哪儿。”

苏诗强说这话的背景是,昔日的技术科科长常小林已经被刑拘,作为常小林的旧部,这件事情想必他们很快就知道了,并且对他们震动一定很大,所以,在面对专案组之前,苏诗强会把最坏的结果提前告诉哥哥。这说明他在接受询问之前怀着极大的恐慌心理。

按苏诗强的说法,常小林是毛发丢失的当事人,但是,在常小林被刑拘和逮捕后的笔录中,他从未承认自己曾把装有毛发的物证袋让苏诗强转交给马明瑞。即便在苏诗强做完笔录的3天后,专案组的杨生庆和朱平专程来到曲沃县的看守所提审常小林,他也未提及自己曾把毛发交给苏诗强的事情。甚至,面对专案组的追问,他连苏诗强和马明瑞吵过的事情也表示不甚清楚:

“我听我科里人讲，是谁我记不清了，说马明瑞不知为什么事，跟科里的同志吵过架。”

讯问人接着又问：“你是真的不知道有这么回事吗？为什么事而吵架呢？”

常小林：“是有这么回事，但我确实不知道马明瑞为什么吵架。”

我就上面的说法当面向常小林求证，他说：“当时公安和检察院为马朝晖这个案子都联合发通告了，专案组已经形成了一种案件不突破不行的高压态势，当时已经造成了这样一种局面，不按人家的意思说，感觉就是不老实一样，遇上人家问啥，咱说‘记不清’，这就是很厉害的对抗了，人家都很不高兴。”

我问：“你能不能告诉我，关于毛发的问题，你认为的真相是什么？”

他回答说：“我知道的实际的情况是，市局提取了毛发，然后他们带走了，后来他们说毛发丢失了，然后又怪到我们这里。检没检验，结果是啥，我不清楚。我在看守所里的说法，要么是迫于压力那么说的，要么就是审讯的人自己加上去的。我并不想说违背事实的话，但是实在没有办法。”

说完，常小林沉默了一会儿，我也不说话，等他继续说：“你想，作为法医，苏诗强只是一个临时人员，不是在编的警察，科里那么多有经验的技术人员都上了马朝晖的案子，毛发这么重要的证据是不会轮到他来经办的，而且重要的事情我一般不可能单独交给一个编外人员去办的。勘查现场，苏诗强是个外围人员，只是听安排，打打下手。”

我说：“说不定就像苏诗强猜测的那样，正因为他是编外人员，好对付，所以你就给他下了个套嘛。”

常小林又解释说：“你想，我是技术科长，要是毛发保存在咱手里，咱自己再把它偷走，这不等于是找死吗？如果真想毁灭证据，偷梁换柱是比较稳妥的办法，那就是到理发店拣三根差不多的头发，然后换掉现场提取的那三根头发，这比啥都强，你就是拿去验，也验不出个啥球。”

听了他的话，我心里一颤，这人听起来还真是很“危险”啊，我顶了他一句说：“这是你现在才想到的吧，当时一定是一时犯了糊涂，才犯下这低级错误吧？”

知道我有意和他抬杠，他笑笑，不做声，转头看着窗外。一场春雨正降临翼城，雨滴打在玻璃上叭叭直响。

我心想，不管危险不危险，这个人的脾气还真是好。

常小林想把毛发丢失的责任推得一干二净，现在他的所有口头辩解其实都是多余的。在我看来，他手中可以提供的真正有力的证明是，襄汾县法院在对他的一审判决中，是以泄露国家秘密罪判处他有期徒刑三年的，而不是当初翼城县公安局刑拘和逮捕他的罪名:帮助毁灭证据罪。

这个判决结果说明,司法机关最终并未认定他就是毛发丢失的责任人,他的罪行主要是从现场盗取李慧与马朝晖的“离婚协议书”、将现场勘查照片让李慧及其家人过目、向李家人分析案发现场的毛发、血衣、足迹等案情,由于上述情况在案件侦查阶段均系国家秘密,所以,他所犯的是泄露国家秘密罪。值得一提的是,经常小林上诉后,临汾中院以原罪名改判常小林有期徒刑二年。

和常小林见面的第二天,我想通过电话约马明瑞见个面,再查证一下她和苏诗强“吵架”的事情。

她刚听我说到“马朝晖案”和“毛发”的字眼儿,说了声“信号不好”就给挂了。这之后,我用手机再打她的电话,她就不再接听了。我回宾馆又用本地的电话拨通她的手机,里面一个女声说:“瑞瑞,你的电话。”当我确认她是马明瑞,一开口说到“马朝晖案”时,她便又把电话给挂了。

我没有勇气再“骚扰”她,就转而给苏诗强打电话,问他当年是不是为了毛发丢失的事情和马明瑞吵过一架,他很客气地在电话里回答我:“哎呀,我在太原呢,我早就不在公安局干了,时间长了,那些事情也记不清了。”

在结束毛发调查之前,我给法医吕龙打电话联系见面,同样被婉拒,他说他已经离开公安局了,案件的事情已经记不清了。

见面已经没有必要,有关毛发的往事对于他们来说不堪回首,现在说什么都会令他们左右为难,保持沉默是他们的权利。

案件到了审理阶段,毛发问题仍然是个谜。2013年,李慧在法庭上提供了一个最新的说法:2006年在绿苑度假村被关押期间,警方曾经提取过她的头发,说是要拿去化验。但是,始终不见化验结果公布。

李慧据此在法庭上说,“2006年羁押我期间,毛发还是存在的,否则提取(我的头发)没有意义”,顺着她的推理往下走,我得出了一个更加大胆的结论:若是毛发还存在,并且经过了鉴定,鉴定结论肯定不是李慧的。原因很简单,毛发若是李慧的,马朝晖案早已尘埃落定。

专案组最后对毛发的态度显得麻利而干脆——不找了,找着也没用:

> 现场从死者手上提取的毛发丢失,虽经艰苦查证,但始终未能查明毛发丢失的原因及相关责任人。我们认为:丢失的毛发即使找回,但时隔数年,也难以确定真假,即使经科学检验,作出鉴定结论,也失去了法律意义上的证据作用。
>
> (见于2006年6月20日翼城县公安局“2003·10·2”专案组的《侦查终结报告》)

在这里,我倾向于同意专案组的意见。当然,前面还得加上三个字:“不得不”。

时 间

这个案件里有两个关键的时间,一个是案发时间,另一个是李慧、李文浩在案发当晚离开李文涛家的时间。

起诉书里说案发的时间是9:30分,而李文涛一家人一开始都证明李慧、李文浩离开他家时已经10:30分了,而在警方的压力之下,他们一家三口被迫都改了口,李文涛说是9:30,剩下的母子俩都说记不清了。

多年以后,我和当年的专案组抱有同样的疑问,李文涛一家三口为什么敢一口咬定,他们送走李慧、李文浩的时间就是10:30,是不是经过了串供呢?

在翼城,我打李文涛的电话想约他见面,结果,他们夫妇俩到北京住在儿子李哲家,正看病调养呢。

于是,我和他们一家三口是在北京见的面。当年被警方传唤过两次的李哲如今已经大学毕业,在北京的一家公司工作。

我问他:“那天送你小爸出门的时候,你真的确定是10:30分吗?”李哲在给警方的笔录里都称李文浩“小爸”。

李哲答:“我出来的时候,真的看了一下表,是10:30,因为我们家的钟特别显眼。”

李文涛在一旁解释说:“我以前开过饭店,那个挂钟是个北极星石英钟,原来是挂在店堂里的,后来饭店不开了,取回就搁在家里的矮柜上。”

经过李文涛测量,他家的北极星石英钟宽80厘米、高65厘米

他们一家人互相补充着介绍说,当时为了方便李哲上中学,他们临时借住在离学校比较近的孩子姑姑家,那个客厅十五、六平方米,除了沙发、电视、茶几、饭桌、椅子和矮柜,没有什么别的家具和家电,那个石英钟十分显眼，坐在房间里，视线想绕过它都不是件容易的事情。

李哲说，2004 和 2006 年，他念高一和高三时，办案人员两次找过他，他都提过 10:30 分的事情，但是，没想到警察没有记到笔录里。

当他第二次接受警方询问时，离高考还差 23 天，5 月 15 日，他被一辆警车从学校接走，从翼城带到了临汾的绿苑度假村，后来才知道，那就是关押他小爸的地方。由于当时李哲还是未成年人，父亲作为监护人陪着他在绿苑度假村还住了一宿。那一夜，别说父子俩没怎么睡，在翼城的爷爷、奶奶和姑姑也没有睡成觉，李文涛的妹妹李艳萍告诉我，她在父母那里在煎熬中等了哥哥、侄子一整夜。

在 2006 年 5 月 16 日上午做笔录之前，办案人员与李哲谈话时反复提到了“高考”，这让他感到了一种无形的压力。后来，在做笔录时，他提到了 10:30 分，但询问他的秦银平和翟铭晋没有反应，他只好在长久的思考之后说：“我没有注意几点了”。这句话，最后出现在了公安所做的笔录里。

另外，在翼城时，我最想见到的人还有李娟，判决书里引用了她的证词说，案发时间是晚上 9:45 分。

案发当年，李娟在隔壁邻居王建设家当保姆，王建设家位于李慧家西面，中间隔着一道三米多高的院墙，判决书里以她的证词为依据，认定案发时间为 2003 年 10 月 2 日晚 9 点 45 分。

2014 年 4 月 1 日上午，我和李娟约好下午三点在她的工作单位——翼城县人民医院见面，可是，下午当我按时来到医院，打她的电话时，竟然无人接听。等了半个小时，依然没有和她联系上。我决定到她上班的科室去找她，先在大厅宣传栏里优秀护士的照片中寻她，没有；又问了 N 个白大褂，终于了解到，她现在在一个科室里做医疗费的统计员。到了她所在的科室，当班的同事惊讶地告诉我：“李娟上午就请假了，说她下午不过来了，你们怎么没有约好呀？”

我听了这话心里很生气，难道就这样要在翼城县过个愚人节吗？我决定，她不在我也不离开，并且故意在她科室所在的走廊里徘徊。这时，护士站里不时有人伸头出来看我一眼。这就是我想要的效果，我相信她们一定会向李娟通风报信儿的。

果然，不到半个小时，李娟给我打来了电话，她怨我不应该到她的科室去，弄得同事以为她在外面惹了什么事情。她说她的一个亲戚搬家，上午临时请了假，她把约好我们见面的事情给忘了。

她在电话里并没有表达一丝歉意，这已经不重要了，是我打扰了人家平静的生活，该道歉的是我。上午我已经向她说明了来意，想必中午她一定是向家人征求了意见才决定避而不见的。最后，她只愿意在电话里和我聊聊，于是，没有机会铺垫，我只能单刀直入地向她核实案发的时间：

问：案发的第二天早上公安找你做过笔录是吧？

答：人家就是问了一下，没有做笔录，应该是没做笔录。

问：你跟公安说你听到隔壁有动静是什么时间呢？

答：我真的不知道，我给忘了，这个事情都十年了吧。

问：什么都十年了，十一年了，真难为你了。

答：你看，根本就记不住了。

问：那先从你的生活习惯说起吧，一般晚上你是几点睡的？

答：一般我是9点半就睡觉了，我不知道那天晚上到底是几点睡觉的。

问：你当时跟他们是怎么说的，你听到动静的时间是几点呢？

答：应该是九点左右吧，应该是吧，一般9点半我就睡觉了。而且我在他家是在后院住呢，不在一个院儿，出事的地方是在前院儿。

问：判决书你没有看到吗，里面说你听见男的女的吵架，还有东西倒了，你到底听到了什么？

答：好几拨人问过我了，那肯定是后半夜我听见的，后半夜我住在后院听见的。发生在凌晨一两点，人哭呢叫呢，我就听见了。

问：哦，那是后半夜的事了，你肯定听到的是那个案发后的声音。你睡觉前听到了什么声音是吗？

答：我在家里看电视，也没有出去，狗叫了两声，我就叫了两声狗（"叫了两声狗"，意思就是训了狗两声）。

在这次对话中，比较靠谱的信息有三条：

1. 李娟的生活习惯一般是9点半就睡觉了；

2. 李娟看电视时听到了狗叫声，说明当时有某种异常的动静，她回忆时间可能是9点左右；

3. 李娟听到男女的哭叫声是在后半夜，实际上是马朝新和李慧之间的争吵。

综上所述，李娟在2004年10月26日的公安笔录中说她听到狗叫声时是晚上9:45，这个说法并不可靠。更何况，笔录上的9点"45"分是由"40"更改而来，而且被询问人没有捺过手印，并未表示同意更改。

李娟的说法将案发的时间提前到了9点左右，结合本案的现有证据，我倾向

于认为,案发的时间应在8点到8:30分之间,证据如下:

1.案发当晚,吴超、胡克文夫妇和四个工人在马朝晖家后院安暖气,据2004年8月22日的笔录记载,晚8点30分,暖气管道安好,需要试水,吴超在后院敲门,马家无人应答。后院大门距离客厅的直线距离也就2米左右,他敲了两三下门,力度适中,正如吴超所言,“如果有人的话,应该能听到”。

那么,马朝晖会不会是不在家呢?马朝晖的同事王玉林于2003年10月3日接受警方询问时说,案发当天晚上,他去马朝晖家和他见过面。当时,马朝晖在客厅里戴着耳机玩儿电脑游戏,“具体是几点我没看表,大约可能是晚上8点多”。王玉林是这个世界上,现在已知最后一个见到马朝晖的人。

这说明案发前,马朝晖一直是在家的。当时,吴超等人还看到,马朝晖家的二楼亮着灯。根据周海清的供述可推测,这时,周海清和马卫海已经杀了人,正在他家楼上楼下地翻东西。

这些情况是不是让我们有理由推断:马朝晖在8:30分已经被杀死在家中呢?

我的回答是肯定的。吴超说的这个时间之所以可信,因为在同一份笔录中,吴超还说,他们敲完马朝晖的家门,回到旁边的铁路家属院侯星华家吃饭时,“中央一台播的电视剧快完了,几个人洗完手后,电视剧就完了,我想我们去时大概是晚上8点50分左右”。

侯星华是李慧的初中同学,也是北关幼儿园的老师,她所住的铁路家属院就在李慧家旁边,走过去最多也就需要5分钟的时间。

根据当年《中国电视报》的节目表记载,中央一套当晚播出的电视剧是《归途如虹》第13、14集,电视剧开始的时间是19:55,两集电视剧播完之后《科技博览》开始的时间为21:49,刨除广告时间,电视剧结束的时间应该在21点45分左右,所以,据此推测,吴超所说的8点50分左右“电视剧就完了”,应该是指《归途如虹》第13集刚刚播完。

我通过网络下载了《归途如虹》的第13集,带片头及片尾曲的总时长是46分50秒。按19:55开始播出,当晚播完第13集的时间大约是晚上8:42分。经实地测算,从8:30敲完门,到他们走到旁边的侯星华家并洗完手,12分钟的时间恰到好处。

吴超的妻子胡克文在公安笔录里对于上述时间还有不同的说法,但都没有佐证,仅是孤证,唯有这次,吴超以电视剧的播出进程为参照所提供的时间节点极其准确且各要素之间相互印证,编造的可能性很小,因此,我认为吴超说的话是可信的。

此外,2006 年 7 月 25 日,两位律师也曾就上一问题询问过吴超,吴超的证词在表述方式上与以往的证词有所不同,但所证明的时间和前文推理得出的时间完全吻合:

问:你们几点钟安装完暖气的?

答:八点多,不到九点。我到李慧家敲门,准备试暖气,但没人。

问:干完活你们做了什么?

答:就吃饭了,到隔李慧家一条路的铁路家属院。

问:吃完饭几点?

答:一直也没看表,九点多钟了,因为还喝了两瓶酒。

问:喝的什么酒?

答:玉堂春,白酒。

(询问人:山西黄河律师事务所律师刘刚、陈国江,见于 2010 年临刑初字第 36 号,临汾中院卷宗二)

2. 根据警方出具的尸检报告显示,马朝晖胃内未消化的食物呈糊状,可见白色基本成型的面条。法医学实践经验认为,"根据死者胃肠内容物消化程度,可以推测死亡距最后一次进餐的时间,从而大致判断死亡时间……如胃内食物已经变软,但外形仍较完整,约在餐后 1 小时死亡。"(见于《法医学》,四川大学出版社 2013 年 8 月第四版,第 46 页)

尸检报告说马朝晖"胃内容呈糊状,可见白色基本成型的面条,量约为 200ml。"

胃内食物"呈糊状",显然是"已经变软";"可见白色基本成型的面条"显然就是"外形仍较完整"。柔软易消化的面条经咀嚼后"外形"仍然"较完整",若尸检报告的文字描述是准确的,我们应该得出这样的结论:马朝晖是餐后约 1 小时死亡的。

马朝晖到底是几点吃的饭,我们不得而知,但是,据当天八点来钟最后一个访问者所见,马朝晖当晚在客厅里戴着耳机玩儿电脑游戏,按一般的生活经验,这种状况下,一般的饥饿感是难以消解当事人的玩性的,若在 6 点和 7 点之间选择一个可能的进餐时间,7 点吃饭的可能性显然更大,结合第一条证据推算,马朝晖 8 点来钟死亡的可能性同样很大。

3. 2004年3月14日，据周海清向警方交代，他和马卫海是在晚上8点来钟将马朝晖杀死在家中的。

刑　讯

在临汾中院的三次庭审中，李文浩、李慧和董昀在法庭上都提及他们在临汾的绿苑度假村遭受到了刑讯逼供。在前两次一审开庭时，被控告的公安机关都没有直接回应三人的控告。直到第三次一审开庭，参与办案的公安人员才分别出具书面证明材料，否定了三名被告人的当庭指控。

以杨生庆的《证明材料》为例，第一段他介绍了自己的姓名、性别、年龄、文化、家庭住址、工作单位等身份信息，第二段否定刑讯逼供就是简单的一句话：“2006年2月至5月，我参加过翼城县居民李慧、李文浩涉嫌故意杀人(受害人马朝晖)一案的侦查工作，在办案期间，我没有任何刑讯逼供行为。”

专案组其他人员，如朱平、李晓强、高蛟生等人的《证明材料》基本上如出一辙，都是一种格式，相同的说法，一口否认刑讯逼供。另外，当年参与办案的雷震、秦银平、李仆，或因病或因车祸已经不幸去世，所以，《情况说明》里未见他们的说明。

控告人想从办案人员那里获得他们刑讯逼供的证据，几乎就是与虎谋皮，可以说是此路不通。

从翼城回京之前，我在临汾停留了一晚。

这一晚，我见到了一位在8年前曾经参与执行那次特殊任务的武警战士。当年的这名战士现在仍是现役军人，他不希望我透露他的姓名，所以我在文中暂且称他为武警A。当年看押董昀的武警有宋玉圣、叶锦佳、智国和张玉红等人，武警A就是其中之一。

武警A介绍说，2006年2月，过完春节没几天，他们和十几名战友接到紧急任务到临汾的绿苑度假村执行看押任务。他负责看守的是一个作伪证的胖子，他原来也是警察。胖子住105房间，屋里的窗帘整天都拉上，屋里不关灯。胖子屋里没有床，他整天就坐在一把铁椅子上，戴着手铐和脚镣。那椅子设计得很不人性化，人坐在上面，脚挨不着地，脚镣就那么悬着，时间长了，脚就肿了。武警住在“犯人”的隔壁，24小时轮班，2小时一班，后来换班时间也不固定，看心情(笑)。武警一班两人是雷打不动，屋里一个人，屋外一个人。屋里每次还有一名警校的学生和武警一同执勤。看守人员在屋里坐着，几乎和“犯人”面对面。胖子吃喝拉撒都在屋里,上厕所也不能关门,由外面的人看着。到后来相处时间长了,胖子要烟抽时,他们还会给他根烟抽。有时他在铁椅子上睡着了,他们也没有马上把他推醒,能睡会儿就让他睡会儿。

武警A说胖子是个"高人",印象中,他们相处一个来月,他从来就没有告诉过胖子自己叫什么名字,没想到他能叫出这么多武警的名字,而且还都八九不离十。被关的,还有个女的,在把角的屋里住着,因为吞针自杀,武警A进过那个房间,他说好像是个套间,屋里除了那把铁椅子,地上还有个床垫,有个绰号叫"老处女"的女民警陪她一起住。另外还有个男的,瘦高个儿,说是杀人了,文文弱弱,有点儿娘气,看起来不像能杀人的人。

警察讯问时,武警一般都会退出房间,在门外等候,所以,武警A并没有亲眼看见过警察对"犯人"使用过暴力。其他人见没见过,他就不清楚了。

武警A表示,他们当年只是服从命令去执行任务,不便到法庭去作证。已经退伍的战友若是愿意去作证,那另当别论。他还透露,看押李文浩的还他知道有一位战友叫黄仁波,不知道其他战友当年是否看到过刑讯逼供,也不知道他们之中到底有谁愿意站出来作证。

我记下了几个战友的电话便匆匆告辞,不想再惊扰这位有些惶恐的军人。

末了,还要说一句,董昀不是什么"高人",看守人员的姓名是他们之间互相叫名字的时候他听见了而已。至于审讯人员的名字,除了董昀认识的,其他的都是一个同情他的武警战士告诉他的。

这些,都是董昀在第二次一审开庭时当庭告诉法官的。

色 盲

李慧有件沾满鲜血的小风衣出现在案发现场。案发时,它就放在一楼卧室的床头柜上。这件小风衣是案发次日,警方从现场提取的7件实物证据之一,提取物品登记表上并没有标明这件衣服的颜色。本书第15页由警方绘制的案发现场平面图在标注⑥中把它称为"女式黄夹克"。它是现场提取的唯一一件上衣,但对于这件衣服的颜色却闹出了本案的一大"乌龙"。

在第一次一审判处李慧、李文浩死刑的判决书中,法官列举了合议庭采信的43个证据,这件"女式黄夹克"最终变成了"咖啡色女式上衣"。判决书认定,李慧就是穿着这件咖啡色的上衣杀害马朝晖的。

但是，当看过警方的现场照片后，我感到非常吃惊，这件衣服根本就不是咖啡色的，而是橙色，一种不那么纯正的橙色，有点儿偏红。橙色和咖啡色，一明一暗，若不是色盲，根本就不可能把两者混为一谈的。但奇怪的是，警方整理成册移送审查起诉的现场照片给这件衣服加注的说明就是：“咖啡色女式上衣”。

追溯这“咖啡色”的源头，我在案发次日李文浩的笔录里发现了“咖啡色”的踪迹。徐运生带领两位民警询问李文浩：

问：2003年10月2日晚上，你见李慧穿的什么衣服？

答：上身穿了一件小风衣，腰里有一个带子，我印象是咖啡色的，脚上穿了一双纯白色的旅游鞋，什么裤子我没注意。

（见于2003年10月3日19时公安刑事侦查卷第五卷询问笔录，侦查员：徐运生、张文海、杜鹏飞；单位：翼城县公安局；地点：刑警一中队）

而与此同时，李慧在被问及案发当晚她和李文浩在一起时所穿衣服的颜色时，她说是深绿色的小风衣。

一件衣服，两种颜色，李文浩和李慧之间又不可能互相故意栽赃陷害，那么，这证词的矛盾又是从何而来呢？

后来，在第三次一审开庭的法庭上，我知晓了答案，李文浩说：“我是色弱。”

“色弱？他当过兵，怎么可能？色弱的人能当兵吗？”再后来，我这样质问李文涛。

他用幽幽的眼光看着我，淡淡一笑：“他不是色弱，根本就是色盲。”

李文涛说，那年当兵体检是他陪着弟弟一起去的，查完眼睛，医生出来说，你弟弟是色盲，当兵够呛。李文涛说，这怎么可能，他拉着弟弟来到检查眼睛的医生那里，翻开一张色盲检查图让弟弟看，弟弟说是汽车，李文涛说，我明明看见的是轮船嘛。不过，后来，李文浩还是戴着大红花到云南边陲的二炮部队当兵去了。说到这儿，李文涛有些小得意，哎呀，那时咱家里有人在武装部，眼睛就这小问题也算不了个啥，反正他去了先当的是炊事员。

但是，从案卷分析来看，自从李文浩把“深绿色”说成“咖啡色”之后，警方也就把这件衣服“命名”为了“咖啡色”。

案发后，翼城县公安局技术科把现场照片按惯例标注好，然后分门别类地贴在硬纸片上，制成相册，作为批准逮捕和审判的证据随卷移交。

这本相册在给李慧这件外套的现场照片做说明时，标注的文字是："咖啡色女式上衣"。

我在翼城问过常小林："案件的现场照片是谁贴的？"

他说："是我贴的。"

"那你为什么把案发现场的一件橙色女式外套说成是咖啡色呢？"

"没有吧，印象中没有什么咖啡色的衣服呀。"

看过现场照片之后，常小林又说，这些照片不是他贴的，他给出的证据是："我贴的相册把照片的四个直角都剪成了圆角。"

"为什么要这么剪？"

"没有别的意思，就为了美观。"我记得在笔录里，法医吕龙曾经用"非常精美"来形容常小林贴好的相册。我想，这圆角的照片就是"精美"的一个要素之一吧。

接着，常小林观察了几个用钢笔字标注的图片说明，他肯定地说："上法庭的照片是重新贴过的，因为这钢笔字的笔迹不是我的，看起来像卫长征的。"

常小林走后，我端详着这些照片，结果有了一个重要的发现：在那张标注着"咖啡色女式上衣"的照片上，标注的文字是用打印机打印好的一张小纸条贴上去的，在小纸条左上方的边缘处，露着两处长短在 1 毫米左右的钢笔字迹，可以断定，纸条下面覆盖着钢笔字！那钢笔字写的又是什么呢？莫非写的也是橙色？一时不得而知。

我调查的初步结论是：案发当晚，李慧穿的是一件深绿色的小风衣，由于李文浩是色盲，所以他将深绿色误为了咖啡色，而案发现场正好有件沾染满血迹的橙色外套，警方就将这件橙色外套命名成了"咖啡色"。

这个结论有些大胆，下面就再组织一些证据深入论证一下。

这一回，换个角度来观察，我想知道警方在侦查过程中，是否有机会知道案发现场的血衣不是咖啡色而是橙色？是否知道这件橙色的血衣并不是李慧当晚穿的那件豆绿色外套？

在我看来，警方至少有以下这么几个机会查明有关血衣颜色的"乌龙"事件：

第一次机会是案发后，警方在很短的时间内传唤了案发那天下午见过李慧的人，把他们按见到李慧的先后顺序排列是：胡克文、马晓玲、孟凡军、李文涛、吴超、张永红、李文浩、赵永明、李哲、董昀、马朝新，他们之中肯定有人证实李慧下午和晚上穿的是深绿色的外套，但是，在现有的八卷公安侦查卷里，上述证人在 2003 年 10 月 3 日案发后第一时间出现在公安卷里的只有胡克文、张永红、吴超、马晓玲和李文浩五人。他们五个人中，只有李文浩的证词说了颜色，而其他四个人——也就是没有色盲的正常人，他们的证词中均未涉及有关颜色的话题。

但是，据“10·2”专案组的《侦查终结报告》称，侦查机关针对此案先后成立了三个专案组，形成了17本卷宗，现在作为呈堂证供的只有8卷，剩下的9卷呢？为什么在法庭上看不到呢？是不是在剩余的案卷里，证人提及了“橙色”或“深绿色”就不公之于众呢？这就是我的合理怀疑。

第二次机会在2004年7月8日，公安部的法医舒永康和田雪梅把翼城警方送检的李慧血染的外套称为“灰红色”而不是“咖啡色”，这一描述白纸黑字地出现在人家的鉴定意见中，难道前往北京送检的徐运生、翟铭晋会没有看到吗？

据我向中央美院一位油画系毕业的画家了解，“灰红色”并不是一种颜色，而是一种色域，它指的是红色偏灰的一类颜色。根据颜色的邻接关系，红色和黄色之间是橙色，即红色和黄色可以调制出橙色。红偏灰的颜色实际上是红色正在走向橙色的过程当中，所以，公安部法医把这件衣服称为“灰红色”与“橙色”并不矛盾。结合那件衣服颜色的基调、纯度和明亮度，把它描述为橙红色是比较准确的，在颜色的邻接关系中，橙红色又在橙色和红色之间，甚至有的人把它说成“土黄色”，这都比把它说成“咖啡色”靠谱。

总之，根据公安部检验意见书的表述，送检的“死者马朝晖妻子的”短风衣肯定不是咖啡色，至少送检人应当是知晓的。

第三次机会在2004年8月30日，这天，专案组的王亚力、高姣生来到翼城县中学，把16岁的李哲叫到了学校的保卫科进行询问。

2014年4月，李哲向我描述说，警察当时问了他有关李慧的穿着情况，他明确地告诉两位警察，李慧那天晚上穿的是一件绿色的、有点儿像雨衣一样的衣服，之所以印象如此深刻，这是因为李慧的穿着在县城算是比较时髦的那一类人，年少的李哲当时特别注意了一下她的穿着。

当时，李哲还指着宣传栏里一种接近墨绿色的颜色进行了指认，说差不多就是那种颜色。两位警察听得明明白白，但就是没有把这些记在笔录里。

十年过去了，李哲还清楚地记得他当初说过的关键内容，因为那次是他有生以来第一次面对刑警，而且回家后，他还把自己的谈话内容向父母复述过，母亲张永红还夸赞他：哎呀，你比我们大人记得还清楚。

第四次机会是2006年5月29日。这一天，专案组拿着这件血衣让李文浩当面辨认，也就是在记录这次辨认过程的笔录中，警方承认，这件血衣是“土黄色”而不是“咖啡色”，但是，奇怪的是，面对这件土黄色的血衣，李文浩并没有坚持之前有关“咖啡色”的供述：

问:李文浩,给你出示一样东西,你仔细看看?(出示公安机关从李慧家提取到的土黄色小风衣的背面)

答:经过我细看,2003 年 10 月 2 日,从我到李慧单位见着李慧时,到当晚我和李慧二人在她家中将马朝晖杀死的过程中,李慧穿的一直是这么一件衣服。在我和李慧相处的时间里,我只见她穿过这么一件这样的衣服。案发后,我听李慧说这件衣服被公安机关从现场提取走了。

问:你再看一下?(出示衣服的正面)

答:是,就是这一件。2003 年 10 月 2 日,从我到李慧单位见着李慧时,到当晚我和李慧二人在她家中将马朝晖杀死的过程中,李慧一直穿着这件衣服。当时,我和李慧抬着马朝晖的尸体从客厅往过道里抬时,马朝晖的头歪着靠在李慧的左胸部。你看,这件衣服的左胸部位还有血呢!就是这件衣服!

(见于 2006 年 5 月 29 日公安刑事侦查卷第五卷讯问笔录,侦查员:杨生庆、杜永明;地点:专案组指定地点)

从笔录记载的内容来看,李文浩见着这件衣服似乎显得很激动,办案人员并未发问,他就开始“抢答”了,仿佛往事历历在目,早就迫不及待地想一吐为快了。但蹊跷的是,在这段激动的“抢答”中,李文浩并未提及这件衣服的颜色。此时,李文浩不管说它是“咖啡色”还是“土黄色”都会暴露出物证和口供之间的矛盾,所以,避谈具体颜色是回避矛盾的最好办法。

从一件血衣不断变化的颜色,我发现了李文浩的视觉缺陷,他是生理性色盲,而参与办案的某些公安人员所患的却是非生理性色盲。

批 示

马朝晖案先后两次成立专案组都无功而返,第三次成立的专案组突然变得无坚不摧,他们在刑拘、逮捕或通缉了李慧、李文浩、董昀、李翠仙、张永红、常小林、杜艳霞、马明瑞 8 人之后,案件得以迅速突破。如此空前的侦破力度,据称与中央领导的批示有关。

在《知音》杂志、《山西晚报》对案件的公开报道以及专案组的《侦查终结报告》中都明确提到：身为翼城县人大副主任的李毅因为儿子惨死而四处上访。2005 年 9 月，时任全国人大常委会委员长的吴邦国“在她的控诉材料上作了亲笔批示，山西省公安厅迅即组成阵容空前的专案组，这起被无数人认为‘破获无望’的案件，第四次启动程序”（引文出自《山西晚报》）。

据李慧、李文浩和董昀在法庭上陈述，办案人员在审讯过程中多次以“二号首长批示”为由，要求他们三人招供认罪。对于这一逻辑的荒唐性，三名在押人员及其家属表示了他们各自不同的看法。

我曾亲眼目睹李文浩的母亲在第三次一审开庭前在临汾中院等待庭审的休息室里大声哭诉：“就是吴邦国签字，也是叫你找凶手咧，不是叫你把好人给冤枉了，你就是把李文浩给杀了，这个案子还不是没破，你也没有给马朝晖讨来公道，是不是?”

我同意这位母亲的观点。同时，我希望知道，到底谁看过这个批示。据了解，办案律师曾经向法院和检察院要求公开批示的内容，但法官和检察官答复：我们也没有见过批示。我向《山西晚报》记者郭风情了解情况，她也没有跟我说过她见过批示。

在北京，我和曾经担任全国人大常委会办公厅信访局副局长的黄力群探讨此事，他说，领导人批示并不在法定公开的信息之列，根本无法通过法律手续去查询。此外，凭他的经验，委员长作为党和国家领导人，总是对一类或一系列较为典型的案件进行原则性的批示，提请有关部门认真对待、加以重视，并不会对个别案件进行具体批示。

其后，通过有关渠道查询，被害人马朝晖的母亲李毅确实于2005 年 9 月 6 日在全国人大信访局有过信访登记，并且递交材料反映山西省的公安机关不作为，使其子被杀一案迟迟没有结果。时任全国人大信访局的另一位副局长贾若愈告诉我，他并未在2005 年登记造册和备案的文件中发现有领导针对马朝晖案有过具体批示。

2014 年春天，我再次来到翼城，希望和李毅见面，但她和老伴儿以不在临汾为由婉拒了我的请求。

于是，我转而向李毅的妹妹李书兰了解批示的来由。

李书兰说，她姐姐跟她说过，有次她来北京看病，在天安门广场上看见了来北京开会的申纪兰和郭凤莲，她当场要给她们下跪，说是儿子被杀了，案子久拖不破。两位山西名人说，看在你是县人大副主任的份儿上，我们相信材料是真的，并且答应收下材料后递给有关领导。

这个说法有它的可信之处，一方面，李毅肯定认识申、郭二位；另一方面，申、郭二位也肯定知道翼城的李纯泰，因为他们三个人曾经一同担任山西省申办全国农运会的形象大使，并且还有来往。

但是，事已至此，我不再想就批示的问题再做任何调查，一方面，此事与案件的是非曲直本来并无关系，另一方面，我深深地同情这位痛失爱子的母亲，我对她为孩子所做的一切努力都表示理解。

但是，我不愿相信辩护人蔺文财的猜想：有个别司法人员在假借吴邦国委员长批示的名义实施腐败。

真 凶

有关本案真凶的话题，我有三句话：

1. 我断定杀人的真凶肯定不是李文浩、李慧；

2. 我不能断定杀人的真凶到底是谁，但我知道他个子不到一米七，是个左撇子，右手中指和无名指的指端微微向右偏转；

3. 我对公安机关排除周海清的作案嫌疑感到疑惑与不解。

前两条，在本书前面的章节里已经有过充分的阐述，现在单说这第三条。

本书第六章《敲诈》曾记录了周海清向公安机关供述他同马卫海杀害马朝晖的经过，在他的供述中，和案发现场情况相互吻合的地方共有 10 处：

1. 周海清说他们是在“2003 年 10 月 2 日晚上 8 点来钟”将马朝晖杀害的，这和吴超证词中所说的时间是一致的，在逻辑上也非常符合餐后一小时死亡的推测；

2. 周海清看见马卫海是敲门进入了马朝晖家，“随后马卫海就跟在马朝晖的后面往屋里走，他俩边走边说话”。这一描述符合刺杀第一现场在客厅的推断；

3. 周海清供述，“马卫海敲开街门后，他就带上了一副白色，面是光的手套”，这与现场多处留下的血手印是相符的；

4. 周海清见马卫海“用左手拍了两三下门”、“右袖筒里藏了一把刀，刀把还露在外面”，从这两个细节可以推断马卫海可能是一个左撇子，和马朝晖身上刀伤的形成及现场留下的右手血手印相符；

5. 周海清供述，“我一进屋，见马朝晖上穿一件好像是衬衣，下穿一件好像是秋裤”，除衬衣不准确外，秋裤与马朝晖死亡时的装束相同；

6. 周海清供述的死者伤情与案发现场一致：马朝晖和马卫海在客厅扭打时，“马朝晖的背后全成了血”，这与马朝晖的伤情符合；“马朝晖倒地的姿势是面部朝西，头朝北，马卫海用刀在马朝晖的脖子后面连砍几刀，我见马朝晖的头都快掉了”，这准确描述了马朝晖脖颈左侧刀伤的形成；

7. 周海清供述，杀人后，“马卫海手提着刀，跑到南边卧室里找东西，他翻了一会儿，从卧室里出来，拿着刀又通过二楼楼梯往二楼上走了”。这与卧室床单、二楼墙壁、电灯开关旁边留下的右手血手印是相符的；

8. 周海清供述，“马卫海在屋里收拾，他收拾完屋里又用一大块布啥的，还有拖布擦院里的血，擦完后，他关上门，我往北，他往南就分手了”。这里描述的马卫海用李慧的外套等衣物擦拭地上的血迹，与事实相符。更为重要的是，两人出门一北一南地分手，经调查，两人走的都是各自回家的方向。

9. 周海清供述，只有他们两人进入马家实施了杀人犯罪，而警方的勘查结果是：现场遗留了三个作案人的脚印，这与实际情况相符合（另外一个脚印为董昀所留）；

10. 周海清凭记忆画出了马朝晖家房屋及客厅的平面图，对于家具、家电的摆放以及院里汽车的位置都一一标明，没有到过现场的人是根本不可能画出这样准确的平面图的。当然，这个推测我是假定排除了警方故意栽赃陷害的可能。

还有一件怪事值得一提：在李慧、李文浩因为故意杀人罪被送上法庭时，《知音》杂志和《山西晚报》首先公开披露了周海清的有罪供述，但在第一次和第二次开庭审理时，律师们并未在公安侦查卷里见到有关周海清的供述，直到第三次一审开庭时，辩护人才在公安侦查卷里见到了周海清的供述。

每次开庭，辩护人都在追问排除周海清作案嫌疑的理由，前后三份判决书对此都作了回应：

以下是2007年6月7日一审判决书的第一次回应：

> 网络下载的有关本案在侦查过程中，曾经有叫周海清的人做过承认本案系其所为及内蒙古司法鉴定机构鉴定认为现场脚印系周海清所留的新闻报道，无法得到印证且与本案其他证据矛盾，不予采纳。

以下是2010年10月20日一审判决书的第二次回应，前半部分基本上是原文照抄上一回的判决，只是在结论上采用了另一种说法：

网络下载的有关本案在侦查过程中，曾经有叫周海清的人做过承认本案系其所为及内蒙古司法机构鉴定认为现场脚印系周所留的新闻报道，不具备证明力，不予采纳。

以下是2014年1月24日一审判决书的第三次回应。这次，在辩护人提出新证据的情况下，法官对排除周海清的问题进行了说理性阐述：

另案被告人周海清的供述，证实该周曾供述其伙同马卫海杀害了本案被害人马朝晖，辩护人欲以此证实被告人李文浩并非真凶。经查，周海清确曾供述过其伙同马卫海杀害马朝晖的事实，但经公安机关核查，马卫海当晚一直在家中，并无作案时间，并据此对周海清进行了排除。同时考虑到有证人证明案发时段听到被害人家中传出男女吵架声，周海清的相关供述与该情节明显不符，故本院对周海清的相关供述不予采信。

这个排除的逻辑简直有些荒诞，周海清供认了马卫海，马卫海被排除，反过来，判决书又以马卫海被排除为理由来排除周海清，成了一种没有根基的循环论证。

不管有多少理由能够排除周海清的作案嫌疑，但是，有一个问题始终在我心中无法得到解释：他没有去过马朝晖家，为什么能够如此准确地画出马家住宅的平面图呢？

就此，我曾到当年刑一队的队长徐运生的家中向他求证，徐运生守口如瓶，不回答我的任何问题，只是叫我去问翟铭晋。翟在几年前办理马朝晖案的过程中被提拔为刑警大队长，现任县公安局主管刑侦的副局长。

调查如何形成突破呢？我面对的是久经沙场的刑警，要想从他们那里获得不利于自身的信息，谈何容易？此前，《法治在线》的记者李文杰想通过组织渠道找到刑警邓里进行采访，结果，翼城县公安局把接受采访的许可权推给了上级。在现实操作中，只要一遇到“上级”这个词，记者就头痛，因为在公安系统，这个上级不仅仅是指临汾市公安局，还包括山西省公安厅，甚至是公安部。这么逐级上报的结果，采访往往都会无疾而终。

李文杰之所以要点名采访邓里，因为在周海清手绘案发现场平面图的讯问笔录上，签字的侦查员就有邓里。如今，邓里已经担任了翼城县公安局刑警大队的副大队长。

2014 年 4 月 2 日下午，我做出了一个决定，我将以一个举报人的身份要求和他见面。

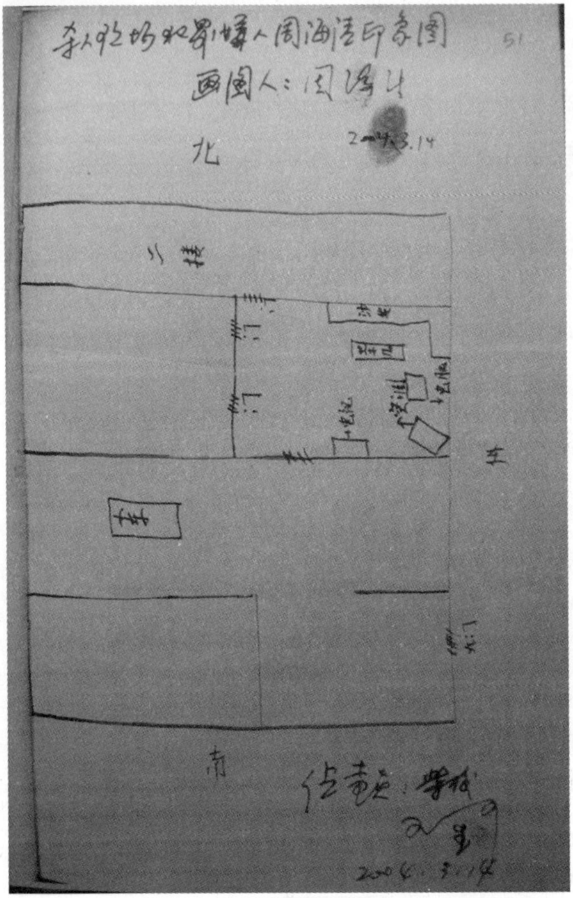

周海清凭印象绘制的案发现场平面图，
右下角为邓里的签字

在公安局附近我给邓里打电话说：“邓警官，我有一个重大的杀人线索向您举报，这个案子是您原来办过的，我想当面和您个人谈谈，电话里不方便说。”

“好，你到公安局来吧，我在公安局呢。”邓里很爽快地答应了和我见面。

到了公安局大门口，我给邓里打电话，他在电话里热情地指引我绕过公安局的办公大楼，从大楼东面一个能通过汽车的门洞里穿过大楼。

远远地，我看见一个穿便装的人在一排小平房前站着，微笑地看着我。我和他打过招呼，确认他就是邓里，然后他热情地把我引进了屋里。

我向他举报说：“周海清和马卫海可能就是马朝晖被杀案的凶手，他们有重大作案嫌疑。”

他也没有追问我有何证据，只是脸色大变：“你不是说有重大杀人的举报线索吗？”

我说：“是啊，我举报的就是周海清和马卫海。”

“这个事我不管。”

我从背包里拿出了讯问笔录的复印件，上面有周海清亲笔画出的案发现场平面图和讯问人邓里的签名：“你原来不是参加了这个案子吗？这个上面不是写了你的名字吗?”

邓里赌气地说:“我不看,你也别叫我看,你找我领导去。”

“这是你的名字在这里呀。”我手指讯问笔录上的“邓里”二字坚持要给他看。

他抽着烟,不看我,坦坦荡荡地回答了一个字:“是。”

“那你说周海清当时是怎么画出这个平面图的?”

“不知道,那我不清楚,你找领导,领导给你解释。”

“我现是在向你举报重大的杀人线索。”

“你给我举报,我不当家,你找我领导去,找领导不是更好啊?”

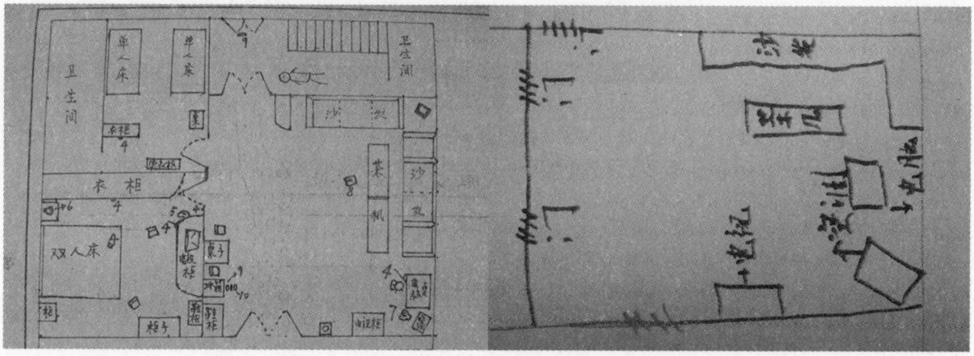

左图为警方绘制的案发现场一楼平面图,右图为周海清所绘案发现场一楼客厅平面图

“领导在哪里?”

“楼里面。”他侧头往大楼的方向看。

“楼里面? 那你带我去找一下。”

“我去不了,你自己找去吧。”

“你怎么去不了?”

“我去不了。”

这时,我明显表现出了愤怒:“我到你公安局来向你举报杀人线索,你就是这个态度啊?”

“你找领导去。”他依然不发火,显得很平静。

“找领导? 我现在就找到了你,你……”

“进去那个二楼,第三个办公室,找翟铭晋。”

“这个图到底怎么解释?”

“我不跟你解释,我不跟你解释,找领导,领导跟你解释去。”

自始至终,邓里没有发火,也没问我是谁,从哪儿来,为什么手上会有讯问笔录,为什么敢到公安局来举报周海清。

从邓里的办公室出来,我去找翟铭晋,他的办公室门关着,人不在,于是我便匆匆地离开了公安局。

我感觉周海清在翼城县公安局似乎是一个禁忌话题,难道有什么案外因素左右着周海清的命运吗? 翼城坊间有传闻说,案发时,周海清有个亲戚在山西省公安厅任职,事实果真如此吗?

记得,在周海清供述其杀人经过的那次讯问中,警方在开始讯问不久就问他:"你有什么要求?"

周海清答:"我想见一见我的父母和我舅舅。"

讯问人回应道:"讯问结束后,我们会把你的这一要求转告给你的父母和舅舅。"

周海清的舅舅是谁? 他为什么会向公安人员提出要见舅舅?

在翼城,我见到了县公安局副局长张博,当年,周海清说"我想见一见""我舅舅"时,张博正是讯问人之一。

我问他:"周海清的舅舅到底是谁?"

张博答:"他舅舅是梁华奎。"

我在翼城县政协2009年编纂印刷的《翼城人物录》里找到了梁华奎的介绍:

梁华奎,1961年生,唐兴镇东寿村人,中共党员,历任山西省公安厅宣传处副处长、运城市公安局副局长、阳泉市公安局副局长兼城区分局局长。

2010年9月,梁华奎因涉"黑"而落马,也就是在这之后,周海清的有罪供述才出现在公安侦查卷里。此前,辩护律师是在媒体而非案卷里知道周海清的。这也是该案的一个怪现象,记者一度比律师对案情知道得更多。

初步的调查结论是:周海清被抓时,疑似他有个舅舅叫梁华奎在山西省公安厅任职,梁华奎在周海清被抓后发挥过什么作用,依然不得而知。

之所以说“疑似”,这是因为我所掌握的情况是,周海清的母亲姓曹而不姓梁,至少,梁华奎可能不是周海清的亲舅舅。

在我结束翼城之行时,翼城县公安局一位不愿透露姓名的民警向我透露,2013 年 12 月,翼城县公安局曾派员陪同临汾中院一个和董昀同名的法官去找过周海清了解情况。后经我向法官本人核实,和董昀同名的法官是临汾中院的董云,当时与董云同行的还有一位翼城县法院的法官和翼城县公安局的刑警。

这位知情人告诉我,当时周海清情绪很大,不愿再谈马朝晖案。他说他承认杀害马朝晖是因为专案组对他进行了刑讯逼供,雷震等人对他进行了严刑拷打,导致几个月都行动不便,他害怕被打残,就承认自己杀人了。后来,他因为刑讯逼供的事情也告过状,但没人理会他。

即便如此,我还是希望有朝一日可以和周海清进行交流,他到底如何在当初的描述中把案发现场的情况还原得如此细致、逼真,这些情况不是雷震能“打”出来的,因为当时雷震本人也未必对案情的了解达到了如此深入的程度。

同时,我还怀疑周海清有关雷震对他进行刑讯逼供辩解的真实性,因为周海清讲述杀人经历时,时间是 2004 年 3 月,而雷震出现在马朝晖案专案组的时间是 2006 年 2 月,他是第三个专案组的主要成员。他们两人在马朝晖案中根本就不是同“时代”的人物,没有交集。

另外,还有一个证据可以证明我的怀疑,周海清前后几次“供述”杀人经过时,给他做笔录的侦查员先后有翼城县公安局的李德宝、徐运生、张博、柴俊、邓里、卫长征和韩亮,雷震根本就没有出现。

小 结

这次在翼城的调查不算成功,但也说不上失败。见了一批人,也碰了一路钉子,但是,在接近真相的道路上,我感觉距离是在不断地缩小。8 天的辛苦,聊以自慰的也只有这一点。

通过这次调查,我深切地感觉到采访在某些时候和侦查有着天然的共通之处,从理论上说,侦查和采访都是一种回溯性的逆向认识活动。侦查和采访都有一种重要的行为方式叫访问。在访问的内容和形式上,侦查和采访之间有着许多共同之处,就此作个小结吧:

第一,两者的最高境界是相同的,都是要让受访者讲真话,说心里话;

第二,对于真话和谎言的判断,是在不断地追问和印证中完成的;

第三,诱导式采访获得的“口供”不具备证明力;

第四,真诚是让受访者开口说话的一种锐利武器;

第五,判断一次采访是否成功,关键要看受访者的表达是否充分;

第六,要尊重受访者的沉默权。

具体而言,我对徐运生的采访是最不成功的,反过来说,他也是最难对付的那一类对手。我选择了几个他最有可能知道的事实向他求证,但他都以反问的方式瓦解了我的提问。他的应对能力和他丰富的刑事侦查经历有关,他在翼城县公安局曾任刑警一中队的中队长、刑警大队的大队长和县公安局的纪委书记。在担任纪委书记初期,他还兼任了一段时间的刑警大队长,并且依然在侦查一线办案。案卷显示,徐运生以县公安局纪委书记的身份还曾来到北京,请求公安部刑侦局、北京市公安局给予支持,以便帮助他们将潜逃到北京的张永红抓捕归案。

我向他求证的问题主要有三个:第一,他在案发现场是否看到过法医从马朝晖身上提取了毛发?第二,周海清在涉嫌敲诈勒索罪的时候,还涉嫌了盗窃罪,周海清的盗窃罪是如何确定的?第三,听说“10·2”专案组的成员已经有四人不幸去世了,除了雷震、李仆、秦银平,还有谁?

回答第一个问题时,他说他没有见过毛发。在我的追问下,他接着又承认毛发的事情是事后听说的。事实上,尸检报告上说,他是尸检的参与人之一,常小林证实他当时就在现场;回答第二个问题时,他反问我,周海清还犯了盗窃罪吗,这个我不清楚。可是,当年是他组织刑警一中队的刑警去抓的人,后来周海清因为两个罪名判了刑,他怎么会不知道周海清涉嫌盗窃罪呢?回答第三个问题时,他打断我说,你刚才还说秦什么?我说秦银平,他说,哎呀,他也不在了吗?是吗,我真不知道。

他的反问让问话者感到绝望,他用他的反问暗示你,他对你要问的事情一无所知,甚至你比他知道得还多,这反而让问话者陷入了不停地解释中。最终的结果是,他很轻易地了解到了问话者所掌握情况的深度和广度,自己却什么也没说。

很长时间没有采访,很长时间没有遇到真正的对手了,久疏战阵,这次完败于徐运生,是个教训。

第十五章　反　思

反思是需要主题的，反思什么呢？

“冤案”的成因及危害，还是“错案”的成因及危害呢？李慧、李文浩杀人案久拖不决，这到底是一起“冤案”还是一起“错案”呢？

中国刑事诉讼法学的理论家们说，冤案是以法院的终局性裁判结果是否出现为判断标准的，也就是说，只有等到法院的裁判生效之后，才有可能出现冤案。诉讼过程中没有所谓的冤案。

现在的时间是2014年的6月，这个案件正在等待的是山西省高院第三次的二审开庭，判决还未生效，所以，它不是一个冤案，这只可能是一个错案。

错案是指当事人被错误地遭受刑事审判，合法权益被侵犯，造成这一后果的原因是：司法人员在行使职权、办理案件的过程中，对于案件的基本事实或基本证据认定错误，或严重违反诉讼程序，或者适用法律错误等。

具体到马朝晖被杀案，该案之所以办成错案，主要有以下几个原因：

第一，办案人员以“特殊案件”为由，将“证明标准”自动“降格”，这是该案首要的鲜明特征。

“特殊案件”的特殊性在该案主要表现为领导重视。在2006年6月20日“2003·10·2”专案组的《侦查终结报告》里，侦查机关用很大篇幅描述了领导重视的情况：

全国人大、公安部、省人大、省公安厅的领导对该案予以高度重视和关注。全国人大常委会吴邦国委员长亲自做出重要批示，省公安厅杨安和厅长要求限期破案，并委派省厅部分刑侦专家参与指导破案。市公安局李如林局长早在李文浩、李慧等人获释不久，就秘密指派和邀请有关人员展开对本案的继续侦查工作……本案引发的有关领导的重要批示和社会各界的正义呼声，为本案的继续侦查提供了有力的政治保障、坚实的社会基础和不竭的动力源泉。

“证明标准”是指法律要求运用证据对案件事实加以证明所要达到的程度，办理刑事案件必须要达到的证明标准就是一句话：犯罪事实清楚，证据确实、充分。

“降格”是指该案的专案组在《侦查终结报告》里明确表示，他们办理的案件质量达不到必需的证明标准，但依然要勉强进入下一个司法程序：

专案组认为，本案现有证据虽不够确凿充分，但足以证明犯罪嫌疑人李文浩、李慧有杀害马朝晖的犯罪事实存在。即使经过努力最终找不到凶器，本案也可以移送人民检察院审查起诉。

证明标准降格之后，司法机关至今无法解释，李文浩既然杀过人并和被害人搏斗过，为什么他的身上会干干净净，滴血不沾；他们也无法解释，李慧杀人时穿的血衣为什么背上都是大片鲜血；他们更无法解释，李慧是双脚走路的人，为什么她杀人时所穿的鞋子只有一只沾有血迹……

第二，侦查机关屈从于被害人家属制造的社会舆论，结果指鹿为马。

以李毅为代表的被害人家属有着较强的社会动员能力，据媒体报道，“山西省翼城县人大副主任李毅，为揪出杀害儿子马朝晖的凶手，成了一个最普通又最特殊的‘上访专业户’。两年多来，她往返于太原、北京等地，向各级人大、公检法机构求助、控诉，请求警方早日破案。后经全国人大常委会委员长吴邦国亲笔批示，案件终于水落石出”。

另有媒体报道，“为了追得真凶，李毅求到门下、在外工作的翼城老乡足有上千人，同时发往各级人大、公检法机关的控告信也有上千封。这位人大干部，成了一个最普通又最特殊的‘上访专业户’。在警方宣布抓获杀害儿子真凶后，滴酒不沾的李毅喝得酩酊大醉……”

由此看来，马朝晖被杀案最终告破，似乎与李毅的上访有着直接关系。此前，我未曾见到过李毅控告信的内容，但在临汾中院第二次审理此案的卷宗里，我看到了他们夫妇二人递交的一份恳求维持原判的《请求书》。从这封《请求书》里大致可以窥见以往那些控告信的内容和风格：

我们是山西省翼城县2003年“10·2”凶杀案受害人马朝晖的父亲马振海和母亲

李毅。

我们的儿子马朝晖在2003年10月2日晚约9时30分许被李文浩、李慧二人杀害。该二犯心之歹毒、手段之残忍实属罕见,我儿全身被捅50多刀,并且连捅数刀会阴部以绝后,砍切脖颈四分之三要分尸,刀刺双眼以灭迹。二犯杀人后会同公安局技术科董昀伪造抢劫杀人假现场,后会同县公安局技术科常晓林毁灭重要证据,不但多次提供虚假证言,而且多次威逼他人做假证,围攻、威胁破案人员,送钱送物贿赂公安人员。一桩桩、一件件,铁证如山、证据确凿。公安局于2006年5月18日经过两年零六个月侦查告破此案。

临汾中级人民法院于2007年6月7日予以判决。判决体现了法律的公正,又大快了人心。至今已经快三年了,但高院作出重审此案引起翼城县各方人员的揣测,大街小巷议论纷纷,亲朋好友不断询问,使我们的心在颤抖,身在抖擞,原来公正尊严的判决难道要改变么?还有就是儿子被害后,孙子被转移到别人手中,我们四处奔波,想见孙子一面,也难于登天。

我的心在滴血,我的脑要爆炸,精神恍惚。尊敬的各位领导,我们恳请你们维持原判并还我孙子的监护权。

受害人父亲:马振海

母亲:李 毅

2010年4月6日

这封信写于第一次一审宣判之后,在司法机关已经确认并且媒体多次报道马朝晖被捅49刀的情况下,这封《请求书》仍然说马朝晖"全身被捅50多刀",并且使用"绝后"、"分尸"、"灭迹"等字眼儿,给判决书认定的事实做无中生有的发挥和定性。这些文字出自两位领导干部之手,这让我感到有些不解和意外。

不过,更意外的事情还在后面,在临汾中院第三次审理该案的案卷里,我再次看到了署名为李毅和马振海的《关于恳求严惩翼城县2003·10·2凶杀案杀人犯的请求书》。这份《请求书》和前一份《请求书》的前半部分内容大致相同,不同的是后面两段。即便如此,明眼人也很容易发现,这后两段也是在前一份《请求书》的基础上修改而成的。让人印象深刻的是,信中把儿媳和李文浩称为"残忍嗜血的杀人犯":

临汾市中级人民法院于2007年6月7日做出一审判决。2009年6月12日省高院裁定撤销原判,发回重审后,中级人民法院于2010年6月7日至8日在翼城县公开开庭审理此案。通过更加深入细致的调查,广泛听取县人大、政协、公检法各界知情人士意见，于2010年10月20日做出二次判决。两次判决体现了法律的公正，大快人心。案发距今将近10年，但是高院二次做出重审此案，引起翼城县各界人士质疑，大街小巷议论纷纷，亲朋好友不断询问，使我们的心在颤抖。原来公正严肃的判决难道要改变吗？对残忍嗜血的杀人犯不判处死刑立即执行不足以平民愤！因此我们强烈要求对杀人犯处以死刑立即执行，绝不能再姑息迁就。

儿子被害后，孙子被转移到别人手中，我们四处奔波，想见孙子一面，也难于登天。我们的心在滴血，我们的脑袋爆炸，整日精神恍惚。尊敬的各位领导，恳请你们严惩杀人犯并还我孙子的监护权。

被害人父亲：马振海

母亲：李　毅

2012年5月28日

看过两份《请求书》，并结合媒体采访李毅之后发表的新闻报道，总体上，我感觉她对案件的评价过于主观，过多地掺杂了婆媳之间的个人恩怨以及主观猜测的成分，可以想见，其控告材料大致体现的也是这种风格。但是，由于她是县一级的领导干部，通过其所工作的人大系统及翼城老乡关系，相关的控告信息得以在公安、检察等权力机关引起重视，各级领导纷纷对此案表示关注，可以想见，侦查机关面对来自官方的无形压力一下子就成了“弱势群体”，一时有口难辩。

在李毅因为儿子被杀而四处上访的几年间，翼城人在山西政法系统地位最为显赫的两位老乡分别是崔伟——王庄乡新村人，他先后担任山西省人民检察院副检察长、检察长，进入检察系统前，他曾在山西省人大从事法制工作18年；李连琪——里砦镇天马村人，山西省公安厅常务副厅长。据知情人介绍，他们二人也都曾是李毅的上访对象。

就在高层关注马朝晖案的同时，北关村村委会内部的权力斗争日趋公开化，对李纯泰心怀不满的“反对派”借着马朝晖被杀案掀起了“倒李”风潮，他们甚至以此为由进行群体性上访，这之中的活跃分子不乏被害人马朝晖的家族成员。

这种来势凶猛的“民意”在专案组的《侦查终结报告》里是这样表述的：“由于该案背景复杂，在当地影响很大，部分群众不明真相，对李文浩、李慧等犯罪嫌疑人获释一事猜疑责难，众说纷纭。”

面对官方和民间的双重压力，侦查机关为平息事态，选择了屈从。最终，他们不得不在没有发现新证据的情况下，第三次对李慧、李文浩采取了强制措施。

第三，侦查机关及办案人员急功近利。

当李慧、李文浩第三次“落网”时，马朝晖被杀案已经由普通的刑事案件向政治化的方向有所转化了。上有党和国家领导人的“批示”，下有翼城“百姓”的呼声，侦破案件已经成了一个政治任务。于是，各种利益汇集到了一个案件上，破案的动机就只剩下利益驱动了。

2004 年 7 月，邵建伟因受贿而落马，李如林走马上任临汾市公安局局长。这是一位颇有政绩的公安局长，他上任不到一年，在命案侦破方面，临汾市公安局有五项指标居全省第一。

2005 年 1 月 24 日，临汾市委、市政府为此隆重召开“全市公安机关侦破命案专项行动庆功表彰大会”，表彰临汾市公安局在“侦破命案专项行动”中所取得的成绩。李如林在表彰会上做了题为《奋力夺取“命案侦破专项行动”的全面胜利》的发言。

当然，全省五项第一，也并非全是李如林的功劳。《山西晚报》的记者郭风情在她的报道里说，就在李如林的前任邵建伟于 2004 年 3 月 17 日被“双规”前，山西省公安厅通报了全省破案攻坚战役的 9 项指标，临汾市公安局就有 5 项指标名列全省第一。

此外，李如林走马上任临汾市公安局长，是他在仕途中首次涉足公安领域，从我所了解的情况来看，他的责任心是很强的，工作做得也很细。比如，他就马朝晖被杀案还曾亲自接待过李毅，并且询问了许多与案情有关的细节问题，并继续安排得力人手，重点攻克此案。

公安局长通过侦破命案树立政绩，这是天经地义的事情，但问题是，树立政绩必须秉持正确的政绩观，以人为本、求真务实便是正确政绩观的基本内容之一。但是，临汾市公安局在侦破“10 · 2”杀人案时没有做到这一点。在结果上使得这次破案成为了狭隘的政绩视角下的急功近利。

法院作为诉讼程序的下游单位，从某种程度上说，他们也是侦查机关急功近利的“受害者”，因为侦查机关由于恣意或懈怠而犯下的错误最终要交给法院去裁判。最高人民法院常务副院长沈德咏用这样的文字描述了法院此时的处境：

> 现实的情况是，受诉法院面临一些事实不清、证据不足、存在合理怀疑、内心不确信的案件，特别是对存在非法证据的案件，法院在放与不放、判与不判、轻判与重判的问题上往往面临巨大的压力。应当说，现在我们看到的一些案件，包括河南赵作海杀人案、浙江张氏叔侄强奸案，审判法院在当时是立了功的，至少可以说是功大于过的，否则人头早已落地了。面临来自各方面的干预和压力，法院对这类案件能够坚持作

出留有余地的判决，已属不易。同时我们也应当清醒地认识到，法院虽在防止错杀上是有功的，但客观而言在错判上又是有过的，毕竟这种留有余地的判决，不仅严重违背罪刑法定、程序公正原则，而且经不起事实与法律的检验，最终使法院陷入十分被动的地位。冤假错案一旦坐实，法院几乎面临千夫所指，此时任何的解释和说明都是苍白无力、无济于事的。

（见于2013年5月6日《人民法院报》第2版，题为《我们应当如何防范冤假错案》，作者：沈德咏）

沈德咏是我的老乡，早在20世纪90年代他在江西省高院担任副院长时，我是政法口的记者，和他有过几面之缘。当时，江西省诉讼法研究会、江西省犯罪学研究会是两个比较活跃的学术团体，这两个团体举办的活动，他是常客。他去了不是讲讲官样文章，而是一道探讨学术。他在学者群中并不扎眼，仿佛他就是他们之中的一员。他对死刑研究颇有建树，早在1992年就出版了国内第一本研究死刑的专著。他在那个年代提出对盗窃罪判处死刑不够公平的观点完全颠覆了当年我们接受学校教育而形成的法治观。

他身为官员，却能站在平民的人文视角去说大实话，他的言行给我留下了好印象，直到今天他还延续了他的风格，所以我愿意去引用他的言论来证明我的观点。比如，他在上面针对冤假错案说的这些话仿佛针对的就是马朝晖被杀案。如今，李慧、李文浩在杀人证据“确凿”的情况下，也被法院双双判了死缓，而他们的“罪行”是连捅带砍地用了49刀将马朝晖杀害，他们本该是不杀不足以平民愤的残暴歹徒，但是，现在法院为他们作出了“留有余地的判决”，这说明法院是不想错杀“二李”的。

在分析冤假错案的根源时，沈德咏在同一篇文章里还向司法机关，尤其是公安机关提出了他的忠告：

纵观已发现和披露的案件，冤假错案的形成主要与司法作风不正、工作马虎、责任心不强以及追求不正确的政绩观包括破案率、批捕率、起诉率、定罪率等有很大关系。

……

不要过于苛求侦查机关“命案必破”。我们强调发挥主观能动性积极侦办案件，初衷是好的，老百姓期盼获得安宁祥和的愿望也是好的，但侦查工作有其自身的规律，强调“命案必破”必然会给公安司法机关办案增添无形的压力，有的甚至会形成外在的干预因素，进而可能影响到办案质量。在实践中，受制于认识手段和能力水平等因素，少数案件破不了、抓不到、诉不了、判不了的情形是客观存在的，这个时候正确的做法只能是该撤案的撤案、该不起诉的不起诉、该判无罪的判无罪，绝不可做“拔到筐里都是菜”的事。

沈德咏在文章中提到了不正确的“政绩观”，这种观念具体到办案人员个人，就是有了政绩，就会有好处，对于个人而言，最重要的好处就是“被提拔重用”，这是一种非常诱人的预期可得利益。

回过头来看马朝晖案的办案民警，除了已经去世的几位，当年参与办案的骨干人员，比如杨生庆、李晓强、徐运生、侯斌、翟铭晋等人日后都获得了提拔，他们大都担任过刑警大队长的职务，甚至还有人担任了公安局里局一级的领导职务。

还值得一提的是，当年曾亲临临汾绿苑度假村指挥办案，并知晓董昀遭受刑讯逼供的临汾市公安局刑侦支队支队长乔临生，他在2008年，也就是李文浩、李慧被一审判处死刑之后，被公安部评为“全国公安机关侦破命案工作先进个人”，而且，乔临生是山西省在那次表彰中唯一获此殊荣的个人。

在这些可以预见的利益驱动之下，急功近利的办案人员在心理上就会发生变化：

首先出现的就是“排斥心理”，简单地说，这一心理就是排斥当事人的辩解。

在马朝晖被杀案中，一旦李慧、李文浩等人作出无罪辩解或反驳讯问人时，办案人员便会认为他们这是狡辩、抵赖，不老实，在心理上会产生强烈的反感情绪，对其辩解给予排斥。此时，被讯问人会因为说实话而感到恐慌和畏惧，并逐渐走向失去意志自由的结局。

就连作为公安人员的常小林被刑拘后一旦面临“排斥心理”，他也非常恐慌，他说：“不按人家(专案组)的意思说，感觉就是不老实一样，遇上人家问啥，咱说‘记不清’，这就是很厉害的对抗了，人家都很不高兴。”

其次，“偏重有罪证据”的心理促使办案人员进行选择性取证。

这时，办案人员只注意收集能够证明李慧、李文浩等人的有罪证据，不会在意他们的无罪、罪轻或与有罪证据相矛盾的证据。被讯问人在供述自己有罪的口供或证人在提供指控犯罪嫌疑人有罪的证据时，办案人员就记录在案，反之，就简单记录甚至省略不记。

在本案中最典型的就是李慧在案发现场有一只沾血的鞋子，技术鉴定结论是：血迹是在行走状态下形成的，于是公安机关将这只鞋当做有罪证据作为定案依据。但是，对于这双鞋中的另一只为什么没有任何血迹的情况，警方并未作为证据进行收集。

再次，“速成”心理促使办案人员采用非法手段进行刑讯逼供。

侦查和审讯是一件劳心劳智的思维博弈和对抗，但刑讯逼供却耗时短、技术含量低、直指办案所需，获取口供快捷、便利，许多时候，它就成为了办案人员的一个“杀手锏”。

刑讯逼供之所以源远流长，这与它存在的现实性有很大的关系。在司法实践中，办案人员往往是掌握一定线索及证据之后再通过刑讯逼供获取证据，这时，刑讯逼供无可否认地会获得一些真实的有罪供述，这使刑讯逼供在许多案件的破获过程中发挥了现实的作用。

但是，李慧、李文浩第三次落网时，专案组除了合理怀疑，并无铁证在手，通过刑讯逼供迫使其招供便成为了办案人员的唯一选择。仅就现有证据来看，从关押场所、管束方式、械具使用、生活安排等方面，都已经证明李文浩、李慧和董昀三人被关押在临汾的绿苑度假村时存在着刑讯逼供的情况。

但是，由于李文浩、李慧两人根本就不是作案者，因此，即使通过刑讯逼供获得了口供，该案在形成证据锁链方面依然存在着天然的缺失，在这种情况下，警方不得不把董昀也拖进了案件的迷局，让他承担证据缺失的责任。

这种“速成”的破案方法，在我看来展现的根本不是什么侦查技巧，而是办案人员的“导演”才能，这种才能硬生生地把有一定写作基础的李文浩逼成了一个“编剧”，他每天都让自己的想象力恣意纵横，然后源源不断地向专案组提供不同版本的案情经过。

最后，李慧的伪证和李文浩的错误供述对办案人员产生了误导。

案发当晚，为了避免让警方知晓她和李文浩在一起，李慧打电话和张永红串供，谎称自己是一个人11:30分才从张永红家出来的，这一举动使办案人员怀疑李慧有意在掩盖着什么，甚至是在刻意隐瞒自己与杀人案有关的行踪，以证明自己没有作案时间。这是一个不了解案件真相的普通人最直接、最便利的解释。虽然李慧在案发次日已就此事向翼城警方进行了澄清，但是，后来的专案组把这个最直接、最便利的解释一直坚持到了最后，并呈现给了法庭。

还有，案发当晚，李慧称自己整个晚上穿的都是一件深绿色的外套，而李文浩证明李慧穿的是一件咖啡色的外套，在两者之间互相矛盾的证词中，办案人员则怀疑李慧在案发后换过衣服。当然，在法庭上，李文浩辩解说自己是色弱，误将深绿色看成了咖啡色，但是，司法机关此时对李文浩的辩解已经毫不理会。

当然，由于两次作为嫌疑对象被警方控制，在被讯问的过程中，李慧、李文浩对案件的细节逐渐了解，他们对案件的熟悉程度以及对隐蔽证据的知晓，对第三个专案组的办案人员也是一种误导。两人后来对此都有过解释，但无济于事。

在此案中，警方的错误认识似乎一旦形成就很难修正，并且会一条道走到黑，一直坚持到最后。

下面再说说错案的危害性：

第一，被告人及其家庭一直生活在无形的阴影之中。

作为无辜之人，李文浩、李慧和董昀在看守所关押的时间已经超过了 8 年，生命中美好的年华被虚掷和空耗，人生的发展和美好的未来毁于一旦，精神上的煎熬和肉体上的折磨让他们体味了别样的残酷人生。在自由的阳光下生活的人们可能很难体会他们的痛楚、凄凉、悲观、绝望以及于心不甘的复杂情感。

李文浩、李慧和董昀三个人各有一个年龄相仿的孩子，他们在这八年间不断地成长着，如今都已经上了中学。

李文浩的妻子宋元红现已带着孩子再婚，在翼城时，我和她联系想见个面，听见电话里有婴儿的啼哭声。她不愿和我再谈及有关过去的一切，对于第一个孩子的情况，我也就无从知晓。

李慧的孩子已由爷爷、奶奶安排，跟着姑姑在太原念书。这个孩子在年幼时经历了一般孩子无法想象的迷茫和创痛：他的奶奶和爷爷一直在状告自己的妈妈把爸爸给残忍地杀害了。

小时候，他一直由李慧的姐姐们照顾着。如今，他大了，2014 年春节，李家让他回到了爷爷、奶奶身边，希望让他们祖孙两代能够共享天伦之乐，同时在照顾孙子的忙碌与周折中，也好消磨老两口控告儿媳妇的精神头儿。

董昀的孩子一直跟着妈妈杜艳霞过了 8 年，董妻并未向外界传闻的那样和董昀离了婚，由于对董昀的判决一直没有生效，她不能去看守所探望丈夫。8 年来夫妻俩相见的地方只有法庭。杜艳霞的坚持让董昀的父母颇为感动，他们老两口跟我说起她时一口一个“我家媳妇儿”。

据说，小时候，孩子问起父亲的去向时，董家就告诉她，爸爸出差了。但是，孩子长大后，就从来都没有问起过父亲的去向。这么多年来，大人们也就顺势小心翼翼地回避着这个敏感话题。最近有一个电视节目叫《爸爸去哪儿》，很火，但孩子在家时，他们从来也不敢看。董昀因为包庇罪被判了十年，在看守所的八年时光里，他从来没有认罪，但事实上，十年的刑期已经快被他坐满了。

我问董昀的父亲董历中：“若是董昀认了罪，入监服刑的话，通过减刑，他现在可能早就出来了。”

董历中斩钉截铁地说：“不能认罪。”

董昀出事，最让他可惜的是，若没有这个插曲，他早已经转正，现在应该是一名可以佩戴警衔的警察了。

想到这三个年少的孩子，我在心中就升起了一份沉重的责任感，我要给他们还原一个真实的父亲和母亲。对于落难之人，我不夸大他们的冤屈，也不回避他们的过错，我不想胡编任何一个细节，甚至一个字。我尽量把自己的目光往后退，最好是能用一个历史旁观者的眼光分析并洞察这个时代悲剧发生的背景与根源。我记下这些文字，是希望这三个孩子长大后，他们能够通过客观的事实正确地认识和评价他们的父母。

在我的这本调查报告里，每个细节都有出处，每个出处都经过印证。即使有些事实无法印证而又看起来符合逻辑，我的办法就是将他们单摆浮搁，一一罗列。同时，这也是我对非虚构写作的基本认识。

有时我在想，这部作品并不是我的作品，而是时代的作品，我只不过是路过纷繁复杂的世界时，不小心打开了一扇门，看见了一个离奇而真实的故事，并把它记录了下来而已。我唯恐虚假的东西在我记录的文字里呈现和流传，在翼城的那 8 天时间里，我四处寻找马朝晖、李文浩、李慧、董昀等人的亲朋好友，请他们回忆过往生活里的点点滴滴，我可以肯定，那几天我是那个县城里最八卦的男人；我还想尽办法让他们的记忆重新回到那个血腥的夜晚，我相信那时我是那个县城八卦男人里最残忍的一个。我不能容忍自己在记录过程中的任何想象与发挥，所以为了细节，我只能不停地追问、追问，有时我都怀疑自己是不是患上了细节“强迫症”。

第二，错案的出现损害了司法的权威、公信力以及普通公民对法律的信仰。

培根说过一句话，一次不公正的审判，其恶果甚至超过十次犯罪。因为犯罪仅仅是污染了河流，而错误的审判却污染了整个水源。

纵观马朝晖被杀案的全过程，我们可以看到：非法羁押、刑讯逼供、暴力取证、有罪推定等怪象在此案中先后上演，涉案人极其庞大的家族人群大都是第一次如此真切地面对司法，如此大失水准的司法水平完全颠覆了他们对社会公平与正义的心理预期，甚至有人对司法公正从此丧失了信心。

2006 年 5 月，高考已经临近，专案组第二次来到翼城中学找到高三年级的李哲去作证。此时，教室后面的黑板上写着每个同学心中理想的大学，李哲名下的大学写的是：中国政法大学。法官、警察、律师都是这个少年未来的职业选项。

但是，在和专案组的警察接触之后，他改变了志向，他说他感觉这个行业很“黑”。我不同意他这样以偏概全的想法，但这次和警察的遭遇确实让他感到万分沮丧，甚至已经开始怀疑人生。

当时，警察一直在问他李慧案发当晚的穿着情况以及她和李文浩离开他家的时间，李哲据实回答，结果警察却说他和别人说的不一样，那感觉是会有麻烦，可能连高考……最后，他沉默了许久，只好说记不清楚了。多年以来，他一直认为在这件事上，很对不起小爸李文浩。

经过这一通折腾，后来，李哲的高考并没有发挥好，他从班上的前几名一下子落到了二十几名，最后只考上了黑大——黑龙江大学，学的是新闻与传播。

如今，他在北京一家很大的房地产网站上班，每天为客户提供各种房地产资讯。

第三，司法资源在绵长的审判中被无端地空耗。

本来无罪的三个人在看守所里关押了 8 年，这是司法资源的空耗；

本来无罪的三个人经过中院、高院的 5 次审理仍未走到终局，这也是司法资源的空耗；

本来无罪的三个人终有一天将会被宣判无罪并当庭释放，巨额的国家赔偿也是一笔本来就不该支出的国家资源；

回过头来，被冤枉的人回归了自由，马朝晖被杀案将重新立案侦查。

未来，案件告破，还有人又要接受审判……

第四，真凶逍遥法外构成对社会的现实和潜在危害。

无辜的人身陷囹圄，有罪的人却逍遥法外，这是对社会公平以及司法公正最现实的损害；有罪的人未得到追诉，反而带着前科继续在社会上游荡，这是对社会的潜在危害。

第五，当错案受害者重获自由，感受公平、正义的时候，将会给凶案受害人带来额外的痛苦和刺激。

终有这么一天，李慧、李文浩等人会被宣告无罪，当他们和亲人相拥而泣时，将会是受害人家属另一个痛苦历程的开始。当失去亲人的痛苦随着时光的流逝就要或已经被淡忘时，他们需要重拾往昔的记忆，再次回到那等待真凶落网的煎熬之中。

本来，他们的生活因为一次凶案而被改变，这次，他们的平静又要被一次宣判而打破。

这个案件之中蕴含着无数的怪状令我百思不得其解，我以为这只是一个个案，但最高人民法院研究室主任胡云腾的一篇文章令我吃惊，这难道不是个案？

他对人民法院宣告无罪的现状作了如下描述：

一些应当及时宣告无罪的案件，往往要拖上三年五载后宣告；一些本该人民法院依职权明确宣告无罪的案件，却要通过苦口婆心地动员有关部门撤诉的形式；一些第一审程序就该宣告无罪的案件，往往要通过矛盾上交的形式，推给二审法院去宣告；一些本该由下级法院在正常程序中宣告无罪的案件，却要通过层层请求上级法院后才予宣告；一些本该由人民法院依法独立行使审判权就能宣告无罪的案件，却要通过与许多部门沟通协调达成共识后才予宣告；还有一些本该在两审终审程序中就要宣告无罪的案件，却因种种原因未依法宣告，导致无罪案件变成有罪案件进入执行程序。尔后，有的经当事人长期申诉，有的因案件事实发生变数，有的经有关部门主动发现，在若干年后通过审判监督程序被动地宣告无罪，导致司法正义姗姗来迟，等等。凡此种种做法，不仅严重危害司法公正和公信，侵犯相关当事人的合法权益，而且让局外人很难理解。

（见于2014年6月4日《人民法院报》第五版《理论周刊》，题为《谈谈人民法院“宣告无罪难”》，作者：最高人民法院二级大法官，胡云腾）

鉴于此，我希望马朝晖被杀案能够成为有错必纠的司法新样本，并且首开山西省高院以宣告无罪的方式纠正死刑错案的先河。

第十六章　尾　　声

在临汾中院第三次开庭审理马朝晖被杀案时，李慧在法庭的最后陈述令我难忘：

我是受害人，但却站在被告席上，本案已经10年之久，我相信真的假不了，假的也真不了，我相信法律。

她的话也代表我的期盼，也正因为如此，在网络时代无聊的喧嚣中，我愿意一笔一画、一字一句地为了真相而劳碌奔波、独守寂寞。

我不希望他们三个人会感觉自己是被整个社会放逐的人，也不希望们将来对社会会产生强烈的抗拒与挑战，更不要走上愤世嫉俗的道路。我只希望他们能平静地回归各自的家庭，走完他们原本并不曲折的爱情之路。

截至本书出版、印刷时，该案仍在等待山西省高院的第三次二审开庭。

本书以上的所有文字，都是《真凶并未走远》第一版的内容，它们于2014年8月已经正式和读者见面了。

这本书面市之后有一个插曲值得一提，2014年9月11日，在山西省高级人民法院对紫藤巷凶案二审开庭时，胡晓勇律师当庭把这本书作为一个证据线索递交给了法庭。当时，我就坐在旁听席上，随后我注意到，当胡律师宣读他的辩护词时，主审法官王桂萍很长时间都在低头阅读着这本《真凶并未走远》。

中午休庭时，不止一位旁听者告诉我，他们也发现了这个细节。为此，我感到既欣慰又忐忑，因为在法院做出判决之前，我确信法官已经听到了来自于民间的不同声音，这对于帮助法官做出公正的判决肯定是有益的。

不过，回顾共和国的司法审判史，恐怕在舆论监督和法庭审判之间还没有出现过如此形式的直接对抗吧——庭审正在进行，关于案件的不同意见却被印成白纸黑字由权威出版社公开出版，并且书中还直言不讳地敦促法官：请当庭宣告被告人无罪！

出现这种情况不外乎有两种可能，要么是一审法院错得太离谱，要么是法庭外的看客太嚣张。

正是这样的对抗让我同时又感到有几分忐忑，在法官眼里，一介草民，竟然妄图通过一本书去影响一个案件的判决，这个“嚣张”的举动无可避免地对于某些法官来说是一种冒犯。平心而论，这本书以这样的形式在法庭上出现，对于案件二审的判决结果是否会起反作用，我不敢确定。毕竟，法官也是人，是人就有人性的弱点。尤其是在当下的司法环境里，决定案件判决结果的要素，除了法官的个人素质之外，往往还有上级的指示，也就是与长官的意志有着很大关系，因此，仅凭着对案情和证据的了解，对于这个案件的宣判结果我无法预料。

二审开庭这天，临汾下了一场中雨。

那天，冒雨赶来旁听的人不算太多，人数也不上百，大多是被告人的亲朋好友，但在其中始终不见李毅和马振海的身影。人群中，一个瘦高的少男引人注目，我听见有人在低声议论，知道他就是李慧16岁的儿子。

我远远地看着他，心里感叹着这个孩子所面对的残酷现实：他的爷爷、奶奶常年控告他的妈妈伙同未来的继父把自己的亲生父亲给残忍地杀害了。我不知道该用怎样的言语和姿态与他去搭话，我只能默默地祈求，但愿这次审判将会终结他们母子分离的痛苦。

这次庭审，有关案情的方面有两大看点。

第一大看点是，检察官提请三位公安机关的鉴定人员出庭作证，他们分别就现场勘查、技术鉴定以及死者的伤情作了说明。

第一个出庭的是翼城县公安局技术科的法医吕龙。首先，他向法庭陈述了当年尸检的基本情况，接着，山西省人民检察院年轻、干练的女检察官齐向荣向他发问：

“我再问一个专业的问题，我们都不懂，我们不能随意地推断，你能不能在分析和论证的过程中，从伤口以及刺入的创口上推断出这个人是左撇子还是右撇子，就是从科学的角度来分析一下。”

吕龙答：“这个我们不能判断。”

“有没有可能做出这种判断？”

“没有可能。”

"现在的科学能不能达到这种程度?"

"没有,达不到。"

"我的问题问完了。"

检察官的问话显然是针对胡晓勇在一审时曾经当庭做出的推断:凶手是一个左撇子。这回,吕龙的回答一下子就否定了胡晓勇的推断。当然,用吕龙的一家之言代替整个法医界,未免有些牵强。只可惜律师在当年提出这个推断之后没有再向权威机构寻求进一步的技术支持,结果最终没有向法庭提交一锤定音的科学鉴定。

接着,吕龙对被害人马朝晖身上的毛发情况做了一个颠覆性的说明,他一边在大屏幕上播放着被害人的现场照片,一边解释说:

"……通过马朝晖的尸体,可以看见右手是伸展、分开的,手背上可见刺创和血迹,没有发现毛发。然后将尸体转移到院内尸检的时候,右手背沾有毛发,所以我们分析,该毛发是在转移尸体的过程中沾染上去的,该毛发在侦查上没有意义,所以我们在鉴定书中没有体现。"

听到这个说法我大吃一惊,正如我在本书第十四章《毛发》一节中所记载的那样,吕龙在几年前曾向专案组做过这样的陈述,"在死者手上伤口处有三四根10厘米左右的长发,延伸至指缝间",并且临汾市公安局的法医侯辉强把"毛发装到了一个物证袋里","放到了市局的勘查箱里"。

那么,沾上去的头发是如何"钻"到死者的指缝间呢?更何况还有人目击那些头发是染了颜色的,可是当年在案发现场到底哪位警察的头发是"彩色"的呢?

吕龙的说法让我感觉实在是经不起推敲,我一下子陷入了极度的茫然和无助之中。我屏住呼吸,注视着律师们的反应,这时,胡晓勇带着惊讶的语气开始向吕龙发问了:

"你是推测,推测毛发是在搬动尸体的过程中沾上去的,是这样吗?"

"对。"

"那么,后来这个毛发提取了吗?"

"毛发提取了。"

……

提问经过几个回合并没有深入下去,审判长王桂萍及时叫停了胡晓勇的问话,她说:

"现在毛发本身不在了,不要再纠缠了,因为没什么意义,毛发现在不存在,与本案没有什么关系,你纠缠的这几根毛发已经找不着了,那你说呢?"

既然没有意义，可是吕龙为什么会在法庭上主动提及毛发的问题呢？而且，他为什么又会在案发11年后提供这样一个前所未闻的说法呢？

随后，山西省公安厅痕检高级工程师李彬出庭作证，他在法庭的大屏幕上展示了案发现场的足印以及送检的胶鞋印。由于凶手在现场所穿的鞋子并没有找到，所以翼城警方送检的胶鞋脚印样本实际上是办案人员新买了一双鞋让李文浩穿上之后踩下的，虽然当年山西省公安厅的鉴定意见书据此确定李文浩在案发现场留下了足迹，但其后公安部的物证检验意见书却给出了否定性的意见。公安部做出否定性意见的重要依据是：两双胶鞋跟部的花纹方向有所不同——现场足迹的花纹大致是“M”型，两头的波浪朝下，而送检足迹的花纹大致是“W”型，两头的波浪朝上，所以“不能确定现场鞋印是否系犯罪嫌疑人李文浩所留”。

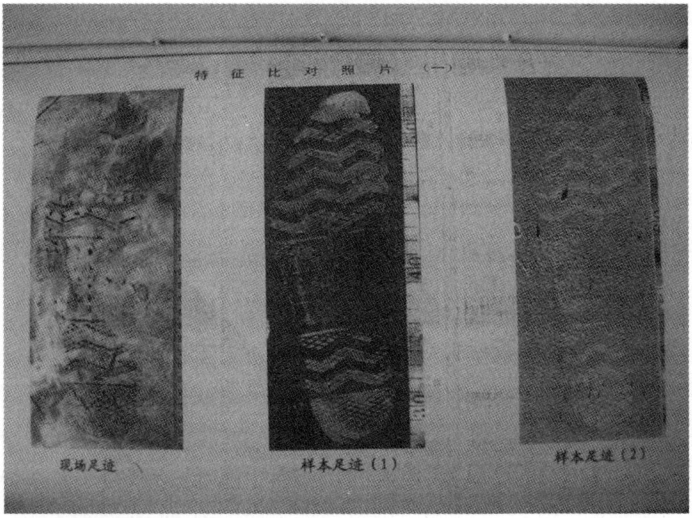

二审法庭展示的现场足迹及公安部门送检的李文浩足迹样本

由于两个鉴定结论存在矛盾，一审法院最终对这组证据均不予采信。这就造成一审判决除了口供之外，没有其它证据证明李文浩到过案发现场杀了人。

但是，李彬此次出庭解释说，虽然两双鞋的花纹不同，但是两个足迹的着力点大致是相同的，通过走路的着力点依然可以判断出脚印就是李文浩所留，因为“有个生活常识大家是知道的，你们听熟人的脚步声是可以判断出走路的人是谁，这是因为每个人走路的着力点是不同的”。

相处时间久了，可以听出熟人的脚步声，这话不假，但是，通过走路时的着力点或脚步声作出的判断具有唯一性和排他性吗？难道一审法院不予采纳的证据因此就要被二审法院重新采纳吗？既然如此，检察机关先前为什么不就此案提出抗诉呢?

最后,山西省公安厅的鉴定人员董祖鑫出庭,他向法庭说明,被害人马朝晖的眼部确实被划了一个“×”,而且是先供后证。可是,根据2006年2月24日的讯问笔录显示,李文浩当时承认,案发时他在马朝晖的“双眼眼皮上划了3个‘×’”。两者不仅在数量上对不上,而且在翼城县公安局最早的现场勘查时就已提及这个“×”型的伤口,根本就不存在先供后证的情况。

此外,对于三位鉴定人的出场,法庭对于辩护律师并没有事先通知,而这三名证人所支持的足迹、血衣、伤情等证据都是证明被告人有罪的证据,辩护律师事后告诉我,这种选择性取证的做法极不公平,为什么不让公安部的鉴定人员也出庭作证呢?他们可是对血衣、足迹等证据都做出了有利于被告人的鉴定啊。

庭审的第二大看点是检察官齐向荣就案件的侦破,向法庭提供了另外一种更加不可思议的颠覆性的说法。

本来,在二审开庭之前的三次一审中,包括胡晓勇在内的律师们一直在不懈地追问,有个叫周海清的翼城青年在案发后交代,他曾亲眼目睹马卫海将马朝晖给杀害了,为什么警方没有对二人的作案嫌疑进行充分地排除呢?

在9月11日这天的法庭上,齐向荣面对律师们的辩护显得自信满满,甚至还流露出几分不屑。有一个细节有目共睹,那就是在胡晓勇宣读他的辩护意见时,齐向荣曾自行离开法庭将近10分钟之久。

庭审进行到了尾声,齐向荣向律师们发起了最后一击,她的语气显得轻松而又带有几分嘲弄,她说,辩护人提到周海清有作案嫌疑,但根据本案证据显示,周海清已经被排除了,内蒙古自治区公安厅的鉴定报告证明案发现场的血脚印不是周海清的,而是马卫海的。

胡晓勇事后向我说起齐向荣的这个说法时用了“雷人”这个词语。在法庭上,他很震惊地要求察看这份鉴定报告,但是,审判员董开宇说,要看这份证据的话,还是庭下调出来再看吧。

事后,我把这个细节告诉了我的一位快言快语的律师朋友许荣,她干脆地说:“如果是我,我立刻就要反问法官,庭上不让看证据,这叫什么公开开庭呢?这么关键的证据不给出示,何谈法庭质证呢?”

回过头来看,有关周海清血脚印的鉴定在前三次的审理中一直是一份不曾公开的证据,律师们只是在公安和检察院的往来文书中看过只言片语的转述。正如本书第六章记载的那样,当初,翼城县人民检察院将此案退回公安机关补充侦查时,至少曾经两次问及周海清以及周海清所检举的马卫海是如何被排除作案嫌疑的，翼城警方作了两次完全相同的书面答复：

我局对马卫海调查后，该马于2003年9月28日结的婚，婚后走亲戚。2003年10月2日晚上与其家人在家，一直没有出去过，没有作案时间。2004年1月7日，内蒙古自治区公安厅刑事科学技术研究所的(2004)研鉴第3号鉴定书中称现场1号足迹与周海清有相似之处，并没有确定为周海清的足迹。

（见于2009年8月24日、2010年9月16日翼城县公安局向翼城县人民检察院提交的《关于马朝晖被杀害的情况说明》）

翼城县公安局排除周海清、马卫海作案嫌疑的理由就两点：一是马卫海没有作案时间；二是足迹鉴定只说明现场有个足迹与周海清有相似之处，并没有说就是周海清的脚印。对于第一理由，案卷中有笔录为证；至于第二个理由，律师们在案卷里从未见过这份传说中的“鉴定书”，在这种情况下，他们也只能相信翼城县公安局的《情况说明》是真实的。

开庭结束后，胡晓勇终于在山西省高院第一次看到了这份鉴定书。鉴定书的检验结论是：“现场一号血足迹与马卫海的足迹”“有相似之处”。此外，检验结论还提及：“现场二号血足迹与周海清的足迹特征不同”，“现场二号血足迹与王建的足迹有相似之处”，这个王建是谁？警方是否对他进行过调查？现有的案卷里为什么根本就没有涉及到王建这个人？

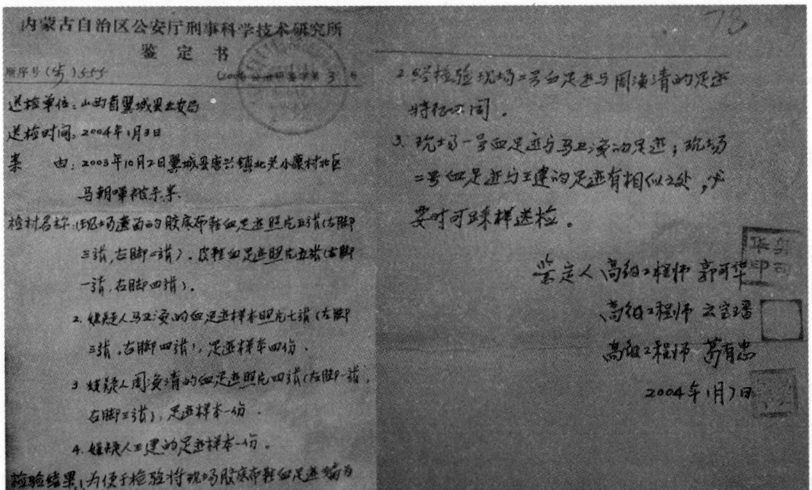
内蒙古自治区公安厅刑事科学技术研究所

鉴定书

送检单位：山西省翼城县公安局

送检时间：2004年1月3日

案由：2003年10月2日翼城县唐兴镇北关小康村北区马朝晖被杀案。

检材名称：1.现场遗留的胶底布鞋血足迹照片五张（左脚三张，右脚二张），皮鞋血足迹照片五张（左脚一张，右脚四张）。

2.嫌疑人马卫海的血足迹样本照片七张（左脚三张，右脚四张），足迹样本四份。

3.嫌疑人周海清的血足迹照片四张（左脚一张，右脚三张），足迹样本一份。

4.嫌疑人王建的足迹样本一份。

检验结果：1.为便于检验将现场胶底布鞋血足迹编为一号足迹，皮鞋血足迹编为二号足迹。

2.经检验现场二号血足迹与周海清的足迹特征不同。

3.现场一号血足迹与马卫海的足迹；现场二号血足迹与王建的足迹有相似之处，必要时可取样送检。

鉴定人 高级工程师

高级工程师

高级工程师

2004年1月7日

二审开庭后第一次出现的鉴定书

我不明白,这份鉴定书为什么在前三次一审时都未向法庭呈现?为什么翼城警方当年向检察院说明情况时会将周海清和马卫海的足迹张冠李戴?为什么警方一直千方百计要为马卫海隐瞒杀人犯罪的重大嫌疑?为什么事到如今,警方会向法庭提交这样一份自相矛盾的鉴定报告呢?

现在我所看到的情况是,当初,为了排除马卫海的作案嫌疑,警方谎称现场的足迹和周海清的相似;如今,为了排除周海清的作案嫌疑,警方又拿出原始证据,证明现场的足迹和马卫海的相似,如此翻云覆雨地使用同一份证据,实在让人不寒而栗。

这天的开庭,还有一个插曲耐人寻味。当李慧当庭做完自我辩护被法警带出法庭时,一个男声在旁听席上大喊了一句:"妈——"停顿了将近一秒,我看见李慧的儿子站起来朝着李慧大声告白:"我相信你!"

这时,即将走出法庭的李慧木然地回头看了一眼,在她还没有来得及做出任何表情变化时就已经消失在了法庭的大门背后。

法庭里的孩子喊完话,坐下便趴在椅子背上抽动肩膀哭泣起来。

当时,我就坐在他的后一排,斜线距离也就两三米,看得真真切切。这场景使得旁听席上的不少人抹起了眼泪,甚至我的身后还传来了抽泣声。

庭审结束没几天,胡晓勇被法官约到山西省高院对张永红的一份证言进行补充质证。在质证完毕的闲聊中,胡晓勇和在场的法官、检察官聊起了孩子的这声喊话。

法官董开宇提供了一个令胡晓勇震惊的说法:"还有人说,有人听见,孩子喊的是'妈,我相信你杀人了'。"

其实,这个说法根本不值一驳。

那天,李慧在自我辩护说到刑讯逼供的遭遇时曾一度泣不成声,她最后说道:"我当时承认自己杀人,就是想说完了就到看守所躺着睡上一觉。"

过后不久,就在李慧被带出法庭时,她的儿子站起来大喊了一声:"妈——,我相信你。"

在这种语境之下,仅凭直观的感觉,我们在场的人接收到的信息都是:"妈——,我相信你(的辩解)",即,他相信妈妈没有杀爸爸。若是孩子真的要责怪李慧,他应该不会喊她"妈",而可能是直呼其名。

后来,胡晓勇通过李慧的二姐就此事向孩子进行求证,16 岁的马小瑞(化名)当即表示,我当时喊的意思就是:妈妈,我相信你没有杀人!

年少气盛的孩子担心法官的误解会影响案件的判决,他便主动要求要前往法院当面向法官把事情说清楚，同时，他还带去了一封致主审法官的亲笔信。

9月23日，李慧的二姐李翠玲陪着马小瑞来到山西省高院说明情况。法官们首先责怪李翠玲：“你们咋能让未成年的孩子去法庭旁听案件的审理呢？”

李翠玲答：“不是我们带他去的，是孩子爸爸的朋友带他去的。”

随后，法官和孩子进行了闭门谈话并做了笔录，具体内容不得而知，但据李翠玲说，马小瑞从法官办公室里出来时当着董开宇法官的面说了一句粗话：“法律算个屁！”

以下通过孩子写给主审法官王桂萍的信件，对于他的心迹我们或许能够有个大致的了解：

尊敬的法官：

我叫马小瑞，我是李慧的儿子。

我相信我妈妈没有杀人，我相信她是无辜的。

我不知道您为何会有那样的见解，认为“我相信我妈妈杀人了”，当我在法庭上站起来对妈妈说“我相信你”时，所有人都明白了我的意思，为何您（却）没懂？那我再说一次：“我相信我妈妈没有杀人！”

自始至终，我都相信她，不曾动摇！我大概有八年左右的时间没有见过她，不能联系她，甚至连给她写信、要一张照片都不行！这八年来，我真的很想她，多么想让她陪着我。当我在法庭上看见她时，我真的很激动，也很慌乱。我一直控制着自己的情绪，直到你让她暂时退庭，看到她离去，我真的很怕会失去她，所以才会大喊大叫。我实在是控制不住自己的感情，同时也为无意（之中）扰乱法庭（秩序）向你们道歉，请你们理解！你一定有自己的孩子吧，那么我想你一定会理解一个思念母亲的孩子，就像您的孩子很在乎您这位母亲一样，我同样也很在乎，很相信我的母亲。

……

我相信法律，我相信我妈妈，我也相信您！

我妈妈没有杀人，请求法院判她无罪，也请求法院查明事实，抓住真凶，还给我爸爸一个公道！

请求法院！

此致

敬礼！

李慧的儿子：马小瑞

9月22日

在庭审之后的律师会见中,李慧告诉律师,她理解孩子的喊声也是相信妈妈没有杀人,这让她感到很欣慰。同时,李慧还提供了一个细节证明她的说法,在那天下午法庭审理即将结束时,李文浩的妈妈因不满检察官的指控而起身大闹法庭,李慧趁机回头向旁听席张望,她看见马小瑞在向她招手,而且嘴里没有出声地在喊着“妈妈”、“妈妈”。

李慧说,那天在法庭上听到喊声回头时,她并没有立刻就认出马小瑞,因为她被抓时,孩子才 8 岁,她是通过孩子身旁马朝晖的朋友才确信喊话的人就是她的儿子。

如今的马小瑞已经身高 1.75 米,他尝到的人生痛苦和委屈映照着他们整个家族的不幸。不过,这时在不幸中挣扎的不仅仅是李慧所在的这个大家庭。

庭审结束后半个来月,李慧、李文浩和董昀的家人心里不踏实,就相约着一同来到太原,轮番在山西省检察院、山西省高院和信访部门上访。他们在上访材料中说,“为不耽误领导们太多的时间”,就这起案件只提出 12 个他们认为“违反常识的地方”:

1. 因为要和李文浩重组家庭,李慧已经就离婚问题和丈夫马朝晖签好协议,只待国庆长假之后前往民政部门履行手续,在这种情况下,李文浩凭什么要跑到马朝晖家与其面谈,并且最终把马朝晖残忍杀害?

2. 李文浩若是案发当晚真的和李慧杀了马朝晖 49 刀,为什么第二天他被警方控制时,身着头天晚上穿过的衣服却没有发现一丝血迹?身上也没有伤?

3. 警方指控是李文浩、李慧将马朝晖杀害,但凶案现场被数刀刺破的西服外套以及死者大腿根部的呼拉圈为什么两人在交待材料中从未提及?

4. 警方指控他们二人杀人后曾戴着沾满鲜血的线手套抬过尸体,为什么尸体上只有左脚踝发现了血手套印?

5. 警方指控他们二人杀人后曾经抬着尸体转移位置,此时,死者的脖子已经被砍断了 4/5,抬尸过程中,如何保证人头不会落地呢?

6. 警方指控他们二人杀人后曾经用拖把擦试过地面的大滩血迹,为什么检验报告上却说“拖把上未检见人类基因型”?

7. 警方指控李慧在杀人后把行凶时穿的血衣留在了现场,可是,那件防雨布材制的“血衣”里衬上有大滩血迹,难道李慧是反穿着衣服扛过尸体,还是躺着杀人了?

8. 警方通过凶案现场一只带血的白鞋指控李慧就是杀人犯,但是,同在现场的另一只鞋却洁白如常,难道李慧是穿着一只鞋在杀人吗?

9. 警方指控刑警董昀曾经在案发后帮助凶手伪造了现场，可是，从案发到董昀打电话报案前后有三个多小时时间，董昀伪造过的现场为什么会留下血衣和带血的白鞋呢？

10. 警方指控李文浩、李慧在大门口将马朝晖刺倒致昏迷，并且一双皮拖鞋留在了大门口，马朝晖在被两人抬到院子当中时还曾清醒反抗，当时正是小雨过后，地面湿滑，但马朝晖的白袜子上为什么一点儿也没有弄脏呢？

11. 关于杀人凶器，李慧供述的菜刀、李文浩供述水果刀根本就不符合死者的创伤特征，更不可能在大腿处形成贯通伤，而真正的凶器却不知所踪，这样的案件能算是证据确凿吗？

12. 按警方认定的案情，妻子伙同情夫捅杀亲夫49刀，亲夫几乎身首异处，而且他们一直不认错、不悔过、不赔偿，如此恶劣的情节，定然是不杀不足以平民愤，可是法院为什么不判处死刑，最终又会做出留有余地的死缓判决呢？

上访过程中，三位被告人的家属分头散发着这封捍卫常识的信件，期等着奇迹能够发生。

其间，李文浩的母亲周青兰还曾在省高院的办公大楼门口晕倒过一次，结果被120的急救车送到了医院。回到暂住的小旅馆休息时，周青兰的手机响了，电话那头的法院工作人员约她下午到山西省高院来一趟，有事儿要说。这一天已经是9月29日，过两天就是国庆七天的长假了。

下午2:30分，在山西省高院门口的接待室里，李文浩的父母还有李慧的二姐等人首先见到的是来自翼城的官员，他们分别是翼城县政法委副书记席张廷、翼城县公安局副局长张博和翼城县法院的纪检组长王孟印。

县政法委的席副书记问他们：“你们上访的具体要求是啥？”

周青兰回答说：“李文浩冤枉了11年，我要求无罪释放，人放了，我也不要求赔偿，也不追究领导们的责任。我要求见左院长，要见主审法官。”

几番周折之后，主审法官王桂萍从楼上下来和几位被告人的家属见了面。

那几天，周青兰身披白布在山西省高院门前“闹访”，白布上写着“我儿李文浩冤”，那个“冤”字写在正中，如斗大一般，格外显眼。她这般装束在高院门口又哭又闹，几天下来，便在山西高院成了焦点人物。

可能因为这个原因，王法官进门没有搭理其他几位上访者，直接就和“挑头”的周青兰短兵相接：“我和你有仇？”

周青兰毫不示弱地回答：“没有呀，你和我没有仇，我和你也没有仇，这案子只要公正地办案，依法办案，我就不怕。我儿子没有杀人，为什么这个案子不公平、公正地办？我儿子明明就……”

“你儿子自己说的，他杀人了。”

“他在啥情况下说的？他为什么没有杀人他说他杀人了？！”

“没人打他，是他自己说的，他在看守所说的。”

……

周青兰：“我相信我儿子没做这个事情。”

王桂萍：“你相信你儿子没做这事？你儿子在外面乱搞男女关系，你知道不知道？”

“我不知道。”

“你不知道？你什么都不知道你怎么知道你儿子没杀人？”说完这话，王桂萍转向了李文浩的父亲李深德，“老李，你怎么教育你的儿子，你儿子是有妇之夫……”

老李还没来得及吭气，周青兰抢白道：“王法官，是他犯了这点儿错，李文浩犯了这个生活作风问题不对，他作为共产党员是不对，是犯了错，这和杀人是两个概念，它和杀人没关系。”

“有关系。”

“和杀人没关系。”

“有关系，怎么没关系？”

“他犯这个事确实不对，不应该，可和杀人没关系，他没有杀人，我这个儿子不会杀人。”

“现在你儿子杀没杀人，不是你说了算，也不是我说了算，是法律说了算。”说到这儿，王法官看着李文浩的父亲说，“你儿子当时就承认他杀人了，是不是，他在被窝里擞（注：擞，山西方言，打抖的意思）咧，人还问他擞咋咧，他说我杀了人了，我不擞？”

老实巴交的李深德慢吞吞地解释说：“回回取证据，你们咋就用后半截，前半截咋就不用呢？我说李文浩回家平平安安，穿的衣裳干干净净，回来说话也稳重重地，我让他喝水，他就喝水，再让他去睡的觉，这些你咋就不说？”

王桂萍：“你儿子的供词就是他杀人了，你儿子没杀人，你儿子擞啥？”

周青兰：“王法官，你见他擞了？你咋能胡说呢。”

凭我的经验，在这种心态和场合的争论中，除了不欢而散，一般是不会有什么好结果的。法官王桂萍即使在法律素养上大大高于周青兰，但此时她却无法施展。相反，她最后却被周青兰给彻底激怒了：

“大姐，我 60 了，我该叫你个大姐。你指望你在这闹，我就不判了？我该咋判就咋判，你这么闹，没有用。我判无罪你就把人领回去，我维持原判，你去告呀。我要是判的不对了，我遭天的报应。我光在这办案就办了 20 年了，你要在这闹我就怕你啦？你不服了，你就申诉去，去告呀。”

说完，王桂萍气乎乎地转身离开了接待室。周青兰意犹未尽，她转而对着翼城县的三位领导继续发泄不满：

“马朝晖是个植物人？是一个瘫痪人？坐着不会动？就坐在那里让人杀他，你不是说搏斗了，那为什么李文浩身上光光的，什么伤都没有？第二天邓里叫他去，还是穿的那身黑衣服，脱得光光的，哪里也没有伤。你来，你来杀我，我 75 岁了，我咬你一口，我挖你一下，我也得弄你，你把我杀了，你身上能没伤？”

周青兰提到的邓里是当年案发后讯问过李文浩的公安人员，现任翼城县公安局刑侦大队的副大队长。当年在案发之初，李文浩的作案嫌疑是如何排除的，他是一位重要的见证人。

这时，翼城来的干部努力做着息访工作，他们极力劝说周青兰一行人赶快回家，因为眼看着国庆长假了就要到了，再待在太原也没有意义。

9 月 30 日下午，也就是国庆长假的前一天，周青兰他们离开太原回到了翼城。

一路上，大家回味着法官王桂萍在争吵中说过的一句话：“我判无罪你就把人领回去”，言外之意，她可能会判他们无罪？还有，胡晓勇律师还曾告诉他们，开庭后，在省高院的质证过程中，法官们和他还一起讨论过这样一个话题：要是李慧、李文浩出去了，他们会不会真的在一起生活。

此外，中央电视台新闻频道的《新闻直播间》、《东方时空》栏目在二审开庭的当天，两次以专题节目的形式深入报道了这起案件的诸多争议焦点。

这些信息都让这群上访者对宣判的结果还抱有那么一丝希望。但是，周青兰一回到翼城，县公安局的张博就打来电话通知他们：“下判了，维持原判。”事后张博告诉我，这个消息是他从县看守所获得的，在太原期间，他对判决结果也并不知晓。

对于这个结局，周青兰很失望，哇哇大哭完了之后，她想想又在情理之中。那几天在太原的信访部门上访，一位常年接待她的信访干部就曾直截了当地告诉她：

“大娘，这 10 年，你也尽了你的心了，你的案子已经无路可走了，我老站在你孩子一边，但法院都站在李毅一边。你这个案子没有回头路了，只能一直向前走。想翻案,一定得在绿苑度假村打人的人出来作证,还有一个就是真凶出来,除了这两条,你这个案子要翻难得很。咋说呢,要让上面承认你这案子是冤假错案可费劲着呢。大娘,这些话,我本来不该跟你说的。”

同样是在这天下午,将近4:30分,胡晓勇接到临汾中院法官的电话,叫他到临汾中院去取维持原判的裁定书。从太原开车到临汾需要4个来小时呢,赶在下班前收取裁定书已经来不及了。

最终,胡晓勇是在国庆长假后叫律所的同事前往省高院拿到的裁定书,这时他们才发现,法院作出裁定的日期是:2014年9月28日。

看到这份裁定书,想必周青兰他们又会大发雷霆,不光是因为法官在他们上访时对已经做出的裁定结果秘而不宣,而且家属们百般质疑的证据不仅出现在了裁定书里,而且法官为此还犯下了一个移花接木的低级错误(见于裁定书第27页):

(2)上诉人李文浩于2014年4月7日(曲沃看守所)所供述,“10月2日晚案发后我是在李慧给我打电话20分钟左右回的家,大约20分钟左右,李慧打电话告诉我她已经通知了李翠仙、马朝新、董昀三人……我给我哥打电话说,让他到马朝晖家看看出事的情况,他说他也不敢看,我害怕要到他家住,他让我和父母一起住,过了一会儿,……我到了东屋同父母说了一下马朝晖家出事了,一个人不敢睡,他们让我睡到客厅,我害怕得不行,就回到屋里钻到父亲被窝浑身抖得瑟瑟的,……就装着睡了”,并供述“干出这么大的事,我那(哪)能睡着”。

(3)2014年4月8日(曲沃看守所)供述,“……钻进父母被窝后感觉全身都在发抖……毕竟刚杀完人,我就是克制不住自己发抖。”

(4)2014年4月8日(曲沃看守所)供述,“2004年4月30日我和宋元红离婚后去了北京,后来到了6、7月份李慧带上孩子也去了,在北京期间李慧说‘发生了这件事,咱们就不该在一起’,到了9月份,李翠仙专门到了北京见了我俩后说‘案子查得这么紧你们还敢在一起!赶快回’,第二天和第三天我俩分别回来了。”并供述“李慧说的‘发生了这件事’是指‘我俩把马朝晖杀了一事。’”

以上三段供述的内容均出自2006年公安机关刑事侦查卷的第八卷,供述日期均为2006年,裁定书却三次把供述时间写成了2014年,这明显是一个错误。一来,2014年,李文浩根本就没有关押在曲沃看守所;二来,2014年,案件都已进入二审阶段了,李文浩这是在向谁进行供述呢?若是笔误,何至于会连着错上三次呢？对于涉及死刑的杀人案，高级人民法院的裁判文书里出现如此低级的错误，这让我百思不得其解。

总体而言，这份裁定书的裁判依据依然以被告人的供述为主，同时，在一审判决中被否定的白鞋、足印、血衣等证据被重新予以采纳。此外，裁定书对于被告人家属上访信中的常识性疑问根本就没有回应。

国庆长假一过，周青兰和丈夫就来到北京上访。首先，他们来到担任过李文浩辩护人的蔺文财那里寻求帮助，并请求蔺文财代理案件的申诉。

蔺文财主张他们信访的第一站应该是公安部物证鉴定中心，而不是原计划中的国家信访局。

蔺文财告诉老两口儿，马朝晖被杀后，翼城公安曾把凶案现场李慧的一件带血的外衣送到公安部去检验。检验的结果是，上衣血迹是**擦拭作用**形成的，而不是判决书所说的那样，李慧是穿着这件衣服去杀人的。

但是，公安部的检验结果只是一份手写的检验意见书并没有形成盖公章的检验报告，最后的落款只有两位鉴定人舒永康和田雪梅的签名，并不具备法律效力，因此，山西省高院在二审裁定书中根本就没有提及这份有利于被告人的鉴定意见书，而采纳的是山西省公安厅不利于被告人的鉴定结果：衣袖、前襟等处的血迹符合**穿着未系衣扣状态**下形成的。

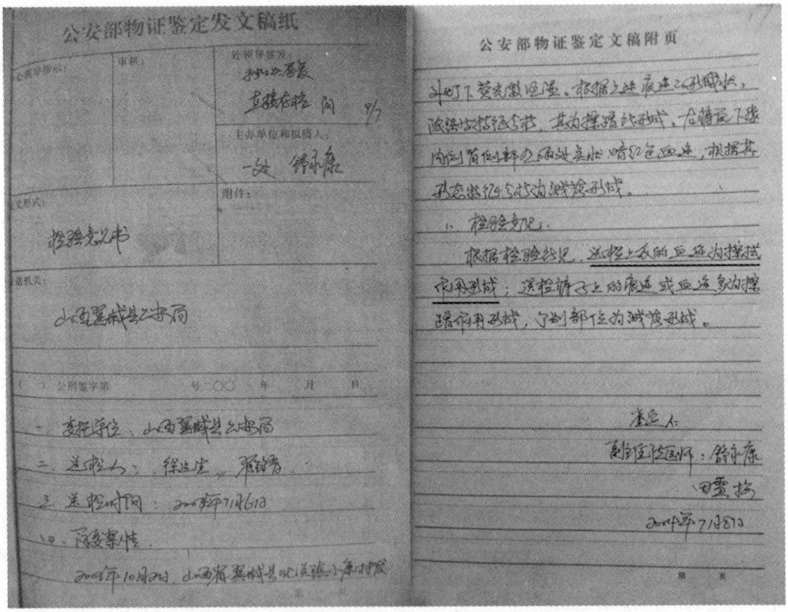
公安部物证鉴定发文稿纸

检验意见书

山西翼城县公安局

一、送检单位：山西翼城县公安局

二、送检人：

三、送检时间：

四、简要案情：

公安部物证鉴定文稿附页

二、检验意见：

根据检验所见，送检上衣的血迹为擦拭作用形成；送检鞋子上的痕迹或血迹多为擦踏作用形成，个别部位为溅落形成。

鉴定人：

舒永康

田雪梅

公安部物证鉴定中心鉴定意见书的首末页

在我看来，山西省高院的裁定在这件血衣的问题上根本就无法自圆其说。比如，裁定书第 17 页上还提及了有关这件上衣血迹的另一个细节：“上衣内里背部有 62×45cm 血迹浸染形成的痕迹”。对于这件上衣里衬内的这么一大滩血迹，司法机关没有也无法作出合理的解释，而这恰恰正是本案最重要的疑点之一。

李慧曾经告诉律师，这件衣服的材质是防雨布，背部的血迹不可能是由外向里渗透的，在这种情况下，最合理的解释是，凶手在拿这件衣服擦试血迹时，衣扣并没有扣上，凶手手抓的部位正是衣服的背部，他用吸水性较强的里衬擦拭了血迹，并在衣袖和前襟沾上了可能类似于未系衣扣、穿着状态下形成的血迹。

支持上述推断的依据有三个：一、案发现场带血的秋衣、沙发垫等物证都能证明凶手确实拿东西擦拭过血迹；二、脱下的衣服没有扣上扣子是常理，而敞开着衣服去杀人和抬尸很不方便，这种情形并不合常理；三、敞开着衣服杀人必定会让凶手的内衣也沾上血迹，警方并没有找到这样一件内衣，相反，现场遗留的内衣恰恰是凶手擦试地面血迹后留下的。

我很欣赏蔺文财给老两口儿设计的上访路线，因为这份证据是推翻指控的关键所在。

后来，我就此案的申诉向中国政法大学的刑事诉讼法教授洪道德请教时，他也很看重这件血衣的证据价值。他总结此案的主要特点是：证明李慧、李文浩不是凶手的证据要比证明他们是凶手的证据在数量上多得多，而且在质量上也高得多，只是司法机关对此视而不见，但他不主张在申诉书中面面俱到地罗列这些证据，而首先要向裁定书中有关血衣的这一明显破绽发起进攻，其他的问题等启动再审程序后再说。

第二天，蔺文财和老两口儿一同来到公安部物证检验中心去讨说法。

一位警号为 012212 的三级警监接待了他们，并就这份意见书解释说：

“在案件侦查阶段，我们大量的检验工作都是为侦查提供线索和方向，我们的检验，很大一部分都是口头意见，不出具检验报告的可能性是存在的……出具意见之前，我们和办案单位有过沟通，他们是同意的。至于你们要是需要鉴定报告，在诉讼阶段通过法院、检察院还可以申请重新鉴定。”

但是，在公安部出具鉴定意见两年后，山西省公安厅对这件衣服重新鉴定的结论是：衣袖、前襟等处的血迹是在穿着状态下形成的，其后被告人和辩护人多次要求重新鉴定便没有了回音，结果，这件血衣成了定罪的重要依据。

这之后，我前往翼城县公安局，见到了 10 年前曾把李慧的血衣送到公安部检验的送检人之一翟铭晋。如今,他已是翼城县公安局主管刑侦的副局长。

翟铭晋说,当年公安部物证鉴定中心对于检验结果的确只同意口头答复而不出具书面报告。他和另一位送检人在北京等了三四天,没有书面结论,回去口说无凭啊,无奈之中,他只好在鉴定中心亲手抄录了一份检验意见书带回了翼城。

这下,皮球从翼城县公安局又踢回了公安部。我不死心,于是又来到当年的另一位送检人徐运生家向他求证。已经退休的徐运生再次展现了他无限纯熟的“太极柔术”,对于我的所有提问,他一概都回答“记不清了”,看我一脸疑惑的样子,他还朝我补充道:“既然检验了,不给报告,这也不太符合常理,对吧,但我确实是记不清了。这个案子,两家情况都复杂,我现在染都不染(注:染,翼城方言,沾)。”

无论情况如何复杂,我想,若是有机会让公安部物证鉴定中心根据当年那份检验意见书重新出具鉴定报告,这份法定的证据足以叩开本案的再审之门。

但是,还没有来得及把我的想法告诉胡晓勇律师时,我却发现他在微信的朋友圈中和紫藤巷凶案永远地说再见了:

无情的现实,无奈的告白。

在这个雾霾沉沉让人窒息的肃杀的秋季,在历经8年9个月漫长的4次开庭审判后,既在意料之中,更在意料之外,山西省高院推翻了之前长达8年的“事实不清,证据不足”的3次裁定,在二审开庭仅仅19天之后,疑罪从有、疑罪从轻,下达了维持对李文浩、李慧维持死缓的裁定。

其实,从开庭之前一位法官对我说“无论这个案子怎么判,他们两家都应该感谢你”的暗示中,我已经隐隐感觉到了此案的结局。当他们两个人的命运与8个政法机关上百号参与案件的人员博弈的时候,你就能体会到念斌姐姐说的那句话:“推翻一个冤案需要全国的力量!”

那位法官说的是对的,某种程度上,我是成功的,将一个国家“二号首长”批示、会见要全程监控、审判要秘密不公开、山西媒体铺天盖报道的案件成功地阻止于死刑之外,我是成功的,但这却是一种悲哀的成功,我只能帮助他们止于地狱之门,却无力帮他们止于监狱之门。我没明没夜地阅卷写了60多页的辩护意见,并且诚心诚意地把念斌的判决书发给他们,但维持死缓的裁定书只以两行半文字回应时,我感受到的是一种侮辱。

当死者、被告人李慧的儿子喊出“法律算个屁”的“浑话”,当李文浩的妈妈向我哭诉晕倒的时候，我感到一种对现实的悲哀。习总书记依法治国的顶层设计是“好经”，但下面念经的未必和上层就心口如一。我只能说，人生无常。车祸伤害的是身体，牢狱伤害的是自由，一切都是命运的因果吗？我不得而知，现实就这么残酷。死者是不会复活的，期望真凶会自首也是天方夜谭。

哀莫大于心死，羞辱胜于宫刑。主审法官对我去拿裁定的助手说：“让你们主任做经济案件，不要参与此案了！”

他是善意的，或许也有某种无奈。我决定听从他的意见，不仅不再参与此案，这也是我参与的最后一个刑辩。

对于胡晓勇律师的退出，我感到十分惋惜，但我只是紫藤巷凶案的客观记录者，对于他的决定，我没有去劝阻。只是，我很想知道他退出的原因，在我思忖着以何种方式和他深谈一次时，次日，他在微信的朋友圈中再发一篇长文袒露了自己的心迹：

“我要是判的不对了，我遭天的报应。”敢发如此毒誓的法官是多可怕！

当他们连基本的事实都不计划尊重，甚至当他们计划包庇真凶的时候，律师的辩解还有用吗？经过不懈的努力，我们终于看到了10年前就应当看到的部分案卷。10年前经鉴定结论明确的事实，即他们用于指控伪造现场的拖布上根本没有血迹！面对如此铁定的事实，出庭的检察员仍然在睁着眼睛大声指控被告人用拖布擦拭血迹伪造现场，而终审的裁定书也认定了这个事实。

至于其他嫌疑人的嫌疑，他们早在10年前的内蒙古公安厅的司法鉴定当中就已经明确了目标，但这份关键的鉴定报告一直被隐瞒了10年，直到本次二审开完庭之后，我们在庭下才得以看到。我们惊奇地发现10年当中，他们一直声称是周海清的脚印与现场足迹相似，10年后二审已开完庭了，相似的居然是马卫海！看来他们早就想雪藏这份鉴定了。因为周、马二人的犯罪嫌疑无法排除，二审裁定干脆视而不见，根本不提这个事儿了。

其中的荒唐之处，不下十几二十处，我都在辩护意见中说得清清楚楚，可是裁定书根本就不陈述与回应。而最可怕的是，当李文浩的母亲向审判长哭诉的时候，居然听见审判长发“毒誓”说：“我要是判的不对了，我遭天的报应。”大概她听说了，当年参与刑讯逼供的警察，已经有四人离开了人世，所以才说出这种不畏惧所谓“报应”的硬话。

当他们对最基本的铁的事实都不准备尊重的时候，正如死者和被告人共同的儿子说的话：“法律算个屁！”他年龄仅仅16岁，想想这个社会在他的心目当中是多么可怕,多么不可信任。

当法律尚不完善的时候,我们需要法官的良知。如果法官没有了基本的道德和良知,甚至不怕任何报应的时候,想想太可怕了,至少我在这个案件当中感受到的就是如此。

这天,北京是一个雾霾天,楼下的车流在混沌中前行,胡律师的微信让我心情沉重,但天气预报说,明天,雾霾即将被北风吹散。

我坚信这起冤案一定会有昭雪之日,在通往正义的道路上永远也不会缺乏振臂一呼的勇士。

目前,北京中润律师事务所的许荣律师已经会见李慧,并接受她的委托,代理案件的申诉。许荣就是前文提及的那位快言快语的律师。在辽宁丹东,她刚刚完成了一起当事人由死刑到无罪释放的刑事诉讼。她的参与,使得我对案件的记录有了一个可以期许的光明结局。

其实,查明案情真相的突破口非常明显,针对紫藤巷凶案,公安机关先后三次成立了专案组,前两次都排除了李慧、李文浩的作案嫌疑,并且形成了两套完整的案卷。但是,待第三个专案组另起炉灶,对李慧、李文浩等人作出有罪指控之后,律师们几经努力,始终没有调阅到案发之初的案卷。

在我给尾声中的这段文字就要画上句号时,耳畔传来了《新闻联播》的庄重播报:《中共中央关于全面推进依法治国若干重大问题的决定》正式公布:

司法公正对社会公正具有重要引领作用,司法不公对社会公正具有致命破坏作用。必须完善司法管理体制和司法权力运行机制,规范司法行为,加强对司法活动的监督,努力让人民群众在每一个司法案件中感受到公平正义。

习近平在大会讲话中引用英国哲学家培根的话说:"一次不公正的审判,其恶果甚至超过十次犯罪。因为犯罪虽是无视法律——好比污染了水流,而不公正的审判则毁坏法律——好比污染了水源。"

法治的春天来了,紫藤巷凶案的受害者感受公平、正义的日子还会远吗?

我怀着一颗真诚的心,在煎熬中耐心地等待着……

2014年10月28日完稿

图书在版编目(CIP)数据

真凶并未走远:山西翼城"10·2"紫藤巷凶案调查/
万茵著.—北京:法律出版社,2014.6(2015.1重印)
ISBN 978-7-5118-6520-5

Ⅰ.①真… Ⅱ.①万… Ⅲ.①报告文学—中国—当代
Ⅳ.①I25

中国版本图书馆CIP数据核字(2014)第121830号

真凶并未走远——山西翼城"10·2"紫藤巷凶案调查	万 茵 著	责任编辑 郑 导 装帧设计 汪奇峰

开本 710毫米×1000毫米 1/16　　**印张** 14　**字数** 200千
版本 2014年7月第1版　　**印次** 2015年1月第2次印刷
出版 法律出版社　　**编辑统筹** 独立项目策划部
总发行 中国法律图书有限公司　　**经销** 新华书店
印刷 北京嘉恒彩色印刷有限责任公司　　**责任印制** 张建伟

法律出版社/北京市丰台区莲花池西里7号(100073)
电子邮件/info@lawpress.com.cn　　销售热线/010-63939792/9779
网址/www.lawpress.com.cn　　咨询电话/010-63939796

中国法律图书有限公司/北京市丰台区莲花池西里7号(100073)
全国各地中法图分、子公司电话:
第一法律书店/010-63939781/9782　　西安分公司/029-85388843
重庆公司/023-65382816/2908　　上海公司/021-62071010/1636
北京分公司/010-62534456　　深圳公司/0755-83072995

书号:ISBN 978-7-5118-6520-5　　**定价**:32.00元
(如有缺页或倒装,中国法律图书有限公司负责退换)